吻别前夫

70后女性婚变出路小说

夏景／著

中国青年出版社

图书在版编目(CIP)数据

吻别前夫/夏景著.
—北京：中国青年出版社，2009
ISBN 978-7-5006-8658-3

Ⅰ.吻… Ⅱ.夏… Ⅲ.长篇小说－中国－当代 Ⅳ.I247.5

中国版本图书馆 CIP 数据核字〔2009〕第 022397 号

书　　名：吻别前夫
丛 书 名：薪女性小说
作　　者：夏　景
责任编辑：庄　庸
特约编辑：叶　子
装帧设计：高永来
出版发行：中国青年出版社
社　　址：北京东四十二条 21 号
邮　　编：100708
网　　址：www.cyp.com.cn
门市部电话：(010)84039659
印　　刷：三河市君旺印装厂
经　　销：新华书店

开　　本：700×1000　1/16
印　　张：15
插　　页：1
字　　数：160 千字
版　　次：2009 年 5 月北京第 1 版 2009 年 5 月河北第 1 次印刷
印　　数：1-10,000 册
书　　号：ISBN 978-7-5006-8658-3
定　　价：29.80 元

目 录

吻别前夫

第一章　离婚那天

1

离婚那天，阳光明媚，天空湛蓝，没有一丝阴云，想触景生点情都不可能。甘晓鼙想，很好很好，天公作美，待日后想起这一刻来，就更没啥后悔的了。

虽然离婚的决定是甘晓鼙和卢家仪昨晚上才决定的，但到底离还是不离，他们已经整整斗争了一年零六个月。这一年零六个月里，基本都是甘晓鼙唱主角。她一会儿说离了好，离了干净，一会儿又说才不离呢，不能便宜了流氓卢家仪。

不管离还是不离，都是她手里的致命武器，随便敲打在卢家仪哪块肉上，卢家仪都得老实好几天。

时间长了，甘晓鼙已经适应了生活中有这件武器，而且将它用得挥洒自如。比方晚上卢家仪有应酬，正好电视里没好看的节目，她的心情，就有那么一点不爽。于是，她就举起了电话——注意，是举起，正像驯兽员举起鞭子一样。这电话，就是甘晓鼙致命武器的前招，也是离婚的潜台词。

卢家仪相貌堂堂，声若洪钟，从外表和性情上，都颇能体现男人气概。但只要甘晓鼙的电话到了，他立刻就流露出紧张的神情，紧接着，在众目睽睽之下，发出春天公绵羊一般的嗓音——平时他对大家都是立体声，这会儿，他关掉了音箱，只用单声道，一个嗓子眼儿发声。

卢家仪是公务员，三十五岁，做到了正科。这两年正是最关键的时候，就盼着努力表现一把，奔向光明的副处呢。离婚？不妥不妥，那还不是亲者痛仇者快？一个副处的岗位，二十来个人盯得眼睛血红。走在平路上，别人都恨不得将你推入深渊，哪里还等得到你自己先崴了脚？

卢家仪对甘晓鼙，不是没有晓以利害过。

"我都承认自己错了，还不行吗？男人嘛，有几个能经得住勾引呢？换了是你，遇到一个帅且年轻的男人，死命追求你、暗示你、用腹肌诱惑你、时不时还崇拜你，你会不动心？我就不相信你不动心。这事重要的不是动心，而是动心之后，还能回心转意！一年多了吧，我哪天不拿你当唯一牌祖宗供着？党员入党考察期，不也就一年嘛，你还不依不饶的，要我怎样？你得相信我，给我足够的空间，我才能长成一棵健康牌大树！还有啊，我可警告你，咱们的事儿，要遵循三个原则：一、不能拿到单位去说；二、不能跟你爸你妈说；三、不能跟狐朋狗友说。世界小得很，大家认识的人，彼此就这么多，万一传到我单位，说我家庭不和，那我可就……"

"少装纯洁！你们这些个中年男人，有几个干净的？个个都是老流氓！甭拿副处吓唬我，我不稀罕！你要早知道有这一天，早干吗去了？你就不能再忍忍？寒窗苦等，混到副处，再去翻你那花花肠子？没一点远见卓识，还玩婚外恋呢！"

"什么什么就叫婚外恋了，说那么难听干什么。都跟你说过多少次了，不过就是随便那么玩一玩，不能当真的。人家小姑娘，也没拿我当回事，自己都已经结婚了，你看你吃的哪门子陈年牌老醋？"

听出来了吧，卢家仪说话有口头禅，那就是"××牌"。刚结婚时，他常这么说："珍珠牌贤妻"、"白胖牌儿子"，渐渐地，他开始说"麻烦牌老婆"、"疙瘩牌工作"，唯独对儿子尚好，一直是"正宗牌儿子"。

卢家仪指责甘晓鞷吃"陈年牌老醋"，分明是想抹杀事实，或将事实描轻一些。真他妈的好了伤疤忘了疼啊，这么快他就忘记怎么在甘晓鞷跟前装孙子了？哭得那个痛彻心扉、追悔莫及的！同志们啊，伟大领袖列宁怎么说的，忘记过去就意味着彻底地背叛——我看你是又想背叛了吧？

吵得时间长了，甘晓鞷和卢家仪说起这事来，渐渐像是在单纯地斗嘴，只比谁能压过谁。早已没有了最开始时卢家仪的沉默、痛心、追悔，甘晓鞷的伤心、痛苦、绝望了。两个人边吵，还能马不停蹄地做各自的事情：甘晓鞷抓把黄豆泡起来，为明早的豆浆做准备。将儿子早上吃的香肠从冰冻层里拿到冷冻层里，好煎起来方便。时不时地，还伸出头看一眼电视，不是正在看韩剧吗？

卢家仪呢，则对着电脑斗地主，还不忘键盘敲得飞快，见缝插针跟牌友贫那么一两句。

甘晓犟比卢家仪小一岁，大学一毕业，两人就结了婚。婚后第二年生儿子，在同龄人中，属早婚早育，现在儿子都九岁了。两年前突然咳嗽哮喘，四处查医，也查不出个所以然来。吃了不少药，没见一点好转，甘晓犟唯一的收获就是知道了很多医学名词。有天正上着课呢，儿子病犯了，要不是老师送医院及时，命就没了。从那以后，甘晓犟吓坏了，整天价脑子里全是儿子的病，上着班，睡着觉，都会心惊肉跳，突然就感觉大难临头了。

那段时间，甘晓犟所在的旅游公司，被各种私人公司冲击得正苟延残喘，工资都发不出来。越是萧条，人性越是险恶。领导做垂死前的挣扎，竟比之前所有时候，都更嚣张凶悍。

万恶的卢家仪，偏偏这时出了轨。对方是个80后，用甘晓犟的话说，就是一副青春无敌的小三儿样，以为泡个中年男人，就有了内涵。岂不知这些个中年男人，每日为生存战战兢兢、有贼心没贼胆，吃吃女同事的豆腐，就像过节。

她还不是横空掉下的大馅饼？

甘晓犟顿时内外交困，工作频频出现差错。正好有人告诉她，儿子这病，用中医治可能比较好，还推荐了一个广州的女中医，让她去看。她联系了大学时的同窗好友，让她帮她在广州那边租个房子，要带儿子去治病。半年的假，单位里怎么都请不出来，卢家仪又是满嘴谎言，拿儿子拿家都不当回事，千头线万根针，说不清理还乱，一气之下，脚一跺，脸一抹，甘晓犟辞了职。

带着儿子坐上去广州的火车，笛声鸣起，车轮滚动，望着窗外远处的风景，甘晓犟陡然豪情万丈。有什么呀，谁离了谁不能活？天下多少单身母亲，她就不信自己带不好儿子！

可是广州的治疗却并不尽如人意。女医生张嘴中医光荣，闭嘴中医伟大，要先将曾经西医治过的痕迹全部抹杀后，才能开始她的治疗。

抹杀痕迹，就用了三个月。房子租的是最简陋的民居，一室一卫一厨，房间里放了床，就不能有沙发，放了桌子，就不能有椅子，每月八百五十元，治疗一个周期，二十天，中医，说是不贵，也要一千大洋。甘晓攀已经没了工作，心里还憋着口气要做勇敢的单亲妈妈呢，一个月没下来，她就蔫了。

幸好卢家仪对儿子还算尽心，只要甘晓攀开口，钱就源源不断地汇过来。每天晚上，还要给儿子打电话，又是鼓励，又是口头许诺嘉奖方式。相比甘晓攀整天的愁眉苦脸，儿子脱口而出一句没有良心的话："爸爸比妈妈好！"

为这句话，甘晓攀差点没哭死过去。

她想，她这可是为了儿子，献了青春和事业的呀——早早结婚，早早生了他，从此柴米油盐，起早贪黑。同龄女友还在享受被人追求的乐趣，还可以晚上K歌白天喝茶的，她却就此去了另一个黑暗的世界。虽然工作没什么意思，做得再好，可能也不敢翻出"事业"这个词来，但那可是她社会地位的象征呀。她连社会地位都不要了，儿子还这么说她！

人穷志短，笃定的离婚念头，就这么着，打起了退堂鼓。

小半年过去了，感到中医并没有传说中那么神奇后，甘晓攀买了一堆中医的书，还有一大堆药，带着儿子回家了。从广州站坐上火车，她已心力交瘁，望着窗外灰白的月台和远处隐隐的风景，再也没有离开家时的豪情壮志了。

千头万绪，她只想做两件事：一、好好睡一觉。二、好好吃一顿。

劳顿之中，她连卢家仪和那个小三儿的事，想都没有想起来。

2

俗话说，天无绝人之路，果然是。就在甘晓攀万念俱灰、进退两难的时候，她突然发现，卢家仪虽然拈花惹草，背叛了她，但是，他尚有严重的软肋捏在她的手里！那就是，比起她来，他可比她害怕离婚多了！

人有所畏惧，就好管理了。这可是她读大学时管理课程讲过的内容呀。管理学是什么，说穿了无非就是利用人的恐惧心理嘛！既然卢家仪害怕离婚，那她不就可以以此为鞭，时不时地冲他挥舞两下了？

她的人生和未来，也就可以有保障了嘛！

从此，甘晓翚一不高兴，就拿卢家仪的丑事说事。最开始，可以说是一种策略，她自己在心里也还是有一个尺度或底线，比方吃饭时不说，睡觉前不说，一三五说了，二四六就不说了。又比如儿子在家时不说，卢家仪心情不好时不说。可时间渐长，甘晓翚整日又闷在家里做家庭妇女，心情渐渐一日比一日糟糕，没人时都想对着墙撒泼发泄，何况手下有这么一个现成的替死鬼呢。

嘴上的开关彻底失灵了。

吃饭时可以不说，但吃完饭得说。洗着碗收拾着房间，有所分心，肯定不能说透，只好留到睡觉前说。说完了，还不解恨，还要求卢家仪陪着快乐一下。忙了一天了，就等晚上这么一下呢。

卢家仪的那玩意儿又不是扳手，说拿起来就能拿起来。他还恼火着呢，甘晓翚这么絮叨叨絮叨叨的，还让人活不活了？她倒好，连点过渡都没有，就要寻欢了。她拿他当什么了！

不干！老子没心情！

好啊，反了是吧？跟老婆做这事还要心情？再说了，你有心吗，装什么装呀，你有心还会跟那狐狸精勾三搭四的？最可笑的是，还被人家甩了！你就索性承认好了，你根本就是一没心没肺又没脑的臭男人。

狠吧？

甘晓翚歇斯底里发泄完了，也觉得自己太狠了。又狠又毒，哪里还有知识女性的样子，都快赶上她那小市民的妈了！

甘晓翚的妈，就住在离甘晓翚家两条街外，在科研所里当了一辈子工人，一辈子没有找准自己的位置，退休后存了满肚子的牢骚。最恨的人就是"臭知识分子"，要是"臭知识分子"再有什么把柄落在她老人家手里了，那可就彻底臭成屎了。

卢家仪读研究生后，甘晓翚的妈就跟她耳提面命过无数次：

"他要是仗着自己学历高，看不起你，你告诉我，我叫你哥打死他个小 B 的。"

"你现在没工作了，可得睁大眼睛喽，男人就得给他拴条链子，否则跑得没边没沿儿。别看他在我们眼里，屁也不是一个，可在满街那些不要脸的小妮子眼里，说不定还是个宝呢。"

"他没做什么对不起你的事吧？你可给我注意点，妈又没事，随时可以待命，跟踪个人啊，偷听个事啊，我什么都能做。"

甘晓鼙知道她妈的心理，目前全家就卢家仪学历高，她老人家哪里是为了帮女儿，是要出她在科研所的那口恶气哪！

儿子小时，甘晓鼙四脚朝天，忙不过来，求她妈白天帮着带一带，她妈都一口拒绝："我要打麻将，做死做活了一辈子，刚歇息下来你还要剥削我！不行，孩子跟他姓卢的姓，凭什么让我带？找他卢家人去！卢家人都死光了吗？"

卢家人没死，是卢家仪的老妈看不上甘晓鼙。她正是被甘晓鼙母亲仇恨的那一类人，而且因为是同一性别，就更有理由恨了。甘晓鼙知道，她亲妈不帮她，很大程度上就是想看婆婆放下身段，来伺候媳妇坐月子。可是，卢家仪的母亲是工厂里的总工呢，虽然是退休前单位赏给的一个职称，但老太太是除了睡着，就把"总工"这俩字挂嘴边呀。

仇恨，真是能让人六亲不认。甘晓鼙的亲妈对她，尚且如此，她对卢家仪刻薄两句，算是手下留情了吧！

只是刻薄久了，两人的脸皮都磨出了老茧。卢家仪虽然无比看重职务升迁，但狗急了还要跳墙呢！

这不，头天晚上，甘晓鼙刚开了个头，穿针引线地才说到离婚，卢家仪便脱口而出："离就离，坚决离。我算是看透了，不离婚，你这辈子就别想放过我。"

"啥？什么时候轮到你说离婚了？"甘晓鼙炸了，"还把你能的，真离啊？行啊，我没意见，谁怕谁呀！什么人嘛你是，想出轨就出轨，想离婚就离婚，你拿你自己当什么了！看我傻，随你欺负啊我。我告诉你卢家仪，你要不敢离你就是孙子！等离了你再怎么请我都不管用！写，你这就给我写离婚协议去，房子儿子存款全给我，你给我光着身子滚出去。我看你是吃了豹子胆了，还要打算从头开始是不是？还想奋斗是不是？好，老娘我就成全你的奋斗精神！"

说着，甘晓鞏将一张A4大白纸"啪"的一声压在卢家仪的眼前："写，给我写！"

她量他没有胆子真的离婚。就算写了协议，明早一起来，也就后悔了。

这么想着，甘晓鞏给儿子洗澡哄其睡觉。自己还烫了一把脚，然后躺在床上，看了两页闲书，打了个哈欠，睡了！

她可没有想到，人家卢家仪不仅按她的要求写了协议，而且输入电脑，打印了出来。一式四份，一份是他的，一份给她，一份交给街道办事处，还有一份，没想出来怎么办，留着，到时候谁愿意要就给谁！

第二天甘晓鞏早早起来，给儿子做好饭，送儿子到路口，搭上和同小区几个小孩一起拼的出租车，又买了一把新鲜蔬菜，慢慢回到家，豁然发现卢家仪正坐在沙发上，大腿跷小腿，一边抖一边望着她，满脸视死如归的表情。

"还不上班？"她怨气未散，也没好气。

"去离婚，我假都请好了！"

咦，口气清新自然，决心不可抵挡，俨然有三重保护。

好像还怕她反悔，紧接着问："你昨夜的话，还算数吧？"

"算数算数，当然算数了。"甘晓鞏那个气哟，还不能使着正力，发泄出来。非得来点歪门邪道才能解恨。

好啊你个卢家仪，你拿我当什么了，你这是摆明了在欺负人呀，借我的话，给自己顺溜台阶呢是吧？我怎么就这么糊涂呢，让他钻了空子。这小子到底是真的想离了，还是耍什么阴谋诡计？家里的存折，都在我手里啊，除了房子，也没有几个钱，他真不怕就这么滚蛋？他的副处，也不想要了？

越这么想，就越是觉得蹊跷，又说不出所以然来。卢家仪眼神坚定，仪态大方，不达目的决不罢休的模样。甘晓鞏终于恍然大悟了，破口大骂："你是又有了新欢了是吧？我就知道，偷过腥的男人，没有一个会洗手不干的。离离离，我可没心思搭上我这一辈子，陪你斗智斗勇，说吧，这次又找了个几岁口的？"

听听，她不说几岁的，她说几岁口的！

待进了卧室，换衣服时，发现就这么一小会儿，卢家仪已经整理出了一个大箱子，将自己的换洗衣服、经常看的书、几双袜子、新买的耐克运动鞋，满满放了一箱子。见她忍不住看来看去，他还跟着做如下说明："剩下的东西，你愿意整理也行，愿意扔了也行。愿意放着就更好，等我安顿下来，我会来取的。"

甘晓翚听不出他话里有任何拐弯抹角的东西。她想起刚看的协议，看来卢家仪之前是做足了功课的，格式规整、术语清晰。他倒干脆，刚付清贷款的大房子、四万元出头的存款，还有儿子，全都给了她，他要挥挥衣袖，不带走一片云彩。

还有备注呢，挺厚道，儿子的生活费，原则上不再给了。但是生病上学什么的，他会接着给。直到甘晓翚结婚后，他才不负担这部分费用。

卢家仪对儿子，从来也没的说。这点甘晓翚心服口服，没有意见。她翻遍所有条例，找不出任何不满的理由。只是奇怪卢家仪为什么会这么破釜沉舟，他一月也就四千多点银两，居然如此大方。

难道她已经让他厌恶到宁可一分不要，宁愿倒贴也要离婚的程度了吗？

甘晓翚的心里乱七八糟，说不出的痛楚和尴尬。但同时，一种解脱也油然而生，仿佛这么长时间就是等着这一时刻的到来。别以为只有你卢家仪想离婚，我也早就做好准备了的！不信你看，老娘这身灰色的衣服，为什么买来就没有穿过几天，不就是为了等这一天吗？

还真是合适。

平时甘晓翚穿衣服没规没矩，而且颜色偏艳。这身衣服，还是跟儿子在广州时买的。心血来潮，也不晓得怎么了，就买了下来。一点也不便宜，样式嘛，庄重中透着女性味。她刚一穿上，卢家仪都不由呃了一声，仿佛在说："和今天很配嘛。"

3

两个人走出小区，去不远的公交车站等车。

也不知道是该肩并肩呢，还是一前一后；也不知道是谁前谁后呢，还是再站得远一点。小区里晨练完的大妈大婶们，这阵纷纷手里提着油条豆浆，还有中午的鸡毛菜，摇摇晃晃回来了。甘晓鼙平时没少跟她们寒暄，可这会儿，却鸡皮疙瘩满身起，该不该张嘴，都不知道了。

她故意将头转过去，眼睛望着远处，好像在冥想，又好像没睡醒。她能感觉到其中有那么几个人，好奇地看看她，又看看卢家仪，见两个人表情和平时都不大一样，手就在下面互相捣鼓了起来。又是提醒大家观察，又是担心动作太大，被她发现。

妈的，甘晓鼙心里火得要命，这才在去离婚的路上呢，就已经被人指指戳戳了？

车终于来了，甘晓鼙他们平时坐惯了这路车。当初买房，是有点超前了，放弃了市中心，冲着小区特别幽雅的环境去了。既然幽雅，自然就得远离尘嚣。小区在郊外，目前进城只有这一班公交车，要去什么地方，待进了城再转车也不迟。

因是起点站，人倒是不多。一上车，就总能有座位。卢家仪平时上下班，办着公交卡，所以一家人平时只要一起出门，都是卢家仪刷卡。甘晓鼙还当是平常出门闲逛呢，上了车，牛烘烘地甩着两手，就去找座位了。就见司机回头冲她嚷嚷："上车刷卡，没卡交费！"

喊了两遍，她才意识到是在叫她呢。

再看卢家仪，坐在前好几排的窗边，头早扭成直角，专心望着外面。

她不交钱，司机就不肯关门。一起上车的几个人都瞪着她看。她终于明白出了什么事情，踏上离婚的这条路后，卢家仪连给她一块五毛钱的公交车费，也不肯交了！

她翻包又翻兜，终于翻出两块零钱来。得，多交五毛，就算是为认清卢家仪交的学费!

到了城中心，两人下车，再换另一路车。这回甘晓瓓学乖了，上车前买了份报纸，换出了零钱，一上车，就自己交了钱。

两人依然谁也不理谁，一前一后。

时间还早，到了街道办事处，才刚十点。

负责离婚的，是个三十岁出头的女同志，收拾得很时髦，还戴着无边眼镜，说起话来温文尔雅，感觉和"离婚"这俩字，一点边也沾不上。甘晓瓓一走进办公室，心就痛得要碎了，难道这家，真的就散了?

可看看卢家仪，却焕发出了这一年多从没有见过的光彩来，整个人不仅舒展了，还蛮横了呢。他声若洪钟地叫了那女同志一声老师，说:"老师，请你给我们办个离婚。"

那模样，那语气，就好像在说:"师傅，来碗拉面! "

女同志挺客气，拿了一次性塑料杯，给他们一人倒了一杯水，又指着对面的木头沙发，让他们坐下来。沙发只有一张，而且不够长，甘晓瓓坐下后，卢家仪就不肯坐了。他说:"哟，都离婚的夫妻了，也不分开放两张椅子。我不坐了，我站着挺好。"

甘晓瓓这阵儿，全蔫了。

她真想站起来，蹭到卢家仪跟前，拉住他的袖子，撒娇卖嗲地请求:"咱不离了，咱一起回家好吗，我以后保证不再说你了。"

可是她能说出来吗? 还当着另一个女人的面呢，她也是个有自尊的人哪!

现在的她，就盼望着出个什么奇迹，让他们离不成婚。

可那女同志，却什么也不肯多说。将他们的离婚协议看了两遍，提笔改了一个地方后，就问他们:"相片和结婚证带了吗? "

"什么相片? "甘晓瓓问。还有结婚证，不，她可没准备。

"你们这儿肯定有现照的。"没有想到，卢家仪什么都知道，就好像已经办了好几次离婚的主儿似的:"结婚证给您。"

他从口袋里掏出两本结婚证来，放在女同志的桌上。

女同志翻着看了看。头都没抬，就说："那你们出门，往左拐，两个房间后就是照相室，等相片出来，拿来就给你们办证。"

卢家仪说了一声谢谢，领头就出了门。

甘晓鞏都站不起来，两腿跟注了铅似的。她不明白，这女同志又跟她没冤没仇的，怎么就这么巴望着他们离婚呢？连问点什么都不肯？

她想错了，卢家仪一出门，女同志立刻问她："不想离是吧？"

甘晓鞏的泪水夺眶而出。

女同志却又说了："还是离吧，你看他坚决的。我见得多了，男人一旦要坚决离婚了，可就难维持了。再说了，也别急啊，现在每年复婚的夫妻，差不多有一半多呢。离开了，大家说不定还能沉淀沉淀，重新开始的几率也比较大。别太难过了，他要离，就离吧。我看他什么也没落到，等到了社会上，再想一想，自然就觉得划不来了。你想啊，打拼了这么多年，转眼回到解放前，他能不后悔啊？等他后悔了，他也就想复婚了。"

甘晓鞏对复婚可没什么好印象。哦，情断义绝地离了，过两年又滚在一起？恶心不恶心啊？

才不呢。这不是她的行事风格！

离就离吧，这世上谁没有谁活不下去啊？结婚前那么多年，她不是也过得挺好吗？

4

相也照了，结婚证也被盖了个作废的戳子，可离婚证，还要等两天才能取。但不管怎样，从这一刻起，甘晓鞏已成了一个离婚妇女。以后要是有机会填表什么的，婚姻状况那一栏，她就得写"离异"了。

真离了，她也就不再胡思乱想了。卢家仪那么迫切，一定有他的理由。而且看上去，他是真的挺高兴的，一脸轻松得意的表情。出了办事处院门，正好到了一条商业街上，四处怪热闹的，商场、地下通道、餐馆。看看时间，已到中午。

"吃散伙饭吗？"

甘晓鞸的口气，很轻松，不仅轻松，还有点调侃哪！人奇怪吧，心情可以转变得这么快！两人在公交车上时，还谁都不理谁，可这会儿，甘晓鞸想化干戈为玉帛。何苦呢，现在的卢家仪，一穷二白，可再怎么着，他也是她儿子的爹地，是她的前夫啊。

"我请你，"她说，"现在你没钱了。"

"嗬！"

卢家仪就这么一声。不知道什么意思。

甘晓鞸不生气，她想她得表现得比卢家仪更有风度一些才行。毕竟做错的，是他又不是她。这是不可抹杀的事实，不能因为他先提出了离婚，从此就占了上风。

"散伙饭还是要吃的吧？"她说，"这是规矩，你没听说过吗？我看就去对面的大嘴鱼乡吧，你不是爱吃鱼吗？"

"嗬！"

他妈的，嗬个屁啊！

卢家仪的电话却响了，他立刻捂着嘴，站到了三米开外去接电话。甘晓鞸看他，一副软骨头的下贱相。是在给领导说什么吧？

电话接完了。甘晓鞸直接就要向马路对面的餐馆走，被卢家仪一嗓子叫住了。

"那证我后天来取，取完了给你寄家里去。你不用管了。我要走了！拜拜。"

甘晓鞸一时没反应过来，过会儿才知道他说的是离婚证。什么，他要走了，拜拜？就这么算完了？

吃饭呢？

不吃。都这样了，还吃什么饭啊。

卢家仪见甘晓鞸傻眉瓜眼地愣在那里，不由动了一点恻隐之心。他将话说得委婉了些："我还有事，我下午还开会呢。我已经约了别人吃饭。你也赶紧回家吧，随便吃点儿睡个午觉，跑一上午了，怪累人的。"

　　说着，他再没给甘晓鼙回味的时间，转身就上了交叉桥。一步并两步，两步并三步，甘晓鼙傻傻地站在马路牙子上，突然意识到卢家仪还没老呀。这身手，还蛮矫健的呀。

　　转眼他已经走到桥上了。快步如飞，一边走还一边打着电话呢。

　　甘晓鼙突然就明白了，卢家仪确实是有新欢了。

　　刚才那会儿他哪里是在跟领导低头哈腰呢，他是在向他的新女友汇报情况呢。瞧他那一路春风得意劲，这是要跟女友去庆祝呢！

　　甘晓鼙的心好痛，痛得仿佛要和身体分开。

　　她呼吸不上来了，立马感同身受到了儿子犯病时的情况。

　　可怜的儿子，他还蒙在鼓里呢。等下午放学回到家，他可就只有妈妈，没有爸爸了！

　　甘晓鼙的眼泪喷薄而出。她一个人怎么也都承受不住了。她只想尽快找一个人，让那个人变做她的拐杖，撑住她身心俱焚的灵魂。

吻别
前夫

第二章　丢人现眼

15

5

甘晓鞏要去找的这个人，叫朱华。是她自小一起长大的好朋友。在这个城市某周刊做广告部主管。周刊专攻吃喝玩乐，娱乐八卦。甘晓鞏常看，有时候看到什么好笑的，还会打电话去问朱华。无一例外的，朱华总是那么一句："狗屁文章，你还当真啊！"

朱华说话偶有粗鄙，甘晓鞏总是万分理解：老姑娘嘛！你还要她怎么柔情似水？

可要是哪天朱华情调分兮，半夜三更给她打电话，非要念一段抒情文字的话，甘晓鞏也万分理解：老姑娘嘛！总要思春是不是？

所以，甘晓鞏对朱华，是很有宽容心的。仗着自己结婚早，她对朱华可没少不客气过。

"有男人约会，你就得放下架子，别总以为自己还大小是个官。哪个男人看一眼就能看出好坏的？多接触几次会死人啊？"

"我可告诉你，这是最后一次给你介绍对象了。不是我不用心，而是剩下的男人，好的真是不多！"

"女人不结婚不生育，还算什么女人啊！"

"要给自己做一点长远打算，何以解忧，唯有老公。"

……

类似的话，一套一套的。听出来了吧，甘晓鞏和朱华，也算是无话不说的死党。所以才有权利，专门哪壶不开提哪壶。

除了损人，好友还有别的职责，如帮人化解痛苦、听人诉苦。甘晓鞏支撑不住内心的伤痛，一步一挪地去了朱华的办公室。

正中午休息，朱华一副女强人的姿态，桌上放着盒饭，一边看电脑，一边打电话。嗓音大得隔两道门都能听见。她一人占据一间二十平方米的大房子，办公桌就有双人床那么大。难怪她要以单位为家呢。

见甘晓鞏愁眉苦脸地走进来，她并不急着放下电话，又嚷嚷了几句，才算收了尾。冲甘晓鬻道："吃饭了没？脸色那么不好？"

甘晓鬻一屁股就坐在了椅子上，浑身的筋似乎都被抽掉了。她也不顾风度了，鼻涕眼泪哗哗地就流了下来："那个，那个老流氓，我们离婚了！"

"离婚了？"朱华二话不说，连忙起身，给甘晓鬻倒水。还算体贴，是温水，又从抽屉里拿出常备的白糖来，放了两勺进去。

"先喝水先喝水。"

她当然知道甘晓鬻说的老流氓，就是卢家仪。自从卢家仪出轨后，甘晓鬻每次跟朱华讲起这事，都不再叫卢家仪的名字了，取而代之"老流氓"。老流氓长、老流氓短的，老流氓发年终奖啦，老流氓今天去接儿子。这样称呼卢家仪，让甘晓鬻有心理上的优势。你说她现在还有什么啊？工作没了，儿子病病恹恹的，老公钱赚得不多，还不专情。老天公道，总得给每个人一点儿活路是不是？

甘晓鬻和卢家仪谈恋爱时，朱华就认识他了。老流氓这三个字，她可有点叫不出口。就算是老流氓，那也是甘晓鬻的老流氓，她叫他流氓算什么啊？好像卢家仪拿她怎么了似的。

但现在，既然他们已经离婚了，叫几声老流氓，就无伤大雅了。而且，还是帮甘晓鬻鼓气！

见甘晓鬻抽抽搭搭地喝了半杯水，朱华就说："谁要离的，老流氓？"

甘晓鬻点点头，擤了把鼻涕："我猜他是八成又有别的女人了。突然说离就要离，还逼着我立刻就去街道办事处。他可是什么也没要啊，这么嚣张，你说，他会不会是找了个富婆呢？"

"难说。"朱华说，"他这么不在乎钱、名利，可不是他的一贯作风呀。至少说明他有了新的打算，或是出路。而且这出路，还有比较好的前途。"

虽然卢家仪和甘晓鬻闹矛盾时，给甘晓鬻约法三章，不许她到处说他们的私事。但女人的嘴巴，有几个能真管得住？一年以前，甘晓鬻就原原本本全都兜给了朱华。要说朱华帮她出过什么主意没有，还真出过。她对甘晓鬻时不时拿鞭子抽卢家仪的做法，就一直不怎么赞同。

"你要是不想离婚，就别动不动就赶人家走！"

甘晓辇哪里能听得进朱华的话，尤其遇到男女情事。在她想来，朱华高龄一把，还没结婚，不正好说明其人情商有严重问题？不是不懂男人，就是不懂女人。甘晓辇怎么教训老公，还轮到她来说？

甘晓辇张狂呀，一贯张狂。她和朱华从小一起长大，除了自己的相貌比较漂亮外，学业工作收入，她可一直不如朱华。平生最大的得意之笔，就是早早结婚，生了孩子，就此将朱华远远甩在了后面。现在可好，一夜又回到了起跑线，她还不如朱华了呢，还拖着个油瓶呢！

现在，她还能对朱华说什么男女之事吗？除了乖乖听朱华教训她，她还有什么办法？

果真，朱华劈头盖脸，立刻就来了。

"早叫你不要刺激他你不听，现在事已成真，又做可怜相！妈的，你根本就是欠揍，给我哭诉顶个屁用。"

甘晓辇惊得语无伦次："朱华你不要落井下石，你总不会跟老流氓一条战线吧！快点可怜可怜我吧，听我哭诉一会儿！"

朱华依然不肯。

"离了就离了。还哭诉个屁咧！快点想别的办法，你下一步怎么办，是嫁个老男人找饭票呢，还是赶紧找份工作？我的乖乖，你这个年龄了，哪个单位还会要你哟。"

甘晓辇不服气："你少小瞧人。我好歹还有大学文凭。而且我希望先疗伤，待心情稳定后，再说工作之事。"

"十年前的文凭，做擦屁股纸都没有人要。随便你，到时候沦落街头，不要怪我没有提醒过你。"朱华倒不讲究，说完粗话，重新举起盒饭，埋头就能接着吃。

"朱华，你听我说……"甘晓辇哀求。又恨恨诅咒，"真没想到，你是这样坏的一个女人，一点没有同情心。难怪一直不能结婚！"

"嘿，你好。你好为什么还会离婚？"朱华三口两口扒完了饭，多少有点扬扬得意地看着甘晓辇，"你现在该明白你曾经对我有多么狠了吧！"

甘晓辇一个激灵，可不是吗，从前仗着自己已婚，没少拿刀子在朱华的心上捅来捅去。她教训起朱华来，哪句话不让人伤心哪！

风水轮流转啊，现在好了，现在该朱华教训她了。

就因为她离婚了，成了单身母亲，还没有工作！她昨天还可以对朱华说，她是全职太太，今天她就得用"孤儿寡母"这个词了。

难道还不该被人教训吗？

教训吧教训吧，想想刚才和卢家仪告别的时候，他吞吞吐吐，不肯跟她吃散伙饭。她立刻就察觉到他有话外音，瞧吧，离婚对人的帮助多么大啊。甘晓蕈长到三十四岁，从来就没有知道过什么叫做话外音，现在不仅听得懂话外音了，还能灰溜溜地接受朱华的教训了。

一边听，她还一边侥幸呢。幸好这不是她妈在训她，否则她要是不小心，奔回家去寻安慰，那还不被她妈骂个狗血喷头？

就这么乖乖被离掉了，连神都没有回过来。事情的来龙去脉都没弄明白，就被老流氓这么给离掉了？

她妈可没朱华这么好说话，女儿离婚，首先会让她妈在麻将桌上抬不起头。甘晓蕈的妈妈最恨的就是人前抬不起头了，哼，到时候，她对她的仇恨，肯定会远远大过对卢家仪。

甘晓蕈想到这些，一时有些发愣。家里这一关怎么解决，她不敢多想。脑子一分神，连朱华在骂什么也听不见了。

不知过了多久，朱华终于骂完了。饭也吃完了。抹把嘴，问甘晓蕈："吃饭吗，饿不饿，我带你出去吃点什么？"

"我心痛，我吃不下。"甘晓蕈刚刚呻吟了两声，就被朱华快刀斩乱麻地做了停止的手势，"不许诉苦，听到没有！"

她拎起包，拉着甘晓蕈站起身。"走，去吃牛排。好好吃一大块肉，你就知道该怎么办了！"

不容辩解，也不许挣扎。甘晓蕈被朱华一把拽了起来，一起进了电梯。

6

朱华的报社，在市中心一幢二十六层楼的写字楼里。里面还有无数间大小公司，二楼有食堂，一楼有开水房，顶层有咖啡厅、茶馆和棋牌室。但朱华说的吃牛排，肯定不是这些地方，而是旁边的一家西餐厅。

两人一路上都不说话，甘晓鼙被朱华劈头盖脸一顿教训，已经没有了心情。早上出门时湛蓝的天空，到这会儿只剩下了燥热，她低着头撅着嘴，心不甘情不愿地跟着朱华进了西餐厅。

一个穿藏蓝制服的女孩子，立刻迎了过来。朱华看来是这里的常客，只说了一句"安静点"，女孩子就将她们领到了墙边靠窗的一张桌前。

餐厅里人不算多，但甘晓鼙做贼心虚，觉得自己脸上已经被刺了"离婚妇女"四个大字，字迹未干，还滴答着墨水哪！觉得每个人都饶有兴味地盯着她看。她脚步趔趄，手心发汗，心想有副墨镜就好了。

好不容易挪到了桌子前，她一屁股就坐在背对大厅的椅子上。

朱华什么也不说，挥手叫服务员拿菜单。也不征求甘晓鼙的意见，直接就给她订了美式牛排，七成熟，又要了一碗浓汤，一盘蔬菜沙拉。

"朱华。"甘晓鼙豁出去了，她要说的话，一定要说出来，"腾腾还不知道我和他爸爸离婚的事，我该怎么告诉他？要不要瞒着他？"

朱华这会儿没有阻拦她，毕竟她还是儿子的干妈。平时对腾腾的操心，她不比甘晓鼙和卢家仪要少。但她还是不许甘晓鼙掉眼泪。

"你一张嘴就哭，孩子还不吓坏了？你不能哭，记住，不管怎么跟他说，都不许哭！有什么呢，不就离了个婚吗，天能塌下来不成？先吃饭，吃完我告诉你怎么办！"

可能人在痛苦彷徨的时候，就得需要朱华这样的人。你说她是独断专行也好，是不通情理也好，至少她的嘎嘣脆，还是有点主心骨的样子的。

甘晓鼙想，算了，那我就吃饭吧，反正她也不听我说。吃完看她怎么讲。

她现在把自己放得很低很低，像张爱玲说的，低到尘埃里去了。自己半点主意也没有了，跟卢家仪以后怎么处、儿子自己怎么带、要不要尽快找份工作、那点存款怎么办、那么大一套房子娘俩怎么住……

吃吧吃吧，牛排味道不错。真的像朱华所说，喀嚓一块肉下肚，精神顿时好了许多。甘晓鼙都有勇气自嘲了，问朱华："我还不算人老珠黄吧，有没有可能再来第二春？"

见她勇气渐生，朱华态度也好了许多，欣然回答："减减肥、美美白，肯定没问题！"

又说："你不能光想着再找个男人这事儿。叫我说，你当前最大的问题，是得赶紧在经济上站起来。你得挽和到社会里去，一来忙一些，能让自己忘记这事，二来经历点风雨，也能帮助你更坚强。我可不希望我儿子整天面对一个怨妇，要是那样，不如把腾腾交给我带。"

这是什么世道，刚失去了丈夫，就有人来抢儿子了。

甘晓鼙赞成朱华的话，她的确需要一份工作。不仅仅是为了忘记烦恼，还有经济问题。就那么一点存款，她总不能就坐吃山空吧？

"做什么样的工作呢？"甘晓鼙问。离开单位两年多了，早已不习惯早早起来赶公交车，一整日神经紧张，见人就要三分笑。

"你哪里有挑有拣的？等会儿先买几份报纸，好好研究一下招聘广告，记住，你已经没有挑拣的份儿。无论什么工，有钱给你，就要去做。"

她说得太严重了。甘晓鼙才不信！两年前，她离开单位时，好歹还是业务骨干。

吃完了，朱华也快到上班的时间了。她终于洪恩浩荡，看了看表，对甘晓鼙说，给你十分钟的时间，诉苦。

"一次性买卖，相当于我拿出免费十分钟送你版面。有什么委屈，尽快道来，一次说清，下次再也不许诉苦。"

"为什么？"甘晓鼙生气，"难道以前我关心你还少？"

"我什么时候对你诉过苦？而是你硬贴上来关心的，忘记了吗？"

朱华这话似有道理，她一直未婚，个人生活又一直不详。虽然单身多年，甘晓鼙却并不知道她是否寂寞，是否伤感，是否也和她一样，总以为自己脸上刺了"不幸"两个字?

每次参加同学或女友的婚礼,也不见她有多少痛苦。总是安安静静坐在一边,偶尔会抽烟解闷,HIHG起来时,也会跳到台上,唱一两首好听的歌。

甘晓翚结婚十一年,这期间,朱华渐渐熬成了老姑婆。女人并不是只有离婚才可怕,一直结不了婚,压力不也很大吗?

这么些年,甘晓翚只顾着训斥朱华不努力,介绍一次对象不成功就横空跳出来指责她,何曾想过她的无奈、她的憋屈、她的心灰意冷?

怪,本来是要对她好好诉苦的,却突然感慨万千。生活真是奇怪,当甘晓翚滔滔不绝向朱华讲起这些时,朱华拍拍她的手,说了以下两点:"一、十分钟时间到,你自己不珍惜,以后就不再有机会了。二、看来天下的女人,至少都应该离一次婚。你这样一个蛮横矫饰的女人,都能变得善解人意,恭喜恭喜。"

说着,付账,站起身来,要走。

甘晓翚再一次目瞪口呆。"我何曾蛮横矫饰过?"

难道她一直这么看她?无从辩解,说不出什么滋味。对朱华又爱又恨,无可奈何,只好冲她挥挥手:"你先走吧,我再发会儿呆。"

朱华也不客气,说马上要开会,非得走不可。又叮咛她出门买报纸,晚上有时间,给她来电话。

说着,高跟鞋嗒嗒嗒地走远了。

甘晓翚一个人,扶着腮帮子,坐在餐厅里。

桌上还有没吃完的蔬菜,蘸了沙拉酱,有一口没一口地,又吃了一点。心里空啊,空得没边没际。将手机从包里掏进掏出无数次,对着卢家仪的电话号码,看了无数遍。

她觉得上午这一趟,就像一个人去动了次手术,切掉了一只手或是一只脚。现在麻药劲过了,醒了,虽然疼得撕心裂肺,但总觉得那手那脚,还长在自个身上,取个东西,走个路,忍不住还要试用一下。可是等伸出胳膊伸出腿时,才知道本该你的,已经没了。

　　卢家仪就是甘晓鼙被凭空给切掉了的手或脚。

　　她哪里能真的说忘就忘呢。要不是拼了命地忍着，加上朱华在跟前，她肯定已经打给卢家仪无数次电话了。为什么不打？平时哪个中午，他们不发短信？问问吃什么，问问晚上要不要买点东西回来。或者他会告诉她，他晚上有应酬。

　　昨天还是这样呢！今天就什么都没有了？

　　她就不信卢家仪一点不想她，不觉得这么从此不再联系，就不奇怪。是人都有惯性的嘛。

　　打，有什么了不起的！老娘就是要知道你卢家仪中午吃什么，我就是想知道你是不是吃得下睡得香？有没有和我一样，失魂落魄？

　　想着，手指头忍不住就按下了电话。她打的是他办公室，没打手机，怕他压掉。或是找个借口，不接。

　　下午上班时间到了，离婚也办完了，他也应该去办公室了。

　　有人接了，正是卢家仪。先清了清嗓子，听着还有痰气呢。看来中午吃了肉，说不定还喝了酒。

　　甘晓鼙好生奇怪，这么一个耳鬓厮磨、听声咳嗽就知道他心情和饮食的男人，真的就跟她没有关系了？一张离婚证，就有这么大的作用？连中医大夫抹去西医的痕迹，都要好几个月呢！他凭什么，就可以站在大街上，跟她拜拜一声，就没了影子？

　　她强作镇静，再三告诫自己，无论怎样，都不许发脾气。她知道卢家仪是在故意问她是谁，他的电话上有来电显示。这么一会儿工夫，他就连她的电话号码也陌生了？

　　"是我。"她说。尽量还用妻子，或者至少是老熟人的口气跟他说话，"我在外面呢，刚吃了东西。你晚上要不要回来一趟？"

　　没声音。不接话。怎么了，她什么地方没说对？

　　"我的意思是，腾腾那边，总要跟他说一声吧。你来说，还是我来说？"

　　她这个理由总没有错吧，他们是离了，儿子不还在那儿吗？卢家仪一贯标榜自己爱儿子爱得要死，难道他没有责任或义务，告诉儿子一声，他已经离婚了，而且是自己亲自写的协议吗？

他是没胆还是怎么的？

听甘晓翚这么说，卢家仪可能才想到这个问题，终于发出了吭哧声："这样吧，这样吧，先别告诉他，可以骗他我出差了。"

"你出差了？卢家仪，你这不是逃避问题吗？骗到什么时候，你就出差回来了？我从明天开始，要找工作了。以后对儿子的照顾，肯定不会再如从前那么细致。而且，我也已经打算告诉他了，但这事我是觉得两个人一起告诉他比较好。要是你没胆量，你不来也行。我自己说给他听，说的时候，如果有对你的不敬之词，你就再去想办法挽回吧。"

怎么搞的，两人这才刚对上话，她的口气又这么冲了？她控制不住啊！

果真，还没等到她后悔呢，卢家仪已经说了："行，我就算告诉他，也不会回去告诉他。那地方和我没有关系了。你也和我没有关系了，所以你爱怎么说就怎么说吧！我管不了一个和我没有关系的女人的嘴！何况你一贯刻毒！"

没等她反驳，他的电话已经挂掉了。

甘晓翚只觉一股凉气，从脚底心直接蹿到了脑门顶。

"他他他……"要是此刻她站在戏台上，肯定就是一气喘吁吁的老旦，手指哆嗦着，摇摇欲坠大半天，却只能嘟囔出一连串的他他他来。

7

那份迫不及待的撇清、那份绝不饶恕的仇恨，都说明卢家仪根本就没拿甘晓翚当熟人，更别说什么狗屁妻子了。

甘晓翚平白无故，又遭受了一次重创。刚收起电话，铃声就响了起来。朱华的，干脆利落地对她说："刚才走得匆忙，忘记交代你，千万千万，不要跟卢家仪联系。他不主动找你，你绝对不要找他！记住了没有？"

甘晓翚不吭声。

朱华立刻就骂了起来："你是不是已经找了？你这个没出息的。算了，我要忙，等晚上找你算账。"

甘晓翚气死了，立刻回答："我不要你管，你拿我当什么啦，还真以为我离了你活不下去？我告诉你，朱华，你嫌我是累赘，就干脆明说。我们以后河水不犯井水，再也不要来往。"

说完，喀嚓，先挂了电话。

终于轮到她先挂电话了。这先挂电话的感觉，可不就是好吗？

丧气吧唧地出了西餐厅。走了几步，才想起来朱华吩咐买报纸。又绕回来，去餐厅门口的报刊亭买报纸。卖报纸的是个老头，刚立秋，两手就抄在了衣袖里。问甘晓翚要什么，甘晓翚自己也说不清楚，还有点不好意思，就说有本地广告多的那种报纸。

噢，老头见多识广，立刻就说："你是要找招聘广告吧！"

说着，三下五下地，就给甘晓翚凑了七八份报纸，还问："周边城市的要不？"

甘晓翚臊得头都抬不起来了，赶忙摇头，说不要不要。可以了，太多了，也许用不了呢。

老头毫不客气："多了？哈，就这，你不连续看几个月，也找不到一份工。你看上去岁数也不小了吧，至少有孩子了吧？现在刚毕业的大学生，找份工作都不容易，何况你这岁数的？怎么的，是下岗了，还是离婚了？要做好打持久战的思想准备啊。"

老头越是语重心长，甘晓翚越是沮丧绝望。今天是什么日子，为什么出门前没有看看黄历，是不是写着：诸事不宜？

上公交车，转车，再上车，等回到家，甘晓翚就像刚上井面的煤矿工人，脸黑着，步子塌着，整个一个死去活来的感觉。

连倒杯水喝的力气都没有了。早上走得匆忙，家也没有收拾，窗户也没开。一进门，一股隔夜的馊味，地上是头发，茶几上堆着半夜卢家仪吃剩的方便面！甘晓翚能不来气？可来气又能怎么着。刚才那一通电话，已经让她明白，就算马桶里有卢家仪的大号，她也得捏着鼻子收拾了！

只当是家里进了贼，留了点记号！

甘晓翚有点小洁癖。她最怕的就是从外面进了家，看见地板花着，床上被子也没叠。喘息了几分钟，也顾不上气愤了，索性放下报纸，拖地抹桌。一边收拾，一边在想那老头说的话。要是工作真不容易找，她就去帮人家做家政吧，她不是爱干净吗，不是喜欢收拾房间吗？

一个堂堂学管理的大学毕业生，要去做家政！说不定，遇到个家境好的主顾，还可以将男主人拉下马呢！

这么想着，不由解嘲地笑了起来。

一笑解千愁，真的是，她顿时觉得心理负担没有那么重了，手脚也轻快了许多。

到了洗衣机跟前，一看，里面还有卢家仪一双袜子。跟他说过无数次，袜子内裤要单独拿出来洗，他从没有听过。好了，以后也不用唠叨了。甘晓翚拿了双筷子，将袜子捡出来扔进垃圾筐，顺手将筷子也扔了。

看看表，已快四点。儿子要回来了。怎么跟这个小祖宗交代，将是她今晚上最发愁的事。她决定出去，去小区服务部的卤肉店里，给儿子买两个他最爱吃的卤猪蹄。孩子嘛，跟狗一样，口腹之欲满足了，其他一切都好说。

吻别前夫

第三章　蝇营狗苟

8

九岁的腾腾，可能因为身体不好，比同龄的小男孩要瘦一些。眼睛已有点近视，最近正在治疗，临睡前戴十五分钟保健镜，吃完饭，做眼保健操。每天都得在甘晓犟的严密监视下，才能完成。

儿子进门之前，甘晓犟已做好了米饭。正在切菜：茭白、西红柿和圆辣椒，打算合炒一个菜。猪蹄趁热，放在温锅里，闷一会儿，还能烂一点。

一会儿，就听见腾腾和几个小朋友在楼下哇啦哇啦。他上的学校不错，就是远了点。每天接送太辛苦，小区几个孩子的家长一合计，就包了一辆出租车。让司机负责接送，几家人一起分担，一月二百元。腾腾有了这几个孩子，也不愁没有玩伴了。每天放学后，几个孩子都会在楼下的草坪上玩一会儿。

他的声音一出现，甘晓犟的心就慌乱了。之前想了无数遍开场白，还有朱华教给她的一招三式：以不隐不瞒为方针，态度干脆利落、严肃认真，再加上励志，就一定能掌握住局面。朱华的意见是，越早越真实地将情况告诉儿子最好，而且不能有任何怜悯之情，自怜更不行。不仅甘晓犟，儿子也一样，要敢于直面惨淡的人生和淋漓的鲜血！

想到鲜血，手就一哆嗦，咔叽，切破指头了。血顿时流了出来，染红了案板。甘晓犟嘴里骂了一声"该死"，放下刀，赶紧去找创可贴。正在贴手，儿子就敲门了。一边敲，一边撒着娇，有节奏地嚷着："妈妈——开门，妈妈——开门。"

自从甘晓犟辞职在家后，可能最高兴的，就是儿子了。无论什么时候他回家，家里都有人；肚子一饿，就能有香喷喷的饭菜。衣食无忧的背后，他哪里能想到父母之间会有什么风暴。

所以，门一开，看到甘晓犟捂着手，头发蓬乱，一脸的紧张表情时，腾腾立刻就警觉了起来。空气中有卤猪蹄的味儿，他也顾不上欢呼。一把拉住甘晓犟，不住声地问："妈妈你怎么了，你不小心切到手了吗？"

儿子心疼起人来，那股咋呼劲，是很像卢家仪的。卢家仪就知道，越是喊得热火朝天，就越是能大事化小，小事化了。有一回甘晓鼙受了凉，肚子痛，让他灌个热水袋来抱抱，他就这么又叫又嚷，装腔作势，还要打电话叫救护车呢。

甘晓鼙嘴唇哆嗦，欲言又止，一想到这孩子，还蒙在鼓里呢，就被父母这么背叛了。她真是不忍心啊，可心慌意乱的，说是可怜腾腾，其实更是可怜自己。一时间抱着手，连坐下都没了心情，脱口而出："我和你爸离婚了！"

腾腾的脑子，肯定还没转过弯来。要不就是，他有意识地在选择逃避。他假装没有听到这句话，放下书包，轻描淡写地说了句："我尿尿去！"

这一尿，就半天没出来。

甘晓鼙恨自己，干吗这么沉不住气，难道还真的需要儿子来安慰你吗？

她甩了甩头发，终于能江姐就义般的从容了。切菜，炒菜，抽油烟机轰隆隆的，又做了一个紫菜蛋花汤，煎了两条冰箱里拿出来的小鱼，三下五除二，端上桌了。

解了围裙，才发现家里静悄悄的有点不自然。儿子呢，儿子怎么没有在看《大风车》呢？还有《名侦探柯南》，那是雷打不动他一定要看的呀。

"腾腾——"甘晓鼙喊。去推儿子的房门，锁着，而且是反锁着，拧不开！

糟糕，她这才意识到，刚才自己一瞬间的情不自禁，让腾腾受了重创。这劈头盖脸的噩耗，比起卢家仪突然要跟她离婚，程度更为严重。你想啊，离婚的话，在她嘴里，已经咀嚼了一年多，她尚且肺腑俱焚，儿子又如何承受得起？

想到这里，她立刻觉得儿子跟她成了一根绳子上的蚂蚱，这让她又痛又恼。找到钥匙，一路小跑去开门，儿子却拼了死劲顶住门，不让她进去，也不说话。甘晓鼙又是请求又是求饶，腾腾就是一言不发。隔着一道门，甘晓鼙只听见他从牙齿缝里发出的嘶嘶声。就像小狗在威胁人。

"腾腾，你怎么了，让妈妈进来。有你最爱吃的卤猪蹄呢，你来吃吧。"

她这阵又想假装什么事都没发生过。

儿子还是不吭声。甘晓鞶终于意识到话得重新说一遍，可难度已上了一个台阶。"儿子哎，我和爸爸的事，跟你没有关系啊。你出来，我慢慢讲给你嘛！"

良久，儿子说："那你告诉我，你们没有离婚！"

哎呀！端的要了人命！这话怎么说，公然哄骗他？待吃了猪蹄后，再告诉他其实是离了？甘晓鞶再糊涂，再为离婚而伤心，也知道大人是不能这么跟孩子说话的呀。她息事宁人，再三告饶："你得先出来，妈妈才能好好告诉你。"

"不，你和爸爸离婚了，我就永远不出来！"

腾腾嗓子眼里满满的哭音。哽咽地说不下去，又还要逞强，还有点侥幸心理，渴望着甘晓鞶骗骗他。甘晓鞶能怎么办？她两手发抖，两腿发软，新仇旧恨，全都集中到卢家仪身上了。原来他不要房子，不要孩子，不要存款，是为了逃避这事啊！早知如此，还不如她一走了之，扔给他这堆烂摊子呢！

孩子会这么痛苦，这么激烈，是甘晓鞶绝对没有想到的。她也哭了。朱华之前的谆谆教诲，已经扔到了爪哇国里。借着儿子的悲痛，她也要趁机发泄。

谁知她刚哭出声来，腾腾却拉开了门，奔了出来，钻进她的怀里，抱紧她的腰，央求她："妈妈别难过了，妈妈你别难过了。"

孩子的举动，终于唤醒了甘晓鞶的责任。她意识到是自己失态了。面对困难，她没有给儿子做一个好榜样，反而是儿子，比她更坚强。她一把抱住腾腾，母子俩终于好好抱头痛哭了一场。

甘晓鞶从一大早起，郁积的内伤，这会儿才有了发散的地方。

哭完了，意识也清醒了，甘晓鞶终于冷静了下来。她将儿子一路抱着，走到了沙发前，然后她让儿子坐在她的腿上——孩子大了，已经有点坐着吃力了，可他们俩谁都不肯松手，就这么紧紧地抱成一团儿。甘晓鞶抹干净了眼泪，朱华的教诲，也浮现在了脑海里。她用最大的温柔劲儿，对着儿子说：

"妈妈和爸爸，一直有点小矛盾。但是怕你知道，所以一直瞒着你。你要知道，两个人，如果矛盾闹得久了，还总是在一起，就会很不开心。所以，我和你爸爸决定，分开一段时间。他搬出去住了，以后你跟妈妈住在一起。我们都还是会心疼你，都会非常非常心疼宝宝。你是妈妈的好孩子，妈妈以后还要靠你多多照顾哪，所以呢，腾腾你也得勇敢起来，帮妈妈一起战胜困难对不对？"

见儿子频频点头，甘晓翚知道自己这段开场白算是说对了。接着道："但是因为爸爸离开了我们，而腾腾也大了，所以妈妈还有个任务，就是要去工作。这样虽然只有我们两个人，可我们也能过得很好。所以妈妈明天开始，要找工作。如果找到了工作，很可能就不会像从前照顾腾腾那么周到了，你说，你能接受吗？"

儿子还真懂事，虽然眼睛里又冒出了泪花，可还是咬着嘴唇，狠狠点了点头。

甘晓翚的心都要碎成十八瓣了，但她拍了拍儿子的屁股，大着嗓门说："好嘞，咱们现在开始吃饭吧。给儿子一个大猪蹄！"

菜已经有点凉了，但猪蹄还是热的。吃饭的时候，甘晓翚第一次无原则让步，答应儿子不用吃米饭，拿着猪蹄，直接坐在电视机前，看"柯南"去了。

母子俩接着一直没什么话说，儿子慢吞吞吃完了猪蹄，洗了手，翻出课本来做作业。甘晓翚没有像平时一样看闲书或电视，而是悄悄进了卧室，搬出个大纸箱，将卢家仪没有带走的一些个人用品装进去。她想，不能总在家里留着卢家仪的痕迹了，她也得像中医大夫那样，把卢家仪的痕迹消灭掉。怕儿子会见景生情，不如快刀斩乱麻。

平时不觉得卢家仪在家里有什么东西，待收拾起来，才发现真不少。大部分是衣服，还有他和儿子都喜欢看的考古书、拿回家没有处理掉的文件、半坏不坏的剃须刀、磁化杯、棒球帽、影碟、棋盘、老照片、旧皮带……

他平时用得多的，和他关系大的，都算他的。乱七八糟扔了一堆，拿卷胶带，刺啦粘牢，推拉着，被甘晓翚藏到储藏室里去了。

一会儿就听见儿子在洗澡的声音。这还是第一次吧，腾腾没有让甘晓翚催着洗澡。也是第一次吧，没有让甘晓翚先试水温。

看看表，八点半，儿子该睡了。甘晓翚强打精神，从儿子的小书架上抽出一本《哈利·波特》来，准备给儿子念一段故事。儿子洗澡出来了，身上还散发乳香呢，看着她，不说话，眼睛里全是央求。甘晓翚立刻主动说："来，跟妈妈睡吧，去大床。我就来，给腾腾念念书。"

儿子马上奔到主卧室去了。

甘晓翚心想，她这样惯孩子，也不知道好还是不好。但不管怎样，人受伤了，总是需要时间恢复的吧。何况，她对儿子的爱，从没有这一刻如此强烈酣畅过，仿佛只要贴住了儿子的心，她的世界，才能找到平衡。不是儿子需要她，更多的是她需要儿子。

腾腾安安静静地听甘晓翚念故事。房间灯光温暖，她的声音，非常的平和温柔。儿子听了一会儿，眼皮已开始打架了。她摸了摸他的额头，轻声说："睡吧，好吗？"

腾腾点了点头，突然又伸出了手，要抱抱她的脖子。甘晓翚凑过脸去，儿子贴住她耳朵，悄悄说了一句："妈妈我爱你。"

9

儿子睡下后，甘晓翚将下午带回家的报纸，一张张翻来看。

平时她从没有注意过广告版的招聘信息，现在一看，才倒吸一口凉气。原来朱华说得没错，她确实已经很难找到合适的工作了。无论年龄还是性别，她都没有丝毫优势。

最糟糕的是，报纸上除了年薪奇高的高管，就是上不了桌面的杂活儿。看来金融危机，不是需要拯救公司于水火的天神，就是需要做一天工拿一份钱的小民。

她定了定神，决定不要着急，先将自己大概可以做的工作圈出来。等翻完所有报纸，数了一数，有十来个：公司广告文员、酒店管理、工厂文秘、内刊报纸、项目部秘书、采购……都不需要什么特别的技术，她有工作经验，也有责任心啊！

正在琢磨，电话铃响了。

是朱华，快十点了，才刚回到家里。听声音很疲惫，但还算有良心，知道问候她一下："我走以后你都做什么了？"

想起朱华骂她打的那个该死的电话，甘晓鞏就不想答理朱华。她冷着嗓子说："还能怎样，给儿子做饭，吃饭，哄他睡觉。刚忙完，在看招聘启事。"

"有合适的工作吗？"

朱华不愧是事业女性，什么她都不关心，只关心工作。听她那么急切的声音，好像生怕甘晓鞏明天找不到工作，后天就会向她借钱似的。

"有，有一些。但我得挑挑。"甘晓鞏不想给她看笑话。

"那就好。"朱华松了一口气，也不管那工作八字是否已有一撇，就又开始教训她了："出来做事是要付出代价的，不能偷懒，每天按时上下班，见人就要笑，再讨厌的人也不能躲，一把年纪还得听领导训斥，再不想做的事，也要去做。同侪倾轧，上司不公，这些统统都是正常现象，你唯一能做的就是忍气吞声，你可做好准备？"

甘晓鞏很累，不想听朱华这么咄咄逼人的口气。她唔了一声，没精打采地说："不想说话，要睡觉。"

朱华却不放过她，追着问："跟儿子说了吗？"

"说了。"甘晓鞏主动交代过程，"我吓着他了，真是没有办法。"

"猪脑子啊。"朱华又来了，"腾腾比你还有出息。你一定要尽快改变自己的心态，坚决不能认为自己是个受害者，明白没？你离婚，就像一碗饭不好吃，推开不吃！不是老流氓害你如此，也不是命运吊诡，你得自己站直了……"

行了行了，朱华你不能这么得寸进尺知道不知道！

我现在就是一个受害者，谁能否定这一点？就是一个可怜虫，就是一个倒霉蛋！我不想再听别人对我大喊大叫，教训个没完没了了！

别以为是朋友，就可以这么肆无忌惮。朋友怎么了？不过就是公交车，上上下下，纯属正常！我这么难过，整整一天了，没听到你一句安慰，天都黑透了，你还这么凶巴巴的，到底要怎样嘛！

甘晓翚没耐心了、烦了、受不了了，她拿开了听筒，不说话。也不知过了多久，等再拿起来，朱华那边已经挂了。

可能她也知道自己太过分了吧！

10

第二天早上，送儿子去上学后，甘晓翚就回到家，准备按图索骥，找那几家公司求职去。

第一家是叫宏图的一个装饰公司，需要一个广告文员。甘晓翚并没有做过任何和广告有关的工作，但她觉得这会是一份文字工作。她是学文科的，粗通管理知识，一般的文员还是可以做的吧。

看地址，是在郊区的一个家具装修市场里，但离她住的地方不算远。那里她装修房子时没少跑过，而且看招聘启事，写的是公司。谁知去了，才知道，所谓公司，就是石材门市部，十来平方米的铺面，里面各种花岗石塞得满满当当。一个黑瘦干瘪的男人正在抽烟，见她问宏图公司，他说："我就是，怎么了？"

口气相当不客气，拿她当了找茬儿的顾客吧。

"我找宏图公司的老板。"她尽量文质彬彬，离开社会两年多了，她得学着说说客气话。

"我就是！"

"公司也在这里？"她结巴了，"是是是在招广告文员吗？"

"哦，是！"男人对着大门啐了一口痰，飙出十几米，内功了得！"你要来？知道怎么做吗？"

"不不不。"不对，重新说，"是是是，我是想试一试。可是这里要广告文员干什么？"

"写广告词！"男人举起胳膊，走到了店门口，给她指市场大门口的一溜儿广告牌，"看见了吗？那里以后经常要换广告词的，我买了一块板子，现在需要一个专门的人来给我写词儿！"

板子！词儿！

这都是什么话哪！甘晓鞏心里说不出的晦气，还公司招聘广告文员呢！

"一月多少钱？"她问。只当没话找话吧。

"五百。"

她差点闭过气去，这是什么公司啊！男人看了她一眼，理直气壮地说："我们要的是兼职的，最好本身就是广告公司的人。所以，我们不给对方买任何社会保险！"

甘晓鞏无语，连点礼貌也不想讲了，扭头就走。男人却还在后面追上一句："还要不要做啊，条件可以再谈！"

第二家要坐车两三站，是家电器企业的项目部的秘书。

在甘晓鞏的心里，一直觉得秘书是个简单活儿，只要口齿清晰，笔头利落，能听话，就都可以做。她知道自己没有年龄优势，但她有人生经验哪，而且刚离婚，明白人世艰难。这是份需要情商大过智商的工作，她想，只要自己向对方讲明白，再给他们看看她曾经在大学时写的一些小文章，还是很有可能被录取的。

谁知道一进去，才知道这么一个小破岗位，居然密密麻麻有二十多个人站在那里等面试。个个都是葱嫩葱嫩的小丫头，而且瞧那打扮，那眼神，那姿态，那动作，个个都是人精。

有一个工作人员，看了她一眼手里拿的自己打印的简历，摇了摇头。什么也不说，就指了指大门。

"为什么？"她不甘心。

"她们都是筛选过一轮的，你没有通过初选，请离开吧。"

说完，胳膊又直直地杵起来了。

到中午，甘晓鞏又跑了两家。

一个是手机专卖维修店，就写工作人员，月薪三千。她以为是卖手机，结果人家说，主要是收购二手机，要懂维修手机，而且最主要的要懂得和不法分子打交道。所谓二手机，大部分都是小偷拿来销赃的。别说手机店的人看着她奇怪，她自己也觉得自己和这个行当相差太远。简直像提了针眼摄像机的记者，赶来偷拍的。

茫茫人海，不知道收留她的桌子在哪里。

再下一家，是个珠宝网站，需要编辑。

来之前，她已经大概看了看这个网站，花里胡哨的，主要是卖一些首饰，价钱都在二三百元最贵也就一千来块。从手机店里出来，她就站在街边给这家网站打电话。接电话的，听声音是个小女孩，好像从没有想到过真会有人打这个电话似的，问了两三遍，才恍然大悟的样子："哦，你来嘛，你先来，和我们经理谈一谈。"

然后告诉她地址，在某条街某条路某招待所的五楼。

"门口有挂牌子吗？"甘晓鞏一听招待所，就觉得好像是去诈骗团伙。

"没有。"对方回答得倒是很阳光，没有丁点儿尴尬，"在513房间，你直接上来敲门就行了！"

甘晓鞏辞职两年多，这个社会好像变了很多很多。以前不是这样的呀，无论做什么事，和什么人打交道，都是有一条明晰的线索。办事之前，就能猜测到自己将会沿着那根线怎么走，见了人怎么说话，事情如果不合宜，用什么方法解决。可才两年，外面的世界就如同一张牌翻了一个个儿，捏在手里也不知是大王还是小鬼，她根本不晓得下面该走什么招数了！

招待所。福星招待所。听过这么可笑的名字吗？

果真，招待所坐落在一家热闹非凡的菜市场旁边，再一边是药店和发廊，还有一家卖叉烧的小饭馆。

"小时房，每小时20元。""最低房价，60元/间。席梦思、热水器、电视。"

甘晓罄跳过一堆烂菜叶，进了招待所的门。

没有人答理她，也没有工作人员出来问你找谁。什么都没有，连个人影都没有。也没有前台，没有大厅，直接就是楼梯。

真是大开眼界。

甘晓罄敲513的门。开门的是个头发蓬乱、穿深灰色外套的男人。没精打采的样子，好像被人从梦中叫醒。

待进去，甘晓罄才意识到，可能这男人真的刚睡醒来，看看表，已经快十一点了。

"是应聘编辑的？"他招呼甘晓罄落座，自己去洗手间洗脸刷牙。

这是一个非常简陋的两间套的房子，里面估计是客房，外面的客厅布置成了办公室。几张黑糊糊的办公桌，窗户上装着防盗网。

甘晓罄这才看见房间一个角落里，坐着个年轻女孩，扎着高高的马尾巴，神情倨傲。甘晓罄客气地冲她点了点头，她却没有任何反应。甘晓罄想，刚才那电话，是她接的吧？这俩人是什么关系呢？

仿佛知道她在想什么，男人已经踱步走了出来。告诉她说，这个网站，是拜他家族企业所赐，他们家就是做珠宝的，现在需要在网上做个窗口。又指那女孩，说是他的外甥女，现在等于是他们两个人在做这个事情。希望能有一个编辑，负责编写珠宝的宣传资料，比方怎么鉴别珠宝，目前珠宝都有哪些流行的趋势，或是关于珠宝的故事。总之，就是要她每天收集一些资料，将这个网站的页面添满。

"工作不辛苦，你在家里就可以做，还不耽误洗衣服做饭。"男人仿佛一眼就看透了她的生活背景："你只要每天过来一次，我们一起讨论一下稿子就可以了。"

"多少钱？"

甘晓罄曾经也是不敢随便谈钱的人，但此刻，这三个字脱口而出。才离婚一日，她真是变化超大，问完了钱，还敢直通通地逼视男人。好啊，甘晓罄，她自己心里这么说，离婚真是一件大好事，你曾几何时，做人如此强势过？

"八百。"男人自知这数目太低，也知道这样的工钱，未必能招到合适的人。他一边看着甘晓輦的简历和资料，一边安抚她："三个月后，要是干得好，还可以增加。你不用着急回答我，你自己想一想。现在工作都不好找，这份工的优势是，你还可以顾得上家。看样子你就是有小孩的嘛，你想想，想想。"

"其他什么都没有？"

"没有。"他回答得倒很坦然。

甘晓輦在琢磨："要不要先这么干着，再找别的机会？"

她非常需要一份工作，让她有立刻开始新生活的感觉。昨夜一个晚上，几乎没有睡着，她无法想象一整个白天地坐在家里，她会怎样。她肯定会不停给卢家仪打电话的，继续纠缠他为什么会这么利索地离婚。

或者，她的母亲，就会一遍遍上门来，教训她没出息。

她得赶紧有出息起来，找份能赚钱的工作，将是最重要的一步。

她答应了。脸上的表情，当然也显现出了大家闺秀落难的神情。男人别看邋里邋遢，却挺会洞察人心，仿佛对她的承应，早已胸有成竹。一边起身送她，一边拍拍她的肩头："经济不景气，工作也不好找。我看你也是有文化的人，做这份小工作，可能会感到委屈，但谁不是在将就呢？"

仿佛他也被屈了才。甘晓輦不想再多说什么，跟男人说好，她回家安顿好，明天就开始工作。

到了招待所外面，才发现这地方竟离儿子的学校并不远。一个主意，立刻在她脑海里明晰起来。

搬家！搬到这附近来住。郊区的那个房子，也可以出租出去。那边大，环境好，肯定房租能比这里贵一点。她和儿子，要套比较小的房子就够了。只要收拾干净，没有什么不好的。重要的是，她现在要有过紧日子的概念，要节约，要赚钱，还要尽快让自己坚强起来。

吃了一碗拉面，她就直接进了街道对面的一家房产中介所。

租房卖房的消息铺天盖地，怎么会有这么多人居无定所？房介小姐听她只是想换房租，立刻指点迷津，告诉她她的房子虽然小区环境房屋质量都不错，但是地段偏远，并不好租。她建议她将大房子卖掉，然后在市中心再买一套面积小一点的。她好像完全知道她这么做的原因是什么，口气异常亲切，还带些许同情："一个女人带着孩子不容易，住在市区里，到底各方面都方便许多。"

甘晓罂不知道多少离婚女人，和她一样动过搬家或换房的念头。她这半天，也是真够备受蔑视和同情的了。中年女人可真不容易啊，什么也不干，遭人唾弃；想干点什么吧，又遭人同情。幸好出门前，她给自己打了无数遍强心针，不许顾影自怜，不许自甘懦弱，不许随便放弃，不许情绪失控……

她压稳了声音，说："就是想在这附近租套房子。"

她决定先租好这边的房子，再想办法，将自己那边的房子租出去。中介小姐一看甘晓罂那边房子的生意做不了了，顿时黑了脸，也不同情她了。让她去另一个柜台，那里有专门出租小户型的。

看了两个多小时，她终于选定了一家。就在孩子学校旁边，是个职工宿舍小区。她跟中介小姐一起去那家看房。一室一厅一卫一厨，房间都不大，但阳台超大，而且视野不错。这真让甘晓罂有点意外之喜。租金不算太高，她算了算，如果自己那套房子能租得合适的话，这中间的差价，一个月差不多还能有一千多一点。

他们娘俩简单的生活费就没有问题了。而且，最主要的是，儿子上学放学，自己就可以来来去去。两百元的出租车费又省下来了。

接下来的工作，还麻烦着哪。搬家，那得要多大的工程啊。但她决心已定，仿佛不这么折腾折腾，自己的决心和勇气，就没法被激发出来。她脑子甚至幻想起来，去买点什么样的既实惠又好看的轻便家具，放在那套小房间里。阳台窗户是封住的，可以在那里布置出一个很惬意的书房来。

到时候她的工作间，不也就有了？

吻别前夫

第四章 学做新人

11

搬家是在一周后。

腾腾又哭了一大场，但是躲起来抹眼泪的。他也知道，自己没有什么可选择的。走之前，让甘晓翚吃惊的是，他要求甘晓翚将装卢家仪东西的那个大纸箱一起带上。他什么时候注意到这个的？

大沙发、大柜子、不好搬的家具，一起出租了。租金最后比想象中的还多了一百元。同一小区的一对年轻人，父母要来，所以他们租套房子给父母住。等于甘晓翚的租房广告才贴出去，就找到房客了。

完全没有中介公司说得那么不堪嘛。事情办得这么漂亮，她觉得挺高兴。最主要的是，这件事从头到尾，都是她一个人一手操办的。既没有什么人可以商量，也没有什么人来帮忙。搬完家的那天晚上，她心里竟冒出了许多天没有了的快乐和轻松。

原来她还是什么都可以做的，可以管好儿子，也能找到工作。只要能做到这两点，离婚，似乎也没有什么可怕的！

于是，这一晚，她特意又买了两个卤猪蹄。

现在住在城中心了，好吃的饭馆和熟食店比比皆是。儿子吃得香，也不觉得搬家有多么可怕了。何况他发现了家门口就有一个漫画书店，还可以租书看。甘晓翚已经答应他，每周给他五块的零花钱了。

过了两天："妈妈，我们班有十个同学，都和我住在同一个院子里！"

腾腾骄傲地宣布他的新发现。甘晓翚趁机说："是啊，我们住在这里没什么不好的，你可以睡懒觉，中午也可以回家吃饭。还有哦，同学多，可以扎堆一起玩儿，多好呀。"

"我得给爸爸打个电话，我担心他要是找我，找不到了怎么办？"

这话，甘晓翚可没有接茬。她不说话，腾腾也就不再提了。她估计他肯定早已经和卢家仪联系过了，说这话，不过是看看她的反应罢了。

现在的孩子，比大人更有办法。

珠宝网站的工作，并不如她开始想的那么简单。尤其是当她搬完家，一切都安顿下来后，老板也露出了狰狞面容。所谓不用坐班，只是上班的另一种说法，因为大部分时间，她是要在外面跑的。

老板的家族企业，是郊外的两间破房子。里面有吱吱叫的车床，磨石机，地上堆满乱七八糟的麻袋。四五个小女孩，坐在黑糊糊的房间里穿珠子。业务范围有，挂在脖子上的"玉石"佛像，出厂两元，卖出十元。"金"戒指，出厂两元，在菜市场就能卖五元。

主营业务为珍珠项链，十元三条。

甘晓鞏做的活儿，是拿着照相机，去比较正规的珠宝行，对着饰物拍照，然后放在网站上，配上文字说明，说是此家族企业的产品。

估计是骗点外地客户，待人家需要产品时，再照着样子去加工。

拍别人的产品，并不是一件容易的事情，需要说谎。比方说要先拍个照，拿给家人看看，如果感觉好，再来买。有些服务员好说话，见她也算是老实人，而且法律意识淡薄，只想多赚点钱，就让她拍了。有些小姑娘比较奸诈，一听甘晓鞏要先拍照片，立刻脸一黑，说要请示经理。甘晓鞏这个时候就两腿发软，嘴巴发干。心里想，该死，不会被人打吧。

编网络上的那些文字时，她何尝不知道这是行骗。跟老板提过一次，男人一脸不耐烦，"叫你做你去做就是了。"

又做了一星期后，一天傍晚，该拿到的照片还没有拍到手。儿子已经放学回家了。打她的手机，声音里带着哭音。可怜兮兮地问她什么时候回家，要不要他帮妈妈做点事情。

儿子这段时间，情绪一直很不稳定，动不动就哭起来。可能也是因为自怨自怜吧，又不能很好地表达。即便表达了，也怕甘晓鞏担心。甘晓鞏站在那家金商外面，越想自己越窝囊，好端端的一个人，为什么要做这么卑琐的事？

还没到穷困潦倒的地步嘛！何必要将自己逼良为娼？

到了这个时候，才意识到自己多么各色。朱华说的哪里有错，她就是做人矫饰，又不肯认错。

处境不佳，又不愿放下身段，去求人帮助，结果看吧，靠自己力量，只能做这些既可笑又没名堂的事儿。从小到大，同学朋友一大把，为什么不能去求求他们呢。

她的内心深处，还是不愿意被人知道自己离婚了吧。别说去求求老朋友老同学，见到陌生人，她都怵得慌。

相片没拍，先去招待所。男人正高高跷着腿，在看电视。见她进来，没有丝毫笑意，只是问她："拍好了？把文字编好就行了。"

甘晓翚说："行。不过我手头紧，能不能先支了这两周的工资？"

男人看了她两眼，没发现任何怪异，手向口袋里摸了摸，又停住，说："你是怎么了，要做什么事吗？"

甘晓翚说："有人生病住院，你必须给我先支点。要是可以的话，可否再借点下个月的？"

她的表情不像是在开玩笑。听她这么说，怕她真的再借，男人立刻就摸出了四百块钱，扔到桌上。瞧她一副倒霉相，懒得再理她。

甘晓翚拿了钱，不动声色地说了一声："我下楼去提壶开水就来。"

就此出了招待所的门。扔掉了这讨厌的活计，又拿到了该拿的钱，目的达成，心里说不出的隐隐快活。回想自己对男人说的那几句话，多么冷静严密啊。还用了激将法呢，好啊，甘晓翚，你进步可真大啊。不仅会维权，还会骗人了！

都得拜卢家仪老流氓所赐啊，阿门。

第二天一早，腾腾去上学后，她继续蒙着被子睡觉。给自己的借口是，反正好工作也找不到，不如再等等机会。

机会真的从天而降，朱华找她，开口依然毫不客气："死人，你跑到哪里去了？为什么搬家也不吭一声？"

甘晓翚鼻头发酸，知道这个时候，还真能惦记着她的，只有朱华这样的死党。一下子，她哭得稀里哗啦，将这段时间的委屈尽数倒来。

朱华这次倒是有耐心，也比较仁慈，竟没有打断她，也没有训斥她不许抱怨。听了大概后，叫她尽快来她的报社。她给她安排一个岗位。

"谢谢你哦，朱华。"甘晓鞏已经学乖，不再硬抗，"我这么衰，你为什么还总是拉着我？"

"谁叫我八岁就认识你！"朱华恨恨地说。

相比和哥哥的感情，甘晓鞏和朱华只有更深。只是她早早结婚后，从心里渐渐离朱华远了。逢年过节，甚至没想过约朱华一起来热闹热闹。可朱华既没说过她什么，也没当着她的面抱怨过自己的冷清。甘晓鞏真心觉得朱华不容易，难怪能做到那个位置。

朱华自己买房，自己买车，自己买名牌衣服，春节长假时自己去欧洲旅行。能承包报社广告部的，都非等闲之人。她的收入，自然也比同侪要高许多。

对此甘晓鞏曾经是当面一套，背后一套，总觉得她再能干，却只能花自己的钱，就是不幸福。现在却想，朱华是聪明人。

早知道要离婚，结婚做什么？早知道离了婚还要自谋生路，不如将这么多年做家务、养育孩子、伺候丈夫的精力，都放在赚钱上。

只有自力更生，才不会有沦落之感。

洗了把脸，换了一套正式的衣服，去朱华的办公室了。

一路揣测，她会给自己安排怎样的工作？记者，还是编辑？朱华在报社，是能说得上话的人。她大概还没有忘记在学校时，甘晓鞏大小还是个小才女吧？

朱华正在办公室，叱咤风云的样子，手叉着腰，一边打电话，一手拿着笔，时不时走到挥笔在写什么的助手前面，敲点一二。见甘晓鞏站在外面向里望，做了个手势，让她等等。甘晓鞏无端气馁、自卑起来，腿像游标卡尺，不知道进去呢，还是原地待着。

外面的大办公室里人来人往，多是二十几岁的小年轻。几个小姑娘，已拿她当了处处挡路的老不死，匆匆经她身边而过，嫌她站得不合时宜，一脸不耐烦。

朱华终于打完了电话，挥手叫她进去。又示意助手出去，将门带好。

"还生我的气哪，真还照着街头小报，就去找工作了？那些地方，大多是无执照、无场地、无正式员工的三无公司，招来个人，用两三天，说打发就打发，一分钱落不到的大有人在。你还算不错，至少没有被白白使唤。"

朱华的口气，听不出是嘲讽还是表扬。甘晓攀进来之前，将其他几个部门都大概观摩了一下，见里面人人都有电脑，窗明几净，比她以前旅游公司的办公环境还要好。她心里怦怦乱跳，不晓得自己会坐到哪张桌子前。

朱华仿佛看穿她的心思，兜头一盆凉水，便浇上来。

"不是去做记者编辑，那边的地盘，我做不了主。只能安排你在我这里做。最近经济不景气，以前两个版的房地产公告，全都撤了。几个年轻的业务员，也立马跳了槽。所以我这里有了空位，想到你，来帮帮我好了。开一个家用电器版，你来帮我做广告文案、整个版面的设计等等。要知道，房子不好卖了，家电反而会比较好卖。大家都降价很多，一些中年夫妻，也会先放弃买新房，而换旧家电。我们主要针对的就是这群人……"

朱华滔滔不绝，甘晓攀想，要是她不离婚，至少也会和卢家仪用存款换台大电视吧。

三个月的试用期，每月一千五。期满后会签正式合同，工资会高，还有，如果能拉来广告，还有提成。

经历过之前的打击，甘晓攀已觉得这是天上掉下的大馅饼。

朱华拿出几张旧报，给她看。说老实话，这样的文字工作，对甘晓攀来说，确实不难。但朱华义正词严，正告她："每天八点到班，试用期间，你最好早到十五分钟，打扫卫生。这是每个新人都要做的事情。下班晚走半小时。不许请假，上班不许打私人电话。不许上网聊天。一经发现，立刻开除！一周三版，周一、周四家电版，周六是零星广告，不需要太费工夫。下午四点以前，必须将稿子和版式全部交到我这里。休息日你自己安排。"

"好的好的。"甘晓攀离婚半月，已成为有修养之人，情绪上不再大起大落，开始相信大智若愚、大勇若怯。

　　倒是朱华，还不大习惯甘晓鞶这个样子。眼睛看看她，不吭声，似乎在等她说怪话。甘晓鞶只顾低眉顺眼，柔声问道："那需要我哪天来？"

　　朱华说："越快越好。你得先回家去安排安排吧？以后没那么多时间照顾腾腾了，你得把心思放在工作上，OK？"

　　朱华的OK，说得有声有色，让甘晓鞶一个激灵。她似乎突然明白，她和朱华，此刻是老板和雇员的关系了，再也不会是从前两小无猜的好朋友了。朱华是真心顾恤于她，所以才肯让她来做这份工作。她必得认清现实，才能天长地久。

　　于是，她信誓旦旦，效忠一般，说："那我明天就来，我会安排好的，你放心。"

　　朱华也明白，至少从此以后，在这幢大楼里，她们是没有可能说家常话了。于是她公事公办地冲甘晓鞶挥了挥手，说："你出去，先去财务和人事处报个到。我这就给他们打电话。会有人告诉你坐在哪里的。"

　　都是聪明女子，都知道世态凉薄势利，只能靠自己争气。

12

　　晚上见到儿子，甘晓鞶百感交集。不过分别一日，却好像已经很久。甘晓鞶意识到，自己的命运，是从今日这份工作开始，才有了实质性的变化。比起离婚那一天，她肯定更看重今天。

　　自从离婚后，她跟儿子说话，也就和以前有了些许不同。以前腾腾不乖时，她总会冒出这么一句："好吧，我管不了你，看你爸爸回来怎么收拾你。"

　　现在没有这回事了。爸爸这两个字，突然成了家中的禁词。甘晓鞶没人商量没人依靠了，不知觉，拿儿子当了同伴。她现在会这么跟他说话："妈妈今天看中了一个花碗，很漂亮，你说说我们需不需要再添餐具了？"

　　"儿子，你觉得我这身衣服怎样？"

　　"你想吃完饭后，一起跟我去散散步吗？"

这一天，她跟他说的是：

"我找到新工作了，和朱华阿姨在一起。但是妈妈以后会比较忙，中午没时间回来给你做饭了呢。"

儿子自己就说："那我去吃小饭桌。"

"不好，离家这么近。我晚上做好饭，你回来微波炉热热就可以吃了，行吗？"

"没问题。"儿子头点得嘎嘣脆，到底是男孩子，就是这么利索，"你就放心吧。来不及做饭，给我放点钱也行。我们班好多同学都这样呢！"

腾腾是见甘晓鞷这天露出难得的高兴，所以特别的懂事。晚上自己早早上床，也不叫她读故事书了。

甘晓鞷洗好澡，从衣柜里翻出明天要穿的衣服。

她已经很久没有穿过正装了。今天去朱华的报社，见里面的女人都很会打扮，她是新人，试用期呢，还是低调一点比较好。小翻领的西装，是最合适的了。

待放好，才想起这衣服是离婚那天穿过的。怎么搞的，这才几天，居然已经可以不睹物思人了？

可见天下之情，并没有人们想象得那么轰轰烈烈。生活当前，什么都可以后退。她打着哈欠，上床，定闹钟，关灯，没有五分钟，就睡着了！

13

甘晓鞷的办公桌，在外面大办公室的角落里。她这个版面，有两个业务员，是专门跑广告的。

快到年底了，各大家电商场都在促销，许多专卖店也乐意做广告。朱华的确是狠狠帮了甘晓鞷一把，至少让她刚一接手，并不会连一张单都没有。

这个周刊，是以女性家庭为主题的周刊。所以整张报纸的风格，都要突出家庭、温馨、和睦的感觉。

　　甘晓鼙还算聪明，一落座就努力研究其他版面编辑写的稿子。比方人家写化妆品版的，编辑会讲一个故事，什么两个女人喝茶，聊感情，聊未来，然后引出产品。再比方服装家纺版的，编辑突出的是"女人味"。

　　甘晓鼙发现那些版因为产品，都可以做得柔，她这个家电，该从哪个角度入手？

　　今天一共有四个产品，一是××牌冰箱。二是一种奇贵无比反正她绝对不会考虑买的多用锅。三是速热热水器。四是一到冬天就会热闹的加湿器。

　　她埋头工作，绞尽脑汁编故事。

　　中间朱华发来短信，问她是否吃力。她温和回道："有难度，会努力。"

　　抬头看看，玻璃房中的朱华根本不给她打眼色的机会，只顾忙自己的。她也沉默下来，心里暗想，谁能想到自己会默默坐在这样的地方，做这样的一份工作？

　　旧电影里，离婚、失业、重新找工，都是惊天动地的大事。不是你死我活，至少也路人皆知。现代人可真好，每时每刻，类似的故事，都在沉默中发生着吧。连她这样平凡普通的人，都赶上了。偌大一个房间，人来人往，谁又知道或关心她刚刚经历了什么呢？

　　歪着头，在电脑上为冰箱敲故事。她写一对有了误会的夫妻，吵架不说话，亦不吃晚饭。可是半夜，双双肚子都饿了，于是溜到厨房。在冰箱前前嫌尽释，冰箱的灯光，温柔；里面的食物，香甜；哎，两个人紧紧拥抱在了一起。

　　结尾是，感谢冰箱，感谢××牌冰箱。

　　又写多用锅。看产品介绍，锅的用途真是广，不仅能做各种西餐，还能做无数中餐。只要有这个锅，无须进修，就能成才。只要你会认字，又能买到食材，按照操作，就能变成大厨，想吃什么吃什么，想做什么做什么。这样的锅子，当然要迎合女人入得厨房的理想喽。

　　甘晓鼙索性套用织女的故事，每天拿这个锅子给牛郎做出了比萨、红烧牛肉、咖喱鸡块、红酒烩虾……

　　一个上午，头也不抬，手眼不停，就忙出了这么两个东西来。

朱华之前做过交代，故事必须写得让人一眼就能看进去，然后重要的部分是产品介绍。全文千字左右，必须做到既精练又有趣：

"不能小看广告文字，它可能会考验你的文字水平。既要有鼓动性，又要真诚；既要写得朴素，又不能显得沉闷。还有图片，一定要细细挑选，要合乎整个版面风格，也要能突出产品优势。"

朱华是有事业心的女子，虽然只做广告版，却比做正版的编辑还要用心。不止一个读者说过，周刊的广告版，时尚新颖，文字顺服舒适。甘晓鼙照着这种类型细细地琢磨稿子，心想不能给朱华丢人，格外用心。

待到中午，并没有人招呼她去哪里吃饭。突然一哄而散，四周就没有了人。看看朱华，也不知什么时候走了，甘晓鼙心里说不出的滋味。

站起身，关了电脑，打算到街上找家削面馆吃面。又惦记着腾腾，这是孩子第一天自己照顾自己，一想起这个，就会鼻头发酸。其实天下有多少孩子，不都是这么过的吗？可是腾腾不大一样。自从甘晓鼙有了这个宝贝，她几乎所有的心思都在孩子身上，吃喝拉撒，可以说是照顾得无微不至。尤其是在家里这两年，已经将照顾孩子当作了自己人生的一大享受，现在他真的不要她再照顾了，她比他要失落多了。

给家里打了电话，儿子在家。说已经热了饭菜，正在吃。昨晚她给他做了鸡汤米饭和红烧土豆，分两个保温盒放在微波炉里。腾腾回家，只需要转几分钟就可以了。她又再三叮咛，从微波炉里取盒子时一定要戴大手套。

看来儿子比她想象的要能干多了，而且好像还挺高兴，没有大人在身边。并不想多讲电话，说还在看电视呢。"一定要睡个午觉！"话音未落，儿子的电话已经挂了。

甘晓鼙有点神情恍惚地站在原地，窗户外面的阳光，照在大玻璃上，热烘烘的。她抓起围巾，向外面走去。

电梯口处，站着一个男人，仰着脖子，也正在等电梯。见她出来，对她笑了笑，很亲切地打招呼："是新来的？"

甘晓鞏赶紧凑上一脸笑意，点头致意。

"哪个部？"

"广告部。"她说。

男人穿棕色大夹克，黑色长裤，皮鞋。个头不高，微微发胖。他自我介绍说是记者部主任，叫章平。

甘晓鞏不知道该不该露出仰慕的神情。她这把年纪了，似乎没必要听见个官职就大呼小叫，但她毕竟是新人，对领导也应该表达敬意。正在踌躇，电梯到了，两个人走进去，混迹于其他楼层的人员之中，就什么也不好说了。

到二楼，大家都开始往下走，章平也要走。问她："去食堂？"

甘晓鞏才想起，这里的确是有食堂。她入乡随俗地，赶紧着也下了电梯。跟在章平后面，见里面人来人往，全是陌生的面孔。一时间，才认识两分钟不到的章平，似乎成了一个熟人。

章平热心，爱帮助人，不仅教她去买饭票，还指示给她免费盛汤的地方。待饭打好后，她自然也就端着碗筷，坐在了章平的对面。

不能光吃饭，不说话。总是要寒暄一些的，章平问她以前做什么。

甘晓鞏想旅游公司的经历，已经太老了，实在没有必要多说。于是抹杀掉过去，直接从昨天讲起："做家庭妇女很多年，目前家境不好，需要出来做事，补贴家用。"

章平一脸诧异："朱华那么精明的一个人，怎么会用一个没有工作经验的人？你是开玩笑吧？"

甘晓鞏这才意识到自己说错话，心怦怦乱跳。她可不能给朱华脸上抹黑，她忙不迭地补漏洞："我和她认识很久……"

话刚出口，就意识到又说错了。任人唯亲，不一样是给朱华添乱？尴尬中脸突然红成一片，身后救星一般，出现了朱华亮脆的声音："老章，在跟我们的才女调情呢？"

说着，朱华已经一屁股坐在了她的旁边。看来是吃完了，两手空空，对着章平说："甘晓鞏是我妹妹，你信吗？"

当然不信。年龄上甘晓颦是比朱华小几个月，可她一看就是妇人相了。朱华呢，人家未婚，事业又红，各方面孜孜以求，追求进步。曾经甘晓颦可能美过朱华许多，但现在也什么都不是了。

章平果然笑了起来，一副随你怎么说的表情。甘晓颦意识到，刚才她主动对人介绍她和朱华的关系，是大错特错了。有人的地方，就有是非。她离开社会有段时间了，真是家中才一日，世上已千年。她务必要记住少言多干四个字。

朱华很是老道，接下来的几分钟，她一边开着玩笑，一边问章平社会新闻，一边就将甘晓颦的大概情况介绍清楚了。才女，会写东西，在家里做了几年自由撰稿人，最近被她挖到报社里来帮她做事。"放在广告版，是屈才了的。"朱华这样说，"就等你们记者部腾出什么位置来，让她去做呢。"

甘晓颦脸红得仿佛大虾被锅里煮了一遍。她一口饭都吃不下去了，胃里有东西直往上顶。周围人声嘈杂，气味不详，她眼观鼻，鼻观心，坐在光彩照人的朱华旁边，一副哭笑不得的表情。

章平奇怪地看她好几眼，仿佛在说："就这也算才女？"

一顿难受饭好不容易吃完了，甘晓颦去垃圾筐处理自己的剩饭。待再回来，那两人已经先走了。

她看看时间，还有半个小时才上班，索性到楼下的小超市买了一包饼干。重新回到办公室，见几个小年轻正趴在一台机子上打游戏，叫得响亮。其他几个部门的房门有开的、有关的，朱华并不在玻璃房子里。

她重新坐下来，继续研究下面两个稿子。明天就是交稿的时间，她还要大致将版面画出来。画版以前从没有做过，也是拿了曾做旧的东西，慢慢研究。

这一低头，时间过得飞快，一晃就到了五点。另两个故事也磨了出来，一个是失意女子创业，找准品牌做代理。一是给老人和孩子最好的礼物。

文字肯定还要加工，好在初稿已经出来。明天连画版带改文字，就差不多了。下班时间早到，不少人已经走了。她牢记朱华的教训，等等再走。

朱华一下午没有来办公室，不晓得去了哪里。她看着那个房间，心里多少有些惆怅，从前可以无话不说，现在倒好，整日价坐在跟前了，却有话不能讲了。

叹口气，出了门。

电梯口上，又遇到了章平。简直像是天意，她自己也笑起来。

章平也说："我们有缘分啊。"

电梯里面，再没有什么人。他们还可以继续搭讪。

章平问她住在哪里，她说出地址来。章平说："那不是××公司的家属院？你是××公司的家属？"

甘晓翚卡住，含混地笑笑。章平以为她是默认，便说："我也有朋友住在那里呢，什么时候也去找你玩。"

"好啊好啊。"甘晓翚说。撒谎的滋味不好受，眼睛不敢对视章平，只能瞧着上面的数字。到了一楼，见章平转身去楼的停车场开车，自己赶紧着，跑到街对面的公交车站去等车。

却没两分钟，章平将车竟开到了她的跟前，笑嘻嘻地："走吧，我送你回家。"

这样好的待遇？甘晓翚眼泪都要冒出来，离婚这么久，这可是她感受到的最自然最淳朴的一丝关怀。可见天下还是好人多哪！

报社离目前租住的房子并不是很远，几站路的车程。章平一路上自我介绍："我这个人就是爱交朋友，也喜欢管事，以后你有什么难处，就找我。"

甘晓翚心情放松了，幽默感也冒了出来，说："好，那我就靠你罩着我了，老大！"

"我那边常有赠票，你对什么有兴趣，电影，话剧，相声，还是服装发布会？"

甘晓翚一个激灵，在这个城市生活这么多年，她何曾知道这里原来有那么丰富的娱乐项目？还有话剧和服装发布会？她的好奇暴露了她的爱好，章平断言道："看来你喜欢高雅艺术，好的，下次有票，我带你去！"

带她去？

这么好？

才离婚两日，就有男人主动肯带她去做什么？

做人要随和，甘晓鞏对自己说，无论怎样，别人的好意，都要快乐接受。不要以小人之心，度君子之腹。章平身为记者部主任，他的职业需要就是结识八方人士。说带你去玩，不过也就是顺嘴而已。至于开车送你，不过也是顺路吧？

这么想着，但她却是不敢主动问章平住在哪里。

转眼就到了家门口，章平向她挥手，恍惚间，似乎还冲她眨了一下眼睛，后面的潜台词似乎是：别忘了我们的约定。

甘晓鞏捏着包，向章平走远了的车招了招手。惊心动魄的一天，总算过去了。她拍拍胸口，吁出一口长气，安定了一会儿心神，这才向家里走去。

吻别前夫

第五章　离婚小半月

14

说起来时间真是不饶人，离婚竟然小半个月了。自从那次卢家仪挂了甘晓鼙的电话后，她就再也没有过任何他的消息。

偶然半夜醒来，或是白日分神，第一个念头肯定会是：卢家仪在做什么呢？他不在乎她，难道连儿子也可以这样不闻不问好多天？

真是狼心狗肺！

可是，看来如此想法，是大错特错了。卢家仪不仅问儿子，而且还问得很过分呢。

因上班第一天顺利，回家又不用挤公交，甘晓鼙心情大好，一路高歌进了家门。腾腾已经回来了，手里正拿着一个什么游戏机之类的东西玩。

见甘晓鼙进来，神色慌张，忙不迭地向身后藏，却掩饰不住滴滴答答的声音。甘晓鼙心里奇怪，难道他是偷了别人的东西？要是借同学的玩玩，何必这么紧张？还是她平时管理太严，闹得孩子整点娱乐，都这么贼头贼脑。

她假装没有看见，扯着嗓子冲腾腾喊了一句："在玩游戏呢！几点回来的，肚子饿了吗？"

一片歌舞升平的开明老妈作风。

腾腾果然中计，从身后继续拿出游戏机玩起来。嘴里回答她："不太饿，我吃了东西的。"

"吃什么啦？"

"嗯，就是零食啦。"

知子莫如母，甘晓鼙几乎已经可以确定，儿子撒谎了。情况似乎不太妙，放学后他能吃什么呢？她一天给他的钱，可是掐着给的，这孩子，不是没按时、按点、按质吃饭，就是口袋里有了新收入。

"腾腾啊，"甘晓鼙诱供，"门口那些小吃摊脏着哪，你身体不好，自己知道什么能吃什么不能吃吧？"

腾腾恼怒地反驳："我是在麦当劳吃的。"

说完，立刻手捂住了嘴，一副犯了大错的样子。

甘晓鞏心里已经大概知道怎么回事了。她站到了腾腾跟前："这游戏机呢？"

"也是爸爸给买的。"腾腾嘴里嘟囔，眼泪冒了出来。小心翼翼地看着甘晓鞏，又委屈，又有说不出的复杂况味。

"还有什么？还给了你什么？"

她的火气"腾"地就上来了。为什么要这么生气呢？他是他爸爸，谁说不可以给孩子买礼物，领他吃饭了？可是话能这么说，理却不是这么回事。孩子是她管着，一日三餐、学习生活，他们自会有自己的一套规律。老流氓随便过来摸一把，扭头就走，弄得儿子心思混乱，不好好吃饭，再让她来收拾摊子？

呸。

腾腾见她生气了，也有点害怕，虽然不情愿，却从口袋里掏出了一百块钱，"爸爸给的，他说给我的零花钱。"

"这叫零花钱吗？"甘晓鞏问腾腾："你见过别的同学拿这么大的票子，当零花钱吗？"

"没有。"

儿子知道这钱落不到自己手里了，又委屈又伤心，对父母这种怪异的仇恨和诋毁，也很气愤，眼泪夺眶而出。进了卧室，"叭"的一声，将门狠狠锁住了。

甘晓鞏一天的好心情，就这么化成了汤水。

她站在卧室的门外，心里说不出的难过和悲伤。敲了两下门，听见儿子的哭声，又气得要死。也恨自己，为什么就不能找到个好办法，来跟儿子好好说话呢？为什么这孩子，就不能跟她心意相通呢？为什么，他就不能帮着她，恨一恨卢家仪，也给那个老流氓施加点压力呢？

想到这里，她知道，她还是一肚子的气，没有撒出来。对卢家仪的恨，才是她没有办法跟儿子好好交流这事儿的根本！

本想今晚带着儿子到餐馆去吃点东西呢。这么长时间她一直活得有点灰头土脸，一定影响到了儿子的心情。她想用今晚的行动弥补一下，也给儿子一点信心。可耻的卢家仪，连这个机会都要抢掉，真他妈的不是东西！

还偷偷摸摸去见儿子，还给儿子钱！他经过她同意了吗，替她想过她一个人带儿子的难处吗？他凭什么这么对她啊，真拿她当狗屎呢？

甘晓犟的火气上来了，怎么压都压不下去了。不行，非得说清楚不可，否则过几天，他又这么干一次，还让人活不活了？

拨电话，手机。卢家仪接了。

"你今天去看腾腾了？"

"是，怎么了？我已经去看他好几次了，不让啊？"口气很横！他凭什么这么对待她啊？这段时间她受的苦还少啊，他怎么连点愧疚都没有呢？这世道还让不让老实人活了？

"你给他买礼物，领他吃东西，还给他那么多钱，你安的什么心啊你是？"

"一颗慈父之心，不行吗？"

"不行。你做这些，得经过我同意！"

"凭什么，他也是我儿子！"

"我是监护人，你他妈的懂不懂法律啊！"

甘晓犟其实也不知道法律是怎么说这事的，但她就这么脱口而出了，怎么着吧。

"法律规定我不许给儿子买东西了吗？法律规定我不许带儿子吃顿饭吗？你别拿法律吓唬我，甘晓犟，你这盛气凌人的臭毛病改改好不好？都出去混社会了，还这么一张嘴就不讲理，会被人啐的！"

这是人说的话吗？甘晓犟气得热气直往头顶冒，当时就想，不会脑溢血吧。

她尽量放缓了口气，是的，咱不跟他吵。咱有见识，识大体，好女不跟男斗。你跟老流氓生气，不说明你自己也是老流氓了吗？要有涵养，有理有据，这是个长期问题，必须有个合理的办法来解决。

要说呢，甘晓睪这段时间，还真是学乖了不止一点点，而是很多很多。最重要的一条就是，要控制好自己的情绪。外面不比家里，不经历风雨，怎能见彩虹。她最近将各种励志的话常挂在嘴边，有歌词，有标语，还有广告语哪。听的歌曲，都是《隐形的翅膀》。

她不能跟他吵，尤其是不能让卢家仪看笑话，她得让他服气她。

这么想着，她说："我们来商量一下吧，以后你什么时候探视孩子。找个固定的模式和时间。腾腾还小，对孩子来说，生活安定，没有变动，才能带来最大的安全感。我不是生气你去看儿子，而是觉得你这个方式很不好，不正式，偷偷摸摸的，对他也不公平。尤其是容易引起他内心的波动。这不，我说了两句，他又去哭了。最近他非常爱哭，你也知道的，这样对他身体并不好。"

甘晓睪突然变得这么通情达理、语重心长，一定让卢家仪备感吃惊。他脑子好像一时没转过弯来，嘴里支吾着："你你你，你是什么意思啊？"

"我能有什么意思啊？"甘晓睪说，"只是希望我们能协商一下，看你是否有固定和腾腾相处的时间。这样吧，我告诉你我的时间，周四我能休息一天，周日也可以，周六会忙。所以，如果你愿意，腾腾周六可以跟你去住一天。周日下午之前，你将他送给我就行了。"

卢家仪一定没有想到，甘晓睪竟会这么慷慨大度地让他跟儿子单独相处一天一夜。他顿时激动得有些茫然。他一直以为只要一提他见儿子，她就会歇斯底里哪！

"没问题没问题，只要你同意，我还有什么好说的。"

"你最近住哪儿？"

"女朋友家里。"

咯噔，甘晓睪脑子里的主神经线哗地一下，又是一剧烈跳动。但她忍了，"忍"！她想，一会儿她就下楼去，买个大大的"忍"字，挂在客厅正墙当中！

"腾腾去也住那里？"

"这个你就不用操心了吧？"死气怪样的口气又冒了出来。

甘晓犟想，好好好，只想当下，不想以后。当初结婚时，谁能想到会有这么一天。想那么多干什么，过好一天是一天。

"行吧，那我们就这么说定好了。周六上午九点，你来接腾腾。你知道我们住的地方了吧？"

"知道了。为什么要租别人的房子来住？"

"他上学方便。我上班也近。还有，还能省出一点钱来。"

"钱不够了，可以向我要。"

真是难得，卢家仪主动说出这样的话来，甘晓犟觉得好感动，"好的，不到特别时候，我不会麻烦你的。目前一切都还好。"

她可真能沉得住气。都说社会历练人，果真，才几天，就这么自觉独立潇洒了。卢家仪一定也有相同感触，叹口气："甘晓犟，你早这样，该多好！"

甘晓犟挑挑眉毛，早这样？哈，笑话！那你还不成老老流氓了！我是为你好，帮助你不致沉沦，最后落得自己无处安身。算了算了，说这些，对牛弹琴。才分别半个月，他已经住在女朋友家里，跟他还有什么可以多说的？

"拜拜！"

"周六上午九点，好，拜拜。"

她硬是快了一秒，将电话先挂掉。

然后去敲腾腾的门。"儿子，你出来，我刚跟你爸打了电话，有事情要跟你商量。"

门呱唧就开了，眼睛里还含着泪水，腾腾满眼期望地望着她。甘晓犟心里一痛，他该没有还抱着什么希望，指望他们会因为可怜他，而重新走到一起吧？

她问他："以后每个周六，爸爸接你去过一天，喜欢吗？"

"接我，去哪里？"

"去跟他过一天，他带你玩。"

"你呢？"

"我周六有工作，要做版，走不开。"

"他来这里带我吗？"

"不，去他那里。"

"他在哪里？"

像说绕口令。甘晓鼙想了想，是否要告诉儿子卢家仪住在女朋友那里？她真怕自己一说出口，话就变了味道。算了，还是让卢家仪自己告诉他吧，就像她告诉儿子他们离婚的事一样，让卢家仪也尝尝那个滋味好了。

"我不是很清楚，主要是为了让你和爸爸有相处的时间。你不是喜欢跟他一起玩吗？"

这样说，倒是颇对腾腾的胃口。虽然他很遗憾甘晓鼙不能跟他们在一起，但他还是觉得这是一个好事情。于是点了点头，终于嗫嚅着问甘晓鼙："妈妈你还生我的气吗？"

"不生了。"甘晓鼙抱了抱儿子。那么瘦小的肩膀，让她心酸。突如其来的婚变，让她的心都碎成渣子，儿子这么小，他所承受的压力，并不比她要少啊。

"只是口袋里不能装那么多钱，晓得吗？"

"那要是爸爸还给我呢？"

"我给你一个存折，只要他给你的钱，你都存起来好不好？平时的零花钱，妈妈还是会给你。爸爸的钱，你存起来，要是妈妈突然没钱了，你可以拿出来帮我，好不好？"

"好！"儿子两眼放光。

甘晓鼙早就发现，离婚后，儿子变得特别愿意跟她同甘共苦，只要她一说让他帮她的话，他立刻就情绪高涨，斗志昂扬。

是男人的天性吗，还是儿子骨子里，就是一个愿意承担责任的人？

她打心眼里觉得儿子真是好样的，这么小，就这么愿意照顾家庭，照顾女人。乘胜追击，她赶紧着，大大表扬了一顿儿子，夸得小家伙红光满面，精神抖擞。

吃了饭，见甘晓鼙拿出白天的稿子在看，还问她呢：

"妈妈，要不要我帮你按摩按摩？"

真是好儿子！

15

第二天一早，甘晓鼙见朱华来了，就将昨晚上改好的稿子先拿给朱华看。她担心下午交稿如有问题，再改就来不及了。朱华头也不抬，示意她先将稿子放在桌上。

甘晓鼙放下稿子，立马退了出来。不再是十八二十八了，甚至连上个月都不再是。她是上司，你是下属，她对你笑是情分，不笑是本分。随缘而安，才是最佳态度。

甘晓鼙唯唯诺诺，不以为耻。坐下来，就开始设计版面。按理这工作应是美术编辑做的，但责编更懂哪篇文章放的位置，所以需要先设计出大概。还有图片，根据厂家出钱的多少，才好安排图片的大小。

甘晓鼙以前在旅游公司，做办公室工作。因常要做广告单的生意，和排版公司多有交道，所以感觉大同小异，倒也并不是很难。

朱华打来电话，叫她进去。

"行家有没有，出手便知道。"

她一脸喜色，显见甘晓鼙做得文案还算不错。"难得难得，这样的文字，你也肯真正用心，可见态度端正，而且我识人不错。"

借着夸甘晓鼙，还要将自己也夸夸。

甘晓鼙站在朱华大桌子的前面，俯首帖耳的样子。

朱华也不勉强她，不再要求她做亲昵女友状。而是叫她上前，指给她看热水器那篇文字，说还要换种写法。此类稿子，其他产品的版面，都已写过。

"写点心情文字吧。"她启发她的思路，"你以前的散文不是很不错吗？来篇有点文学色彩的文字，写冬天，写景色，只要将这个产品，加进去一个地方，也就行了。我们的稿子，需要的都是软性的文字，让人看起来赏心悦目就好，不必非拘泥于广告宣传的。"

甘晓鞏眼前一亮，朱华这个提法，倒真是很对她的胃口。

"还有加湿器，也有点老套了。"朱华说。

"可以就产品的特点，编个幽默段子。"

朱华拍手："一通百通，你想得没错，赶紧着，去写吧。还别说，这活儿还就得你来做，比起我们其他几个编辑，真是高出一大截！"

甘晓鞏心里喜滋滋的，也不知道朱华是不是只是为了给她鼓气。

待回到桌前，突然想起去应聘那家装饰公司的事儿，要的不就是写广告词的人？现在她算是专业写广告了。是不是可以再去他那里兼职呢？

词儿，瞧他说的，啧啧。

她可不能这么瞧不起自己的工作，虽然年轻时也做过文艺女青年，但现在是为生存，不为好玩，绝对不可有轻视这类文字的念头。

任何工作，只有重视了，才会有回报。必须将这些"词儿"当回事，她可不是为了来这里做什么狗屁文学梦的。

重新酝酿修改另两篇文字。边改心里边想，也许朱华说得有道理。看看周围那三四个年轻的小编，估计个个都有点文字功底，也都怀揣着一些些文学梦的。本来做这样的工作，应该不在话下，但写广告，而不是专栏，可能多少有点气馁吧。所以不肯拿出十分的精神来做，自然给了她争先的机会。

这就是年龄不同的原因了。而且甘晓鞏经历情感变故，更知道生活不易。脚踏实地，遵守行规才是真。

一个上午，水都没来得及喝一口，终于磨出两篇来。看看文通字顺，简单好读，而且还颇有感染力。

伸伸懒腰，周围已有人去吃饭。

手机响，一条简讯，朱华发来。告诉她，在旁边西餐馆，老地方老座位，等她。

老座位？她才想起，离婚那日，跟她诉苦。

匆匆站起来。关了电脑。上洗手间，归整一下书桌。背上包，赶去电梯口等电梯。

人好多，挤在人堆里，头直发晕。来了两天了，认识的人并不多，记者部编辑部的人，大声喧哗，语不惊人死不休。有人对她颔首微笑，有的则是草草略过。无所谓，她只顾抬着头，看电梯到了哪一层。

才发现章平也在人堆里，冲她微微一笑。她突然想起他说的一起看戏的话，心里有点慌乱。脸上顿时带了出来。他倒沉稳冷静，跟旁边人说起了话。

到了西餐厅，见朱华已经坐在了那里。正拿着菜单，点菜呢。

"吃什么？我请你。"

"那怎么行，我请你，该谢谢你。"

"谢什么，等你转正了再说。"

两个人不再似半个月前，那时互相生气，朱华骂起她来，丝毫不留情面。就在这个位子上，甘晓鸾还将朱华的电话压掉。

现在呢，除了工作，她不知道说什么才好。

"稿子改完了。"

"说真的，真没想到你写得这么好。"朱华由衷赞美她，"就怕你会自己觉得委屈，不肯用心去做。"

"怎么会委屈，一点儿也不。"

"你这样下去，一个月后就能转正。好好努力吧，你有工作经验，也有生活经验，这就是你的财富，一定要好好利用。"

"可惜年龄大了。"

"只要努力，这个年龄，就是你的优势。"

朱华叫了两客牛排，拿出了拉家常的架势："最近怎么样？你出来工作，腾腾没事吧？要不要给他办个公交月票，每天中午来我们食堂一起吃饭？"

"不要不要。"甘晓鸾可不希望儿子每天中午去挤公交车，怕他伤着。

"我头天晚上都会给他做好饭，中午他只要回家热热就行。万一来不及，会给他钱，叫他自己去吃的。男孩子，得学着坚强点儿。"

朱华点点头："这样也好。"

又说："周末我们带上腾腾一起去看红叶吧？"

"周六我有版要做的呀。"

"哦，也对。不过那个版很简单，基本就是拼凑广告内容。不需要你再加工。你重要注意下文字和校对一下就行了。要不我们下午去？"

"不用。我和老流氓说了，让儿子跟他过一天。"

"跟卢家仪？"

"是啊。省得他总是偷偷摸摸去学校看腾腾。"甘晓鞻忍不住将前一天的事，对朱华说了一遍。朱华说："你做得对。这样最好。"

又说："那你不是周六晚上就可以解放了吗？怎么样，可以约会哟。要不要我介绍男朋友给你？"

"不要。"甘晓鞻立刻拒绝。她才不要什么男朋友呢。惊魂未定，哪能这么快就想到约会的事。

要在以前，她一定会反击朱华："有男人自己留着赶紧享用吧。"

现在她是她的上司，这样的调皮话，还是别说为好。

"对了，认识什么新同事没有？"

"章平。"

"跟你那天一起吃饭的章平啊。人不错，也挺随和。热心，爱帮助人，但有一个毛病，我还非得提醒你一下不可。"

"什么？"

"好色。"朱华说。

甘晓鞻立刻想到，章平是不是骚扰过朱华，或是追求过她？

"怎么好色了？"她问。

"喜欢和女人套近乎，开玩笑。"

"他有老婆吗？"

"哈。"朱华白她一眼，拿她当天外来客，"这年代谁还没有老婆？可是他是喜欢和女人打闹的，也不知只限于开玩笑，还是有实际行动。我们都在一个单位，我最多拿他当油嘴滑舌。其他人怎么看他，我还真不知道。总之，这人比较滑头。"

"那是。"甘晓鼙点点头。她当然能感觉得到。朱华这么提醒她，是什么意思，难道怕她会误解他跟她玩笑，是在追求她？

离婚女人寂寞多，怕她把持不住自己？

她可不能让朱华这么想她。"现在对男人完全没有兴趣，你说怪不怪，连失眠都没有，每天晚上十点准时上床，倒头就能睡着。"

朱华拍拍她的手背："这样是最好的。你看我说得没有错吧，一定要尽快找份工作，让自己解脱出来。"

她点点头，赶紧加上一句："谢谢你。"

她在跟朱华讨生活，这样的念头总是冒出甘晓鼙的脑子。朱华听她这么低声下气地说话，也不晓得该怎么拉家常了。就说："吃吧，吃完我们回去。"

甘晓鼙食不知味，边吃边想着朱华说章平的那些话。她不想看扁他，毕竟他是第一个对她表示友谊的陌生同事。两天了，同部的其他同事，对她还是摆着臭脸呢。好像她在抢他们的饭碗似的。

16

下午，稿子朱华看了一遍，便签发了。下班前，甘晓鼙已将版式给了美术编辑，一身轻松地出了办公室。

刚站在车站，章平的车，又滑了过来。

这真让她受宠若惊，她连忙表示谢意，又说不用了。情急中编了一个谎话，说自己要去另一个地方买点东西。章平也不生气，真拿出一张票来给她："是话剧，新编《白蛇传》，周六晚上，有空吗？"

甘晓鼙想，难道他有侦探仪器，怎么就知道她唯独周六晚是闲的呢？别人邀请了，不能拒绝的，她得答应了才是。

"好的，没问题。"

　　章平开车走了，甘晓鼙站在车站上看手里的票。她不知道，朱华站在办公室的窗前，可将这一幕看了个清清楚楚。

　　不过，她举着铅笔，敲了敲嘴唇，终于忍住，没有给甘晓鼙电话，她决定什么也别多说了。

　　大家都是成年人，中午她又不是没有提醒过甘晓鼙。

吻别前夫

第六章 忍

17

时间一晃，就到了周六。

腾腾懒觉也不睡了，刚爬起来，就问甘晓鞷："妈妈我的东西收拾好了吗？"

甘晓鞷心特酸。他咋就这么盼着去见老流氓呢？不过她不能说出来，也不能有所表现，最近她可在看关于单亲家庭教育孩子的书呢。人家说首先要注意的一点就是，父母不要在孩子面前，流露出对对方的不满。这样容易让孩子混乱。

"收拾好了。"甘晓鞷态度特别温和地回答，"游戏机、漫画书、小牙刷、毛巾，还有一套换洗的衣服。要听你爸爸的话啊。"

"哎呀啰嗦死了。"

"吃早饭吧，妈妈给你煎片面包？"

"不用！"

"鸡蛋？"

"我说不用的意思就是什么都不用吃！"

得，什么态度！甘晓鞷看看客厅墙壁，"忍"字还没有买回来。她今天一定要去买一张"忍"字，要超级大的那种！

八点半，老流氓准时敲门。穿得特别光鲜。神采奕奕的。

甘晓鞷心想，他女朋友是干什么的？他们住在哪里？儿子见到她，到底好还是不好？

一切都是未知，也只能等明天腾腾回来再说了。她没有说话，把腾腾的小书包递给卢家仪，"晚上记得要他刷牙。"

"没问题。"卢家仪说，"我已经叫小黄买了新的牙刷、牙膏、牙杯了。"

"小黄是谁？"腾腾陡然收足，警惕地问卢家仪。

卢家仪很吃惊，他想当然以为甘晓鞷一定已经迫不及待地告诉了儿子，说他卢家仪已经有了女朋友，而且就住在女朋友家里。说不定还跟儿子破口大骂过他卢家仪了，比方用老流氓这样的字眼儿。真没想到，甘晓翚居然如此沉得住气，竟没有告诉儿子！

他傻了眼。他还没想过怎么跟儿子说这事呢。他朝甘晓翚望过来，满眼都是企求。

甘晓翚才不会傻到主动去接这个话茬儿，现在她也是混江湖的人了，人情世故也懂那么一点了。

她一言不发，进卧室去给儿子拿件厚外套，出来说："这天气变化很快，带件厚衣服最合适。"

卢家仪拿到手里，招呼腾腾一起走。腾腾没问出什么来，又不能站在门口坚持。只好跟着卢家仪出了门。甘晓翚瞧见儿子背微驼，心里知道，儿子起了疑心。

果然，她站在窗口看，下了楼的父子，还在争执。卢家仪俯首对着儿子好言说着什么，儿子低着头，脚步拖沓。

看来他告诉腾腾他们是去哪里了，有另一个陌生的女人，一定让腾腾感觉不快乐。

甘晓翚心里也不好受，可是又能怎样？

重新进了厨房，给自己冲了一杯速溶咖啡，恶狠狠地加糖，一勺、两勺、三勺，喝下一口后，哗啦全部倒掉。她不能用老流氓的错误，来惩罚自己。他即刻有了女友，她也要有新的男人。而且她要让他知道，没了他，她一定有人追求！

晚上的话剧票呢？对，在钱夹子里！

穿好衣服，收拾整齐。出门去报社。

有来得早的，有来得迟的。这里大部分工作人员，都是夜猫子，除了几个当头的，平时记者部和编辑部里的人，都要到十一点左右才能来。周末很多版减少，来的人就少了。十点钟，她走进大楼，到处都静悄悄的。上到二十六层，更是悄无声息。

坐下来，长长吁了口气。心里在想，腾腾不知道是否到了卢家仪的

"家"里。他说的小黄，肯定就是他的女友。很般配嘛，一个叫老流氓，另一个就姓黄！

他们是什么时候勾搭到一起的？算了，这还重要吗？

工作工作，早早做完，出去上街。她已经N年没有进过商场了。她实在需要去买两套好一点的衣服了。

这几年在家，穿的几乎全是休闲服，运动裤。这几天就靠那套"离婚装"撑门面，总不能一直这样上班吧？

集中精力，手脚利索，一些闲杂广告，校对完毕，发到美术编辑的邮箱里就可以了。

看见两则征婚启事。婚姻介绍所的广告。离婚女人一律肤白丰满显年轻。恶心不恶心啊。甘晓犟嘴角撇成八字，不屑一顾："什么人真的会去那里！"

当然她不信这个，因为她吃过低俗广告的亏啊。

不到中午，一切就已OK——瞧吧，这才两天，她也就会说OK了。顾不上吃饭，赶紧出门去了商场。

心里还是有点小九九的——晚上不是有"约会"吗？为什么不可以叫它约会呢？她是单身女人，而且章平只邀请了她！

这个城市比较火的大商场，就是百盛和巴黎春天两家，而且挨在一起。因是周末，人还真不老少，而且看上眼的衣服，价钱也实在都不便宜。她一口气转了四个多小时，才选中了两套衣服，一套是秋冬套裙，带点背心裙的样式，但很休闲有艺术味儿。一套是裤装，大喇叭口的黑色长裤，上身是浅驼色的斜腰带的紧身细毛毛衣。

她好像已经多年没有这么上心地讲究过衣服了，这么一穿，才发现自己还是很漂亮的呀。或者至少，看上去还是比朱华漂亮！

放在读书时，她是从不跟朱华比漂亮的。她是美女，跟谁都不屑于一比。

现在誓与朱华试比高。

头发？不，算了，还没转正呢。别太夸张了。但想了想，还是咬咬牙，又买了一件风衣。天很快就冷了，早晚正可以挡风。

鞋子，背包，口红，都可以放放再说。

这才觉得肚子饿了。

18

甘晓鼙觉得奇怪，可以说，从儿子出生到今天，他是没有离开过她一天的。可她这么大半天了，竟也没有觉得有多么想他。

整整一个下午，全用来睡觉了。起来第一件事，是去洗澡。一边洗，一边哼着歌儿。又去大阳台上晒头发，那里被下午的好太阳照得暖烘烘的。她想，下个月发了工资，就买把摇椅，以后周六一个人在家，可以坐在摇椅上读书喝茶，多么惬意。

头发干得差不多了，就去试穿新衣服。两套轮换着穿，又翻出几双旧鞋子来配。头发要不要放下来？要不要戴条围巾？用什么表情比较好？哎哟，真他妈的还有点害怕。老流氓卢家仪跟别的女人矫情时，是怎么做到从容不迫的？

瞧见了吧，甘晓鼙已经开始心术不正了。她早把朱华的叮咛，变成了耳旁风，也早把自己说的心如死灰之类的话，扔在了爪哇国。

她是憋着一股战胜卢家仪的劲，准备和章平做点什么了！

晚上七点二十分，章平的车准时在小区外面等她了。

她一路妖娆地走过去，还没到跟前，章平已经主动跳下车来赞美她："真漂亮真漂亮。你平时太朴素了！看看，我一眼就知道你是个大美女，看话剧，就得这么好好打扮打扮嘛！"

甘晓鼙羞得不知道说什么，赶紧钻进了车里。

章平问她："吃饭了吗？"

"吃了。"甘晓鼙回答。其实没吃。一是下午吃得迟，二是她确实有点瞎激动，一激动就觉得没什么胃口了。

章平又打开车里的灯，看了她一下。甘晓鼙脸都红了："走吧走吧，你就别拿我开涮了。"

"怎么是拿你开涮呢，我从不拿女同志开涮的。我都是认真的。我这人唯一的好处就是认真，时间长了你就知道了。"章平的话里套着话，脸上带着微笑。谁能看出这老滑头是什么意思呢。又说："你今天这么漂亮，让我太有面子了。我是不是找个地方停下来，买上两盒发蜡，给头发打打油什么的？"

甘晓鼙哈哈大笑起来。章平瞧她一眼，说："你笑起来真好看，我好像还没真见你这么笑过。"

"没事笑什么啊。"

"改天你来我们记者部看看，看看那些女人有多疯狂。"

甘晓鼙说："为什么呀？"

"因为有我啊。"

哈哈，她又笑。章平这人，真的很会说话。

两人这么开着玩笑，就到了演艺大厅。因为演出的剧团，只是省话剧团，所以拿赠票的特别多。又多是媒体的人，见了面大家就热情打招呼，尤其是跟章平。

章平简直可以说是八面玲珑，四面讨喜。甘晓鼙自己先拿了票，悄悄坐到了座位上。直到黑了灯，章平才跑了过来。一坐下，就跟她说对不起："怠慢了怠慢了，认识的人太多，真是没有办法。"

说着，喜气洋洋地开始看戏。

甘晓鼙这么坐着，你要说她心无旁骛，肯定不真实。半个多月了，无论心理还是生理，都是狼藉一片。现在有如此良辰美景，男人——虽然不够帅不够年轻，但好歹是个男人——陪伴，她怎么会不心有戚戚，感慨万千呢？

多日没有的自怜心态，又冒了出来。

中场休息前，怕别人问起章平她的身份，他会尴尬，她特懂事地先跑到了外面去买饮料喝。她料到章平会一直跟人说个没完。所以等到熄了灯，才跑进去。

章平很吃惊地问她:"怎么就不见了?"又拿出一包爆米花:"来,我给你买的。"

瞧瞧,这份体贴,你要说甘晓鞷来的路上,还觉得章平只是在跟她开玩笑,现在她怎么都得相信了,他是对她有点那么个意思的。什么意思,男女意思呗。

这让她心潮起伏,下半场基本白瞎了。

待话剧结束,才发现坚持到最后的,已经没有多少人了。两人消消闲闲地走出来,外面刮起了风,比来时凉了好多。

甘小鞷上了章平的车,章平就说:"想回家吗,还是再坐坐?"

甘晓鞷一直可都是良家妇女来着,她哪里经过这样的阵势。能跟着一个男人单独出来看话剧,已经是千回百转激烈斗争无数次了。可自己也知道,佯装无知少女肯定不大合适,这事儿最重要的是得风情万种哪。

可是她有什么啊,美貌肯定不如以前,钱财也没有。既没钱又没貌,何谈风情万种?不行,她得直接问问他先:"我们……我们这是在约会吗?"

"嘀嘀……"章平立刻就笑了起来,直直地看着她,"那你以为是什么呀?"

她可没想到他会这么说。她不仅做不到风情万种,落落大方都不行了。就像牙疼似的,她这么说:"你,回家,晚,没有关系吗?"

这话倒还真是有点出乎章平的意料之外,他只是个猎艳爱好者,不仅他不说家什么的,跟他一起出来的女的,至少也得遵循这个原则呀。这个甘晓鞷同志,是怎么回事呢,难道她还会问他已婚没有吗?

哈哈。

真有趣。

"你说咧?"他逗她,"你害怕呀?"

"我不怕。"甘晓鞷说,"我一个人。"

"什么?"让甘晓鞷吃惊的是,章平大叫一声,"你离婚的?"

甘晓鼙点点头。她脑子里一刹那有很多个想法一起冒出来：

一、章平也许是那种爱占离婚女人便宜的男人，如果这样，他这么叫，是大喜过望？

二、章平喜出望外，可以直接去她家里了。

三、章平怎么也没想到她是离婚女人，他动了怜香惜玉之心。

四、虽然章平爱上她了，但有点怕她逼他离婚。

她赶紧着，说："怎么，你没见过离婚女人啊？这么大惊小叫的。别告诉报社其他人。"

"好好好。"章平点头如捣蒜。又问，"那你干吗住在那个家属院呢？"

既然问得这么亲切，只好娓娓道来。甘晓鼙还一时把持不住，连那段珠宝网站的经历，都一股脑儿倒出。

章平脸色越变越深，不发一言，之前的幽默诙谐，全然不见。

甘晓鼙也有些奇怪，甚至觉察不对头，但话已出口，总要有头有尾是不是？终于大概说完了，章平长吁口气，脚踩油门，严肃认真地说："走，送你回家。"

再也不肯说话。车内气氛超级闷。

甘晓鼙不晓得问题出在哪里，但明显的事实是，今晚余下的节目是泡汤了。

到了小区门口，甘晓鼙仍讲风度呢，蛮认真地告别："章主任，谢谢你哦，下次有机会再聚！"

话是这么说，心里说不出的酸甜苦辣、奇情怪感。

章平板着脸，依然不客气，竟然头伸出来对她说："以后你晚上就不要随便跟人出去玩了，离婚女人，要注意影响。"

你妈的！甘晓鼙骇然不已，脏话还没骂出口，人家已经开远了。

什么意思？明明是他先撩拨她的，现在倒成他是正人君子了！

甘晓鼙一时觉得很是气馁，多日没有的、为了离婚而产生的自卑又冒出了脑海。是不是见她单身好欺负，所以就拿她开涮？

再一次地，又恨起卢家仪来。如果不是他，她哪里会落到被人如此陷害的境地？这个老流氓，自己快活了，老婆孩子的生活却被搞得一团糟。

他凭什么这么做，而且毫不知耻，从没有为自己的行为道一句歉！甚至，还要求她甘晓鞶做人要大方。

她进门开门时，仇恨已经让她脸上的五官错了位。她在房间里犹如困兽一般地瞎转，神经一刹那脆弱到顶点，仿佛一点火花，整个人就能爆炸起来。

电话铃声却豁然响起。吓得她跳得老高，以为是儿子出了什么事情。

结果却是朱华。直截了当问得嘎嘣脆："才回来？是跟章平出去了？他在你那里不？"

"不在。"她没好气。

"是不是跟他出去了？"

"是的。"

"看话剧？"

"你怎么知道？"

"这是他泡女人惯用的招数。"朱华说，"能弄上床，算是收获。弄不上床，还有为工作这个台阶下。"

"你倒是分析得透彻。"甘晓鞶笑了起来，朱华这个女人，什么都逃不过她。

"后来呢？"

"哪里有后来？"

"他没跟你提什么要求？"

"提了，我讲了自己的身世后，他就像送瘟神，将我送回了家。"

"咦，这么好？"

"你说他是什么意思？"

"怕你纠缠他呗。"朱华说，"现在有个新词，知道吧？泡良！就是指这种已婚男人，最喜欢的，就是泡良家妇女，有老公有孩子的。这种女人不会离婚，不会死缠，甚至连钱都不用怎么花。他们最怕的一是离婚女人，二是我这样的未婚大女。他对你态度的转变，十有八九，就是因为突然知道你是离婚女人了！"

　　朱华这么一说，甘晓鼙就觉得一切都明白了。这个章平，人面兽心，还真看不出啊。

　　"也谈不上人面兽心。"朱华倒是看得开，"你不也是欣然赴约了吗？人嘛，都是软弱的。"

　　甘晓鼙想问朱华："那你呢，你是否软弱？"

　　她问不出口。心里够烦。不管朱华是否软弱，但至少没有她这么无脑。

　　仿佛知道她在想什么，朱华说："不经历艰苦寂寞，摸爬滚打，哪里会有一颗坚强的心？你呀，一毕业就结了婚，以为自己吃亏，其实是早早躲进了温室。后来又辞职回家，更是两耳不闻窗外事。老流氓这么逼一逼你也好，至少对你了解人情冷暖大有裨益。"

　　甘晓鼙只有点头的份儿。

　　渐渐扯到了一些旧友，甘晓鼙觉得人人都比她过得好，又郁闷起来。朱华敲打她："清平世界，朗朗乾坤，有过离婚史又和别人有什么不同？"

　　甘晓鼙反驳朱华："那你为什么不结婚？"

　　朱华说："现在你羡慕我？当初是谁天天教训我要抓紧时间赶紧结婚的？不要一荣俱荣，一损俱损。甘晓鼙你最大的问题是什么你知道吗，就是太形式主义。你得有自己的想法，少操心别人怎么看你。要知道结婚并不是什么荣耀，离婚也不是什么耻辱。不过是人生的选择而已，和选择一份工、一本书、一盘菜没有什么区别！"

　　朱华气吞山河的话语，给甘晓鼙大大打了气。可是她还是要问："如果换了你呢？"

　　朱华说："换了我，尽快想通就行。至于结婚，目前还没有想明白，如果每天每天的日子都完全一样，除了日复一日紧巴巴的时间和牛马般赚钱，并没有离奇曲折、悲欢离合，那么再交男朋友、结婚、生孩子，和自己目前的现状，又能有什么样的区别？"

　　甘晓鼙总觉得，什么事情到了朱华那里，都一清二白，到了自己这里，无论工作、家庭，还是人际关系，都差强人意。

　　人比人，气死人。也不知道朱华是否有交往的男友，她那么时髦漂亮，又有钱，不可能连性生活都没有吧？

朱华又仿佛知道她在想什么，说："有一个适当说话吃饭做爱的男友，我已满足。这样的关系，令人不至于衰老，又能保持自由洒脱。"

甘晓鞏想，世道真怪，她才结婚十年，观念已经改变这么多。

十年前，无论男女都讴歌婚礼，现在的男女，则视婚姻为牢笼。可惜她没早勘破，而且陷进颇深，连给自己抽脚的地方都不留。

这么想着，歇歇着。两个人又扯了点别的。甘晓鞏问朱华："你说，我以后见了章平怎么办？"

"哈。"朱华一副老江湖的口气，"该怎样还是怎样，而且你可以大胆调侃他。至少裁了的面子得抢回来。人嘛，在这个世界上混，说来说去，情可以短，气却要长。"

哈哈，朱华一套一套的，甘晓鞏大笑。

"好。"她心情好了很多。

朱华又跟她说了说工作上的事，提醒她还要注意点什么。虽说甘晓鞏上手超快，但毕竟本行经验不足，一些细节还需要注意。完了又问她："是不是那几个小东西不怎么答理你？"

甘晓鞏说是。

朱华说："现在年轻人都这样，女人一过了三十，在他们眼里就是老太婆。没事的，其实那几个人都非常有趣，你主要是刚来，自己也紧张。等慢慢熟悉了，只要肯跟他们开玩笑，他们立刻就会接受你的。"

19

放下电话，已经快十二点了。何以解忧，唯有上床。

甘晓鞏正要准备洗澡睡觉，就听见门被敲得山响。三更半夜的，这声音还真是吓人。

脑海里浮现出电影里的镜头，单身女子在家，遭遇抢匪，手里握菜刀，一脸警觉，侧立于门边。来不及扮相了，只能大声喝道："谁？"

"是我，妈妈。"

腾腾？儿子怎么回来了。哗啦拉开门，不是他是谁？一进门就往她怀里钻，脸蛋上还挂着泪珠儿。她伸出头去，并不见卢家仪的身影。

"你自己回来的？"她心突突直跳，好慌。

"不是，爸爸送我回来。他见我上了楼，就开车走了。"

"开车？开什么车？"

"那个女人的车。"腾腾恨恨地说。

甘晓颦一肚子疑惑，不知从哪儿开始问。将腾腾手攥在手里，摸上去凉不飕飕的。瞧瞧孩子，果真，流清鼻涕了。她立刻紧张起来，这孩子，一点小感冒，就会引起哮喘。顾不上多说话，她赶紧倒了一杯热水，拿了药片，让腾腾吃。

腾腾吞了药片，就说："妈妈，我饿。"

嗯，什么年代了，竟还有让孩子饥寒交迫的事发生！卢家仪老流氓，一定是只顾着儿女私情，忘记了照顾孩子。就这表现以后还想不想跟儿子过周末了？门儿都没有！

赶紧着，到厨房去下鸡蛋挂面。中间偷瞧儿子，就见坐在小板凳上发呆，也是瞌睡了，又饿，身体不舒服，一脸的烦躁和痛苦。

搁在以前，他肯定大哭大叫起来，说不定还得让卢家仪扛在肩上，走一两个来回才会好。

现在却好，只是不吭声。甘晓颦心酸："这么小的孩子，也知道忍了。"

吃着面，想问儿子为什么回来，可腾腾只是一声不吭，她也不好再问。见他三口两口吃饱了，就拿热水给孩子洗了把脸，泡了泡脚，轰到床上去了。到底是孩子，立刻就睡熟了。

甘晓颦想，明天天一亮，什么就都会烟消云散的。到时候，他愿意说，她就听。不愿意说，也别勉强孩子了。

有什么大不了呢，不过是正在走衰运罢了！潮涨潮落，谁还没有个倒霉的时候呀！

电话骤响，今晚注定是个多事之夜。卢家仪，低了嗓子问："儿子咋样？"

"睡了。"

"那就好。"

"你不觉得你欠我一个解释吗？"她追问。

"他太不懂事，惹恼了小黄。"

"怎么了？"

"为了他过去，她特意给他买了很多礼物和玩具，还收拾出一间好好的客房来招待他。小黄是真心疼他的，而且我们也要结婚了。别说叫声妈妈，阿姨都不叫。中午饭专门给他做的，也不好好吃，一个人只是躲上楼去，玩游戏机。晚上答应带他去外面吃饭，他不肯。我们自己去了，回来他又哭，一个劲说要回家……"

"妈妈？"甘晓鼙拿电话的手直发抖。卢家仪还要继续唠叨，她已忍无可忍，暂不计较他和那个死女人，竟然真的就会扔下孩子独自出去吃饭，单是叫妈妈这一点，快要让她发疯。

"你要你儿子牺牲个人感情，去讨好你的有钱女友？卢家仪，你有精神病了吧！"

"说什么哪，话说得这么难听！"

"哪一点难听了？你是国家公务员，你总该比我们老百姓更懂事一点吧？请你换位思考一下，别说我找个男人来让儿子叫爸，你会怎么想，就是儿子这口，他也得能张得开呀！我告诉你卢家仪，你自己流氓成性也就算了，还要教儿子跟你一样没心没肺是不是？你现在知道了吧，就你这道德品质，儿子都看不上！他就是不愿意跟你玩才走的，知道吗？你让他巴结那女人，惹火的不是我，而是你儿子。替你丢脸的也是你儿子！……"

"什么时间了，还这么歇斯底里干什么！甘晓鼙，我真信了那句话：是狗，就是改不了吃屎！"

吧唧，电话挂了。

甘晓鼙坐在电话机旁深呼吸，做努力平和状。脑子一边想，她和卢家仪离婚后统共就打过几次电话，没有一次是好好结束的。

真不是个东西！

她猜都能猜出来，接儿子过去后，那个小黄，立刻花言巧语，满面春风。说不定还要跟卢家仪做点什么亲密动作，让儿子印象深刻。然后嗲声嗲气地对儿子说："我和你爸爸，是有真感情的。我们很快就要结婚了。以后你再来我们这里，就要叫我妈妈了。"

肯定就是这句话，惹翻了腾腾。

不仅仅是孩子，又有哪个大人，能这么快就改口叫妈的？腾腾才九岁，远远不懂两面三刀，他不啐她一身，就算是很有气度了！

这是一个什么样的女人呢？

甘晓鞶一肚子好奇，难道她自己没有孩子吗，稀罕别人叫声妈？呸，瞧这做派，这假模假式的方式，就不会是个多么有文化的女人！他卢家仪也就这水平，要么骗骗浅薄无知的小女孩，要么投靠没文化的老富婆！

她当初真是瞎了眼，居然和这样一个男人厮混如此多年！

今天又是个倒霉日——从离婚那天起，她不倒霉的天数还真是不多。想想万恶的卢家仪，锉骨扬灰都不为过！她气得澡也不想洗了，胡乱抹了把脸，就上了床。

开了台灯，看儿子熟睡中明净的脸。眼泪不由在眼眶里打转。真是替儿子不值，相貌清秀，性格温和，头脑聪明，却摊上一个不良之父，和一个无能之母。要是她自己争气，能像朱华那样，赚大笔银子，买大房子，儿子就不会坐在那里，小胸脯一起一伏，憋着劲忍着气了吧！

唉。她伸出手，一遍遍摩挲着儿子的额头，小心不让眼泪滴答在他的脸上。伤心、仇恨、同情、母爱，百感交集，翻腾不已，睡不着，索性一骨碌爬起身来。跑到客厅找出今天下午买的那个超级大的"忍"，比画着墙，要挂起来。

又从工具箱里翻出榔头。搬桌子——说是搬，其实也就是拖拉。顾不上吵醒左邻右舍了，反正她是单身女人。离婚女人就这点好处，半夜做点什么，外人都能理解。然后将椅子架上去，钉钉子！

哐哐哐、哐哐哐，墙被砸得够动静。很像一个怨妇做的事嘛！一声声，仿佛都在说："够了，没有尊严的日子，受、够、了！"

吻别前夫

第七章 倒酸水

20

　　这边甘晓鞏还在为再见到章平时，怎么挽回面子而发愁，那边章平却已经调整了态度，不给她任何可乘之机。他突然变成了一个彬彬有礼的君子，不仅没有了以前总是不小心就能电梯偶遇的时候，而且他也不再跟她开玩笑了。当然，更别提回家车送，或有赠票了。

　　甘晓鞏相信了朱华的分析，看来是她对人性美寄予太多厚望。当初章平待她热心，不过是见她尚有残存姿色，又是新人，揩点油而已。

　　哎，一桩没有预谋的情事，就这么无声无息、无臭无味地消散了。他正人君子，她自然也谦恭有礼。大部分时，不是碰到当面，甘晓鞏只是假装没有看见。

　　做不到朱华那样嬉笑怒骂，沉默也是一种态度了。否则还能怎样，苍白着脸，泪盈于睫？笑话！她又不是没有对卢家仪做过，下场如何？

　　事事留神，谁也不怪。几米长的"忍"字都挂在墙上了！

　　转眼冬天就来了。一个月后，甘晓鞏果真已经转正。和年轻同事的关系，也一日胜过一日，他们叫她晓鞏姐，偶尔她会请他们吃零食，遇到有情感疑问，还帮着说点铿锵有力的话。只是离婚的事，她依然不敢对人说。

　　日子很清净。工作很顺手。不敢疏忽，每一个字每一段话，都细细斟来。有时也盘算未来，过几年，等儿子上了中学，就搬回旧家去住。那里宽敞环境好。如果她足够能干，还可以买辆车来开。

　　平时周末，卢家仪还是来接儿子。但很少去小黄那里了，他在他单位的家属院里，估计是弄了一套房子，据儿子说收拾得很舒服。腾腾只是去他那里，来回好几次，也再没有说起小黄。

　　甘晓鞏猜疑，难道卢家仪和她分手了不成？

　　或还只是为了儿子，才找的这套房子？

　　她更相信会是后者，毕竟卢家仪对儿子，是从来也没得什么好说的。

　　冬天天冷，甘晓鞏每天还是早早就去单位。

腾腾偶然感冒发烧，她也是配好药，放下，到点打电话叫儿子吃药，或是自己早点下班回去看他。朱华不止一次夸奖她，说她比以前懂事多了。

瞧瞧，她用懂事这个词儿。好像她以前多不懂事似的。

有一天，朱华对甘晓翚说，报社正在酝酿明年改版。几乎所有部门，内容版式栏目，都可能需要大改。整体风格，要变得更泼辣潮流，以迎合更多更年轻的读者——所有内容都要搬家上网站！广告部的任务，显然更重了。为此要加一个栏目，也是为了吸引读者的做法。

幽默？人生小品文？电影或书籍介绍？

朱华摇头，都不是。她已经想好了一个新东西，这栏目，要是放在正版上，也绝对是吸引人眼球的好东西。但这么好的栏目，我们就要自己留着，而且要给你甘晓翚留着！这个栏目的第一期，非你莫属。

甘晓翚吓了一跳，受宠若惊。"报社里能人才子济济，我算哪根葱？"

"可是只有你离婚了！"

这和离婚有什么关系，喂，小姐，我们能不能不说离婚这两个字？

"离婚女人怨气多，你又没钱看心理医生。所以开个栏目，让你尽情发泄。"

甘晓翚见朱华不像在开玩笑，也不全是取笑她，大为好奇："到底你说的是什么呀！"

"一个信箱，你来做最初几期的主持人。以后大家轮着来。"

甘晓翚顿时大摇其手："你别拿我开涮，我怎么能做得了这个！"

"放心咧，不是情感信箱！只是世道艰难，给读者一个释放的窗口，讲讲自己的苦恼，倒倒酸水什么的。鸡毛蒜皮，家长里短，但重要的是，我们的主持人，一定要够刻薄，要能一语点醒梦中人，才有噱头好看。"

甘晓翚："这事大姐你可以去做，我还等着高人来点化呢！"

朱华说："我还真合适做。但我不是忙吗？以我对你的了解，只能你来做！反正你处境不佳，需要解脱，闲着也是闲着，骂骂人，解解气，还有钱拿，到底干还是不干？"

甘晓翚一听有钱拿，立刻眼睛一亮。"千字多少？每周几次？一次多少字？读者来信算不算在字数里？"

"除了周六周日，每日都有，你最多写五百字就可以。天马行空随便乱写。每周给你五百元，你看怎样？"

甘晓翚一算，一月凭空多出两千元。若是工作不难，又有何不可？

"好，看在钱的份儿上，我干。"她摩拳擦掌，"什么时候开始？"

"今天你就给我做一期，明天给我看。第一期问题你自己去找。写个四五条就可以。问得简单，回得也要更简单。栏目名就叫倒酸水。记得，你要调侃，要泼辣，要刻薄，要势利，要现实，但不许人身攻击。"

甘晓翚想，以后这个活儿，就每天晚上在家里做。省得长夜漫漫仇恨卢家仪。待骂完世人，心情大爽，洗澡上床，定能睡个好觉。

还不快感谢朱华？

到了晚上，儿子进屋去写作业，她就钻到了自己的小阳台上。

天冷了，她在里面放了一个电暖气，倒也很是暖和。腿上盖上一块大围巾，两只脚塞在厚厚的棉拖鞋里。台灯打开，电脑打开，她不由呼出一口长气，已经多少年了，她都没有在晚上看书写字了？

心里很充实，又宁静。除了憧憬一月多出来的两千块钱，果真不再胡思乱想。

倒酸水。可以是工作、生活、人际、子女教育、财务……当然肯定也少不了情感。

甘晓翚大致明白，就是一问一答的文字。

"结婚后每月都给他父母一千块钱。现在经济不景气，他父母本身有退休金，也有存款，所以我很想减少几百元。他不同意，我怎么办？"

甘晓翚回答："他赚得多就听他的。"

"工作无趣，同事呆板。尤其是遇到了上司，不仅婆婆妈妈，而且以专门整人为乐事。眼睛总是盯着你，只为鸡蛋里面挑骨头。我还这么年轻，难道就在这里耗着？"

甘晓翚冷血道："年轻就不要耗了，反正流浪街头也尚有火气可以抗寒。"

"爸爸妈妈不理解我，他们各自结婚有自己的生活。我同时爱着两个男人，为其中一个自杀过，他们都有自己的女朋友。注：我今年17岁。”

联想到腾腾，甘晓颦眼里飞出泪来，可下笔依然飞快：“求父母之一带你去看心理医生，你有抑郁症，好好吃药，别拿男人当百忧解。”

“我喜欢边写作业边听音乐，可老师不许。没收了我的MP4，他这样做是不是违法？”

甘晓颦说：“他违法，你违纪。可他比你有权有势。”

“恋爱两年了，男友突然嫌我不够好看，还不肯去陪我买衣服。”

甘晓颦答：“减肥。”

……

哗啦哗啦，问题都是在网上随手拈来。

不看不知道，一看真奇妙。原来世界上，有这么多人心有千千结，千奇百怪，其痛苦程度，重若千钧。相比之下，她的离婚，简直小菜一碟，根本不值一提。

也不晓得是否心中真有千秋，还是对人生特别有感触。一会儿就写出一大篇来。又仔细挑拣，凑足了五百字。决定明天一早就拿给朱华看。

“知我者朱华也。”她想。难道她真的一直都很刻薄很娇纵？否则朱华会将这么重大的任务教给她做？

她和这个栏目，倒是对了脾性。彼此都是大惊小怪的无聊人，他们是无事生非，她呢，则是见人下菜。只为发泄怨气，并不是真的为了给人秘方。

好玩好玩。

待儿子写完作业，母子俩一起收拾洗漱，一起上床。读两页故事，立刻睡着。

第二日，将稿子拿去给朱华。

朱华看了几行，就拍手叫好。一脸得意，神采飞扬：“我就知道我这个点子没有错，你真厉害，字字珠玑，就这么做下去，没有错的。现在我们来替你取一笔名。”

“笔名？”甘晓颦兴奋，她也配？

"就叫侃侃如何？"朱华说，"本来就是无厘头，带点调侃，读者会比较轻松接受。"

"无所谓啊。"甘晓翚真的无所谓，这样的文字，还指望千古流芳？叫什么都行，她只想拿多出的两千元！

待到下午，清样出来，甘晓翚先睹为快。设计得很低调，锅碗瓢盆电影信息中，夹杂着小小的一块。"倒酸水"三个字，设计成古拙的字体，别有趣味。

下班前，朱华提醒她："别忘了稿子。"

甘晓翚一整天都有些兴奋，又说不出个所以然来。

自从离婚后，她的状态就是这般，像是水面上的浮萍，光鲜、美丽、快乐或是悲伤，都是没着没落的光鲜、美丽、快乐或悲伤，都找不到那个能让她落在实处的根。

常常莫名其妙地，就会陷入巨大完全的虚空中，自己也会这么想，如果当初完全没有结过婚，可能也无所谓。怕就怕有过又再失去，仿佛世界重新来过。越发觉得数千年来的三纲五常，是平凡中最见力量的东西。

站在人满为患的公交车上，摇摇晃晃，不少人打手机，约朋友吃饭的，向家里告假的。她默然，自己是不会再有这么一通电话了。

回到家，发现事情不妙。白日小小的成就感，顿时烟消云散。儿子脸红脖子粗地正在咳嗽，眼泪汪汪地趴在床边。甘晓翚大惊，吓得跌坐在地上，连忙找咳嗽药。孩子这病奇怪，找不出任何病根，她一边忙碌，一边回想是否哪一步没有做好，让腾腾着了凉。

又问他："吃了什么吗？"

虽然医院没有查出什么，但甘晓翚一直怀疑他是对什么食物过敏。儿子摇头晃脑，咳得上气不接下气。她立刻将他拖起身，穿好外套，出门打车去医院。

医生会怎么说，她想都能想出是什么结果，可是她又能怎样？果真，挂了急诊，医生无非开的还是那么几样药。又教给她按胳膊某处止咳的穴位，说晚上睡觉能好一些。

甘晓鞏心如死灰，情绪顿时跌入谷底。站在药房前面排队拿药，她恨不得面向苍天，喊出人生几何这样的话来。腾腾一声一声的咳嗽，仿佛是她耳边清晰的哭声。是她的哭声。他咳一下，她的心就抽一下。母子俩就这么回了家。

好在，她还知道自己必须强打起精神来。问腾腾："想吃饭不？"

腾腾咳嗽稍好，见甘晓鞏面色凝重，早已没了食欲。摇头，一句话也不肯说。

甘晓鞏也不想吃。她试着让自己尽快振作起来，心里无数次地告诉自己，别对孩子露出绝望的样子来，千万千万。咳嗽不算什么要命的病，天气暖和了，自然就会好的。可是她一方面也知道，这个时候，别说是腾腾久治不愈的咳嗽，就是随便一个喷嚏，也能让她崩溃。

分明是离婚综合征，她现在脆弱着哪！这么一两个月，好不容易鼓起的勇气，好不容易做成的一点点事情，好不容易修炼来的一点好性子，都会因这份脆弱，瞬间坍塌。

给孩子吃了一点止咳的药，又烧了一点开水喝。甘晓鞏陪在儿子跟前，心里充满自责。知道孩子这次犯病，很大程度上，就是因她照顾不周。中午自己回家，胡乱吃点，觉也睡不好，身体素质可能受到了影响。加上没有她平时叮咛穿衣加衣，天一冷，也不知道什么地方受了风寒。腾腾这病她知道，一旦开始了咳嗽，整个冬天，就等于完全泡汤了。

一边想，一边后悔。看孩子咳得上气不接下气，她的心揪得生痛。突然一下地，就又恨起了卢家仪：如果不是他……

她发现她现在已经很会用这个句式了："如果不是他……"

如果不是他，孩子就不会咳嗽；如果不是他，她就不用这把年纪了还和刚毕业的大学生抢饭吃；如果不是他，她和儿子也不用离开舒服宽敞的家；如果不是他，她哪里用得着躲着自己的父母……

从离婚后，她统共只见过两次母亲。还有一次是在街上迎面碰到的。她什么也不敢对母亲说，怕她老人家当时就炸起锅来。她可是太了解她妈妈了，活到五六十岁，她从不知道什么叫"控制"这两个字。

她是要随心所欲的，尤其谁都不能挡着她的喜怒哀乐。让她体谅人心？呸，谁来体谅老娘！

但甘晓鞷知道，事情总有被揭穿的那一天。

现在看来，到了找母亲谈一谈的时候了。她必须求她来帮忙了。

小心翼翼地电话打过去，甘晓鞷爸爸接的。

老头子是个好脾气，否则也不会容忍老婆那么多年。正在看电视，吃面条。甘晓鞷问："我妈呢？"

"去跳舞了。"

"不是饭后跳吗？"

"冬天天黑得早，一群老太婆就改了时间。现在是五点到七点，就要回来了。你怎么样啊，最近？腾腾还乖吧？"

"乖的。"甘晓鞷心想，不如先告诉老爸，等会让他帮帮她，跟妈妈说。

"爸爸呀。"她叫父亲。从小到大，她要撒娇前，总是这样的口气。老头立刻察觉到了什么，问，"怎么了，和家仪吵架了，还是缺钱花了？"

甘晓鞷口吃。"我离婚了。"她可以这么说吗？爸爸虽然是好脾气，但是否能接受她的离婚，她是一点把握也没有的。

"腾腾咳嗽又犯了。"她想了想，还是决定先不说离婚的事情，"我想请妈妈来帮我照顾一段时间。"

"你妈妈……时间紧哪。"爸爸说，"我现在都自己烧饭吃，她连我都管不上的。"

甘晓鞷眼前一亮，不如叫爸爸来帮她好了。反正老头子在家也无事，中午帮她看看腾腾，热热饭菜，招呼孩子穿好衣服，还是可以的呀！

还省得跟妈妈说，白白引起啰嗦。

于是她乘胜追击："那爸爸你干脆中午来我这里吧，帮我照顾照顾腾腾。这段时间他放学，都是自己吃饭。"

"你呢，你怎么不在家？"爸爸大声问，终于问到了实质。

"我要上班。"甘晓鞷快刀斩乱麻，"我和卢家仪闹矛盾了，我带腾腾搬出来住了。就在腾腾学校旁边。已经两三个月了。我每天好忙的，你要不要帮我？"

"要要要，要要要。"老头子顾不上吃惊，来不及多问，就听甘晓鞏下命令："不许告诉妈妈啊，你每天偷偷来。反正她也有她的活动，你上午十点多到我这里，要是肯帮我做饭，就买点菜来。要是不想做饭，我头天晚上会多做一点，你来了只要给腾腾热一热就好。"

"我来做我来做。"爸爸忙不迭地表态，"我明天就去，买了菜去。你把钥匙留在鞋垫下面，告诉我地址就好。现在我来问你，你和卢家仪是怎么了，是在分居吗？"

"是分居。"甘晓鞏想，离婚这两个字，其实也是不能告诉爸爸的。如果说了，他一定会告诉妈妈的。

两个人刚敲定，妈妈就回家了。甘晓鞏和爸爸不能再多说，只好挂了电话。

这天晚上，哄儿子睡后，她想起还要做的工作，不由头皮发麻，一屁股重重坐进阳台椅子上。

这才意识到，朱华并不是人精，这样一个栏目，也并不是她们最初所想的那么简单有趣，什么既可疗伤，又可赚钱。烦恼当前，又有几个人，能有心情，说调皮话出来？

儿子的咳嗽一声又一声，在这样的声音里，甘晓鞏的大脑，就像水龙头被死死拧紧了，任是一滴水，也滴不出来了。

整整两个多小时，她陷在无比的沮丧、绝望、恐惧之中。担心交不了稿，担心孩子的病，一想到他明天在课堂上咳起来的样子，就不寒而栗。她的脑子，无法组织起完整的句子，"如果不是他……"

不，不要再想这些无谓的东西。卢家仪已和你无关，他是他，你是你。不要动不动就扯出他来，消耗自己的元气。

集中精力，想想怎么赚钱。稿子必须得写，无论如何，也要强打精神。甘晓鞏你再不是从前的你，撒泼要赖，好歹还有家和老公可以依靠。现在的你，除了一个身体有病的孩子，还有什么？

想着，不由悲从中来。眼泪来不及掉下，已狠狠掐自己一把，吞了回去。

开工。和昨日一样，四处搜罗来一些东西，快速反应，用第一直觉，回答了便是。

"邻居太太养猫，我尤恨猫。却无法讲给她听，昨夜寻思找一麻袋，将猫勒毙并扔掉。不知道可否。"

回答："不妥。猫有九条命。"

"为什么总是最好的朋友出卖你？我所有不想被人知道的秘密，最后都是通过最好的朋友传出去的。搞得我现在不敢交友，知道他们不过是要拿我的秘密，去换取别人更多的秘密。"

回答："谁说是朋友就什么都可以说？"

又想起朱华来，朋友可以相交，不可相溺，非得看到世态炎凉，才会懂此道理。

……

稿子写完，已到半夜两点。谁能想象，五百字竟能耗神如此。

第二日上班去，中午就已有大批读者反馈，指名道姓要和"倒酸水"的侃侃过招儿。但甘晓鞏愁眉苦脸，远远没有朱华高兴。

朱华问她："怎么了？"

"腾腾病又犯了。"说着竟掉下眼泪。

朱华将她搂过去，抱住，拍了两下。并没有什么抚慰的言语，只是说："今天记住，除了倒酸水，还有家电版的稿。"

甘晓鞏苦着脸："当作家比之任何工作，更需要安静的心，和安宁的生活。"

"那是。"朱华并不给她可乘之机，说，"幸好你只是赚钱，不是当作家。"

一落座，便开始闷头工作。到了中午，给家里拨去电话，接电话的却是老妈。声若洪钟，气吞山河："你这个死丫头，还瞒着老娘……"

她吓得不敢再听下去，赶紧着将电话挂了先。

一下午心惊肉跳，又暗暗庆幸。这样也好，省得她再去啰嗦。肯定是爸爸先告诉了老妈，他就是这样一个人，自己从来也不肯做主一件事情。他怕担责任吗——哈，这里有什么责任好担的？

又想，她是她妈妈的女儿耶，如果这样，她不是应该和母亲一样大义凛然？她老人家多强悍啊，有几个女人能有她那样的气概？为什么不可以好好跟她学习学习呢？拿出一点大无畏的精神来，见山劈山，见水蹚水，还难受个屁哟！

这么想想，吃饭就大口吞咽起来。

21

虽说甘晓鼙一心要将自己那个天不怕地不怕、从来也不肯服输的母亲，拿来当好榜样，可其实，她对离婚或是做一个离婚女人的强烈恐惧，正是来自母亲。

那还是她小的时候，住在同一院的研究所里的一个女人，离婚了。现在想来，她也就三十岁出头吧。那时离婚女人很少，而且常常是每家每户嚼舌头的资料。

这个女人，就被母亲形容得很是不堪。

要是她哪天高兴了，路上逢人就打招呼，母亲一转身，就会这么嘟囔："都离婚了还有什么可高兴的。"

要是那女人哪天不高兴了，比方在单位上吊着个脸。母亲回到家里就跟他们学，完了说："她给谁吊脸色看啊，谁不知道她那是为离婚伤心！"

那女人吃饭吃得多了，母亲会说："离婚了还吃那么多。"

那女人吃得少了，母亲会说："吃这么少不还得离婚？"

要是那女人工作突出照片挂在外面了，母亲就说："她离婚女人当然有时间钻研业务啦。"可是第二年那女人没当上劳模，母亲就说："她离婚了，哪里还有心思努力进取。"

有一年多的时间，甘晓鼙家里的女主角就是那离了婚的女人，她妈整天把那女人挂在嘴边，好像她每天上班下班的乐趣，就是去整理那女人离婚的缘由。

那些话，在甘晓鼙的心里，渐渐留下了阴影。

即便后来，她见过了很多女人离婚，有特别熟悉的女友，也有道听途说的故事，但她一直保存着这样一个想法，那就是：

离了婚的女人，永远得自我鞭策，可不能随便松懈。除了吃和睡还得会很多东西，她不能胖，不能瘦，不能忧郁，不能开朗，有家的女人都不怎么放心你，没家的女人也不怎么喜欢你。你得特别努力，否则很容易就一无是处了。

有丈夫的女人，爱吃爱睡，叫热爱生活。离婚的女人，就成了自暴自弃；有丈夫的女人，生气抱怨，叫家长里短。离婚的女人，就成了绝望横生。

她可得小心着点、悠着点！

22

所以，她不能告诉她妈妈，她离婚了。她必得将分居这个词，先挂在嘴边。

跟别人说起时，如果不是特别熟悉的朋友，她也绝不说离婚了。邻居问起来，她含糊其辞，能躲就躲。从前的老同学问起来，她闭口不谈家庭。

搬家时，电话号码一起移了过来，她和卢家仪曾经共同认识的朋友打来电话了，问起卢家仪是否在家，她说："哦，开会呢。"或是"加班呢。"

甚至卢家仪老家的亲戚来了电话，一口一个嫂子地叫着她，她也不主动说，他们已经离婚了。她只是将卢家仪的手机号码给他们，说，你们去找他直接说吧。

放下电话后，好恨自己。

她不知道这些人，如果再去找了卢家仪，从卢家仪口中知道他们已经离婚了的话，会不会嘲笑她？

或是可怜她？

她就是不愿意直接对别人说出这句话："我离婚了。"

尤其是无法对母亲张开这个口。她可以想象她老人家会怎么说她，从此以后，有事没事，她都会理直气壮地随时找到教训她的借口：

"你离婚了，为什么还穿这样的衣服？"

"能不能性格乖巧一点，要知道你是个离婚女人！"

"骂死他个小 B 的，你怕什么，你是个离婚女人！"

"随便找个男人就行了，挑挑拣拣干什么，你是个离婚女人啊！"

"要，当然要要，你是离婚女人，你自己不争取谁还管你！"

……

看出来了吧，离婚女人，在甘晓鞏妈妈的眼里，就是可以做任何事情，或是不可以做任何事情的理由。

甘晓鞏离婚了，就要将离婚女人拿来当万金油，可以随随便便到处去抹，抹到哪里，都能有效果。即便要求和想法非常的自相矛盾，也不能妨碍她用离婚女人这一招儿。总之，甘晓鞏如果告诉了她妈妈她离婚了，从此以后，肯定就没好日子过了。不管她做什么，或是不做什么，她妈妈都不会放过她的。

直到她重新结了婚，她才会闭上嘴巴，不对她没完没了。

作为新中国的旧式妇女，甘晓鞏的母亲和她那一代女人，拥有新中国女性最得意的辉煌岁月。男人无条件地怕老婆，无条件地不敢外遇，无条件地不能离婚。因为这样，她们怎么也不明白，为什么现在的男人，会这么不好管理，动不动就离婚、就包小姑娘。所有的问题，都肯定是因为女人自己不争气不厉害所致。这就像教育孩子，甘晓鞏和她哥哥小的时候，哪里有那么多语重心长？不听话，打就是了！

现在的孩子和男人，毛病全都是女人给惯出来的。什么交流、理解、放手……要保持家庭长久，唯一的办法只有一条，一哭二闹三上吊！

啧啧，就这觉悟，让甘晓鞏怎么跟她妈说呢！

吻別

前夫

第八章

HASH：HASH

23

"倒酸水"出了一周后,栏目邮箱里每天都是密密麻麻的信件。甘晓
翚渐渐做顺了手,朱华却发现了问题,那就是读者的期望值也在一路攀升。

"会不会有一天做不下去了?"朱华问。

"肯定会吧,只是可惜了两千块钱。"

"你总不会完全是为了钱在做吧?"

"那还为了什么?"

"不觉得对你自己有帮助?"

甘晓翚哑然:"对自己有帮助?若有,那也是因为钱吧?"

突然有一天,办公室有人敲门,是找侃侃老师的。

几个小年轻颇有兴趣地看着她,甘晓翚还没经历过被读者找上门来的
事呢,不由手心出汗。

是个戴眼镜的男人,穿件套头大毛衣,没有外套,就好像是在他们隔
壁办公、信步踱来一样。甘晓翚放下手里的活计,站起身:"我就是,你
是……"

"哈,这么年轻,还是个女的。"男人发出一串笑声,在气氛沉闷的办
公室,多少有些唐突。"我就在你们楼下办公,看到报纸,忍不住想来看看。"

甘晓翚心里明白,这些天已经收到过邮件和电话,说主持人死样怪气
的也有,说心地不善的也有。大家见惯了拿读者当孩子哄的文字,见到个
把说实话的,并不很习惯。甘晓翚笑着自我解嘲:"不得人心是吧?"

"没有没有。"男人说:"其实还蛮好玩。"

说着,拿出一张名片给甘晓翚:"我们的工作,可能有相似之处,你
看你是否有兴趣来参加?"

甘晓翚低头看名片,眼花缭乱,各种头衔。大致有什么NGO秘书长、
什么论坛主讲人、什么培训班讲师,并不觉得有什么相似之处。只有一行,
她特别注意了一下:"HASH联谊会召集人"。

看来看去，要是非说他和她做的事有联系的话，也就这个了。他HASH，欢歌笑语，她倒酸水。

于是问："这个联谊会，是做什么的？"

"玩的。"男人说，"HASH，懂吗？就是哈哈大笑的意思，是个专门召集人来玩来笑的一个组织。"

办公室里另两个年轻编辑一听，立刻围了过来，索要名片。说："原来你也姓哈。"

甘晓鼙这才意识到自己粗心，拿着名片，竟然忘记了先看名字，当然，也够庸俗，只顾看职位什么的了。

"哈桐书。"蛮有趣的名字。男人跟那两个小编辑正在说："我们每周都有活动的，人员不定，活动内容也不定，周六早上十点集合，集合地点，一般会头一天在网站首页做通知。"

"好呀好呀，那我们也去好不好？"

一个心急的，已经迫不及待上网搜索了。甘晓鼙蹭过去瞄了两眼，花花绿绿的，很热闹，有不少照片。男人两手插在裤兜里，重新转向她，一脸喜气地说："认识你很高兴。希望我们能继续联系。很希望你能参加我们的活动。"

甘晓鼙点点头。不知道接着再说点什么才好。对这样贸然上门来认识人的人，她骨子里是有抵触的。

"对了，你告诉我你叫什么吧？我想侃侃一定是你的笔名。"

甘晓鼙迟疑了一下，将名字告诉了这个哈桐书。他拿出张纸，将鼙字写了下来，问她是否是这个字。

甘晓鼙点头，很佩服他，现在已经很少有人会用笔写这么多笔画的字了，电脑搜索就够了。而且，他的字很漂亮。

世间的事情就是这样，吵得欢的人未必会去做。

到了周末，她发现办公室那两个信誓旦旦要同去HASH的小编辑，根本没有露面。十点整，站在这联谊会集合地点、市体育馆前面的，只有她。

连那些老会员，和召集人哈桐书，也没有这么准时。几分钟后，才有人陆续来到。有男有女，有老有少，看不出职业特点，也看不出要来做什么。他们都是熟门熟路，个别跟她点点头，更多的人站在一起聊天。说的无非也是昨晚睡觉几点，前日看了什么电影。

哈桐书来了，毛衣外穿了件大衣。脚下是双白得招眼的运动鞋。有人跟他开玩笑："买了新鞋吧，赚了钱还是怎么的？"

他也不说什么。看看时间，十点十分了。就说，不等了，我们出发。

天这么冷，去哪里？甘晓翠是真好奇，加上也是闲得慌。儿子被卢家仪带走了，头天晚上将今天要做的稿子，已经排好交了。特意腾出一天的时间来，就是想参加这集体活动呢。

好奇的也只有她，其他人并不说什么，只是向前走。甘晓翠因为忙，所以并没有看那网站的项目，只是跟两个小编辑说好到点就来集合。此刻，她就显得特别的盲目。抄起电话，给其中一个小编打电话。

好半天才接。一听甘晓翠的声音，才想起来。又懒懒地说："睡觉呢，起不来了。"

"知道他们要做什么吗？"

"走路吧，他们好像很多活动都是走路的。"

"走路？"幸好她穿了平底鞋。

哈桐书走了过来，挨着她："怎么就你一人来了，那两个人呢？"

"睡懒觉起不来。"甘晓翠有点闷闷的，不知道自己这么贸然跑来，做对了没有。

仿佛知道她在想什么，哈桐书说："那你来了就好好玩，相信我，你肯定不会后悔的。我们这就是个交朋友的圈子，做什么工作的人都有，大家交往也都很松散。没什么人问你是做什么的，家庭状况如何，收入有多少。就是聚在一起玩一玩，有时候是讨论一本书，有时候是锻炼身体，还有时候，就是为了吃吃饭。"

甘晓翠眼睛瞪好大。

"不敢相信是吧？"哈桐书笑笑，说，"我也不敢相信，可是这个联谊会，在一起活动已经三年多了。很多人都是来来去去的，很随意。有人玩几次，就不来了，也有人一玩好几年。只是看你的心情。"

"你都知道他们是做什么的？"

"不全知道。"他说。

"那我不是很吃亏？"

"哈哈，吃亏什么？我不会告诉别人你做什么的，全看你自己，想说就说，不说也无所谓。"

听上去可真悬乎。甘晓鞏哪里经历过这样的事情，一大群人一起玩，居然谁也不知道谁是做什么的。既不是网友，也不是黑社会，"也算NGO？"甘晓鞏笑着问。

"就是联谊会。"哈桐书说。凑近了看，这男人原来也不年轻了，眼角皱纹颇多，一笑就挤做一团。

"我是个爱交朋友的人，看出来了吗？"

当然看得出来。否则怎么会找到她办公室里去。

后来甘晓鞏去看过哈桐书的办公室。

门口挂着很多牌子，除了名片上的那些，还有工作室什么的。甘晓鞏大致了解了一下，知道哈桐书做的是类似心灵励志培训班的工作，他也是讲师，同时也帮出版社做类似的书。这才明白，他说他们工作有相似之处，是指的这个。

甘晓鞏对这一行，完全不明所以。加上哈桐书有言在先，来联谊会，大家都不问出处。所以她简直不知道怎么跟他说话。只能听哈桐书讲，他说起之前几次联谊会的项目，看电影、爬山，还有骑自行车什么的。有人对着山顶大喊，后来引得一群人全体大喊。

"那一定很是壮观吧。"

"当然了。后来大家觉得好，又连续爬了两次。最近是天冷了，山顶风太大，所以今天就来一个走长路。"

"要走多远？"

"四十里，走到西郊的河边去。"

甘晓鞏心想，竟然走这么远。没有四个小时，那是根本不可能的。她能坚持下来不？真是有点拿不准。

"实在走不动的，可以坐车过去等大家。"

哈桐书交代她后，就走到前面，去跟别人说话了。

这是个奇怪的队伍，还没出城，沿着马路一路向前，多少吸引了路人的眼光。

但甘晓鼙渐渐舒适了起来，她发现和她一样的人也有不少。一言不发，只管走路。还有几个比她岁数要大的女人，也是单打独斗。她悄悄琢磨："她们也离婚了吗？"

这天直到中午快一点，这二三十个人才走到目的地。中间甘晓鼙喝了一瓶水，吃了一片哈桐书发的面包。她没想到自己竟然能坚持走完这么长的路途。心里很兴奋，和其他人一样，也举起手臂做了几个疯狂的动作。

到了目的地，哈桐书就开始收钱。一人十元，说要吃饭。河边的农庄就有农家饭，他头一天已经来打过招呼了。大家进了一个收拾得很干净的小院，围着三张木头桌子坐了下来。

经过了这么一路的行走，彼此的情谊似乎也深了一些。虽说名字统统叫不上，但已经有人开起了玩笑。肚子可能都饿了，甘晓鼙和一个年岁差不多的女人组成了一个临时组合，两个人去上厕所、洗手，到厨房看老乡煮鸡，都在一起。

"这是我第一次来这里，你呢？"女人问她。

"我也是第一次参加HASH的活动。"

"哦，我说呢，从没有见过你。以后多来，很有意思的。"

她说很有意思，但甘晓鼙却多少还是有些惶惑。毕竟她从没有过和陌生人在一起做什么的经历，好像也过了到处都能交朋友的年龄。她的样子和表情，在这个圈子里，明显是比较拘谨的。

"你觉得最好玩的，是去哪里？"没话找话地，她问女人。

"前两次爬山。其实我也才参加过五次，最早是半年前来的，但不是每次活动都参加。"

"我听哈桐书说，爬山很有趣。"

"是，好痛快。"

"大喊大叫？"

"可不。"女人邀请她，"天气暖和后，还会爬山的。到时候你也来。"

"好的。"甘晓翠发现她们之间的话，就要说完了。

幸好饭菜上来了。大盆的炖鸡、啤酒和白酒、野菜、拌粉条、煮土豆，还有酸菜。北方典型的农家菜。主食是面片汤。

谁也不管谁，只顾着自己吃。因为不熟，也没有劝酒。虽然气氛多少有些怪异，但如果能放松下来，只是当作享受，却实在是能感受到别样的快乐。

待吃完饭，甘晓翠感觉自己已经能融合进去了。心里不再紧张，听别人讲句笑话，也能心领神会了。

转眼到了三点多，太阳不错，照得小院暖烘烘的。哈桐书站起来，要宣布一日活动结束。变戏法一般，从身后的背包里，抽出了一把小提琴，说给大家拉上一段，也算欢迎今天新来的朋友。

就有不少人冲甘晓翠鼓掌，她吓一跳，不是说谁都不知道谁的吗？看样子作为新人，她还是受到了注意的。

哈桐书提琴拉得不错，至少在甘晓翠听来，就很专业了。身边的女人凑近她说，哈桐书以前就是歌舞团拉小提琴的呢。甘晓翠又吃一惊，看来他们并不是像说的那样，彼此都不了解嘛！

待拉完了琴，哈桐书就带领大家连喊三声："HASH!"群情激越，状若传销分子。甘晓翠身上的汗也流干了，觉出一丝丝凉意来。就听见哈桐书大喊一声："活动圆满结束，解散！"

人们纷纷向外走，出了农家的院门，立刻就有十好几辆摩托三轮车等在外面，两元一位，拉到公交车站去。

看来都是老江湖了。

甘晓翠紧跟临时组合的女友，一起上了一辆摩托车，正在交钱，哈桐书也坐上了他们这一辆。

"觉得怎样，喜欢吗？"他问她。

"不错呀。"甘晓罂回答。

"我看你渐渐放松了。就是这样，慢慢会喜欢这样的活动的。大家在一起，没有利益关系，又不累，又健康，也算是新型的交往方式。"

突然对另一个女人说："你想不想知道她是做什么的？"

那女人看着甘晓罂，当然赶紧点头："想啊，怎么不想。"

甘晓罂说："不是不说彼此的身份吗？"

女人说："要是能相处得来，说说也无妨呀。我先说，我是做生意的，开杂粮店。"

"云谷店的大老板。"哈桐书说。

甘晓罂吃一惊，云谷店可不仅仅是卖杂粮的，还是这个城市很红火的一家健康餐馆呢。真没想到，女人看上去相貌平平，动作斯文，言语极少，却经营着这样大的事业。

她只好介绍自己："小职员，写广告词的。"

哈桐书冲她眨眼，大笑："可不是单纯那么简单哟。这是个才女。你以后会知道的。"

甘晓罂想，难怪这男人会做什么培训班的职业，他是个洞察人心的老手。知道什么时候说什么话，知道怎样说话，才能皆大欢喜。

三个人到了公交车站，各自分手，无话。

24

甘晓罂过了一个有趣的周末，但儿子的情况，却显然不太妙。周日回到家里，晚上又有了咳嗽声。后来卢家仪说，是带出到公园里去玩了，可能受了风。她当然又不高兴。

第二天晚上她回到家里，父母做好了饭一起等着她，并对她口诛笔伐。不外是两点：

一、尽快结束分居。回到自己家去，那边环境空气条件都要好很多，她还是待在家里，伺候儿子。

二、腾腾身体不好，不能光牵累外公外婆。爷爷奶奶也有责任，下一周请他们来帮甘晓孪照顾儿子！

甘晓孪听得牙龈上火，见过不通情理的父母，没见过这么不通情理的父母。难道他们真的看不出她甘晓孪的苦衷？

带着儿子，远远躲开，她已失败，他们却坚持认为她是以抑待扬，是蹲下身子，要更猛一跳。老太太这段时间，估计一直沉浸在自己的想象里，无数次将女婿和亲家斗得鼻青脸肿。如不是甘晓孪敷衍，说自己忙完一段再说的话，她老人家可能早就冲锋在前，杀将过去了。

终于忍不住了。眼看年底将至，腾腾病情不见好转，甘晓孪每日工作又没完没了，他们觉得靠势单力薄的女儿，肯定是不行了的。所以一定要用正面的手段，亲自出击。

甘晓孪对母亲提出的两条建议，嘴里答应，行动上却一再拖延。到了周一，她匆匆上班去了，却不知道父母大人已经约了卢家仪的父母见面。

卢家仪离婚的当天，就通知了他的父母。他没什么好隐瞒的，而且最近还将自己的新女友带给了老两口看。甘晓孪父母要见亲家，让卢爸卢妈甚感诧异："这离婚前，都很少见面的，离婚后有什么好见的？"

想到还有孙子，也不好意思拒绝。于是答应见面。

甘家父母安排在人民公园的老年活动中心里，虽然环境嘈杂，但便宜不是？一壶茶才四块钱，想喝多久喝多久，想坐多久坐多久。而且离他们家多近啊，走一站路就到了，公交车费都能省下！

卢家父母，都是做技术的，一直看不上甘晓孪父母的工人身份，嫌他们庸俗、小气。结婚的时候，两家各办了一次酒席。甘家办的时候，卢妈穿了蓝色的旗袍，高跟鞋，在甘妈妈一大群乱穿一气的老女友中招摇显摆，把老太太都要气死了。"老不正经的东西，能培养出什么好儿子来。"

到了公园门口，甘爸爸就有点打退堂鼓了，他一来觉得插手孩子的事不大妥当，二来也是最主要的，他很害怕老婆和亲家吵起来。甘晓孪的妈妈说起那一家人来，从来就没有过好声气。何况今天是为了争取女儿的利益而来，会不会一开口，就吵得不可开交，到时候他怎么办呢？

　　刚提了一个话头:"我看我不要去了吧,只要你把话说清楚就可以了。"

　　甘妈妈就火大发了:"你不要去了? 你想得美! 晓翚是你的女儿不? 腾腾是你的外孙不? 你忍心看着他们娘俩就这么流落街头,有家不能回? 她挨了欺负,父母不给她撑腰谁还管她? 你是她爹! 记住了,是个堂堂大男人,今天我们来这里,就是要给那个老骚婆讲清楚话的! 腾腾小时候她没出过一分力,现在又教唆儿子为非作歹,她还是人不是! "

　　老太太气宇轩昂,慷慨激越,周围立刻有闲溜达的老头老太太注意到了这一幕,敏锐地意识到将有好戏上演。居然一会儿工夫,就有好几个老人家已经跟在了他们后面,到了老年活动中心。

　　说是活动中心,其实就是一间破房子,里面摆了几张桌椅板凳,茶壶都是破了嘴的,茶叶都是大梗子茶。还有一个玻璃柜,里面放了几包过了期的破饼干。

　　甘晓翚父母坐下一会儿后,卢家父母才来。卢妈妈裹着一个大披肩,手里拎着手袋,还没进门,就蹙起了眉头,分明是嫌地方嘈杂。

　　"亲家、亲家母来了。"甘晓翚妈妈主动打招呼。

　　卢妈顿时站住,手举起来,做摇摆状:"客气了客气了。"

　　她哪里知道甘晓翚瞒着父母离婚的事呢,她以为他们就是客气了。而且一见面就仍称呼亲家亲家母,摆明了是要来说合的。他们卢家,可是开明之家,儿女之事,大人绝对不会插手。虽说当初卢家仪要娶甘晓翚,他们就没有愿意过,但还是尊重儿子的意见了嘛!

　　结婚都不会管,何况离婚呢! 人来到这个世界上,无论做朋友,做夫妻,还是做亲家,都是要讲缘分的呀! 他们从来就没有对甘晓翚的父母产生过什么亲切感,根本就是两个世界的人嘛!

　　所以,卢妈妈的摇手,含义是多方面的。既有不再是亲家的坦然,也有儿女之事绝不会管的坚决。

　　甘晓翚父母哪里知道呢,招呼他们坐下,又喊服务员来沏茶。为了表示隆重,还要求服务员将茶杯多洗几遍。卢家仪父母见这阵势,心里很是不爽,彼此眼睛交换一下眼神,说不出的复杂。

待茶上来，甘晓䶮父亲主动给大家斟茶。卢妈妈手都不碰杯子，也不说谢谢。甘晓䶮妈妈就很不快，心想，都说知识分子懂道理，看他们那个死样子，哪里懂一点道理了？

还是甘晓䶮妈妈先发话："家仪最近在忙什么啊？"

她是一心想让女婿来接女儿外孙回家的，卢妈妈只以为她是要说合儿子破镜重圆。所以两个人，话其实是没有在一条线上进行的。

"他在忙什么，我也不大清楚。你知道我们家里的情况的，儿女之事，父母不好管的啦。"

卢爸卢妈是江浙人，虽然在北方生活了多年，口音依然不改。这也是让甘家父母不爽的一件事，觉得他们的口音很虚伪！

"儿女之事，父母不管谁来管呢？"甘妈一针见血，"难道要外人来管吗？"

"他们自己处理就好的了。"

"自己处理？"甘晓䶮妈妈终于抓住话把："自己处理，结婚时干吗还问老人要钱呢？"

甘晓䶮结婚时，娘家给了三万，婆家只给了两万。为这事甘晓䶮妈妈一直气愤不过，那可是十年以前，她一工人家庭，存点钱容易吗？卢家就一个儿子，父母都是干部高工，却不肯再多拿出钱来。这可是甘晓䶮妈妈心中的一大恶疾！

卢家妈妈多聪明的人啊，她怎么不明白甘妈妈这是在说什么事呢。立刻反唇相讥："所以晓䶮在家休息好几年，我们什么也都不说的呀。"

驴唇不对马嘴，都是哪挨哪呀。两个老头埋头苦座，琢磨对方女人的话里藏刀、刀光剑影。甘晓䶮妈妈又扯起另一件事："腾腾最近身体一直不好，我和他外公陪他娘俩好一阵了。我们身体也不好，我还有很多社会活动要参加。你和爷爷看看，是否有时间照顾照顾腾腾？"

这是将军来了。卢家妈妈当然不干，孙子月子里，她都不肯伸手，何况儿子已经离婚了呢？但话还是要讲礼貌的。人老了，最看重的就是这表面功夫了。谁表面功夫做得好，谁就能比谁气势盛。

"哟，让你们费心了。那孩子身体总也不好，晓鞶是不是也太粗心了？"

"晓鞶为这孩子可是操碎了心哪，连好好的工作都丢了。倒是家仪，连孩子面都难得见一面，我就奇怪了，身为腾腾的爸，他就不想儿子吗？"

"怎么不想，上周还给腾腾买了玩具呢。"

"光买玩具当然简单了，吃呢，喝呢，读书呢，他操心过吗？"

"不住一起，要事事操心，当然就不容易了。"

"为什么说分开就分开了？"甘晓鞶妈妈追着问，她还当卢妈在说分居的事呢。

"不知道不知道。"卢妈又开始装清高："孩子的事我们不管的，也管不了的。"

"到底是谁错在先？"

"家仪从没有告诉过我。"卢妈说，"而且事已至此，再追究谁错谁不错，还有意义吗？"

"当然！"甘妈妈眼见就急了："错的一方认个错，不就得了吗？"

她粗疏朴素的生活观，显然不能被卢家父母所接受。知识分子嘛，什么都得云里雾里的才行。

"感情上的错，可不是一时半会儿能讲得清楚的。这里面有缘分，有交错，有误解，有悲喜……唯独没有一清二白的道理。我家家仪，是个心地单纯、头脑简单的人，不是情势所逼，他绝不会做什么对不起人的事的。"

甘妈妈彻底红了眼，这死老婆子，到底是要说什么嘛！看来卢家仪和甘晓鞶分居的事，她根本就是知道的，还装死样。不是卢家仪的错，难道是晓鞶错了？

"我的女儿我最知道，晓鞶是个好妻子好母亲，你要是说错，那肯定不会是晓鞶错了吧！"

"我是真不知道呀。"卢妈见甘晓鞶的母亲一副急红了眼的样子，是非要干仗了，不由也害怕了。连忙摇手做投降状，"我的意思是，谁错都没什么意思的啦。婚都离了的，还讲这个做什么。"

"什么婚都离了？"

"他们离婚好几个月了，你不晓得啊？"

甘晓鼙妈妈坐不住了，手一扶脑袋，人就开始往下栽。还是两个老头眼明手快，立刻将她抱住，甘爸爸赶紧掐人中。几分钟过去，才见老太太吁出口气来，眼泪刷地也就流了出来。

"丢人哪丢人哪。"老人家这下真是气傻了，积攒多年的怨气勇气和豪气，也突然变了味道。女儿如此不争气，还让她在卢家父母面前如此丢人，她活着还有什么劲哟。索性耍起赖来，眼睛闭着，挥手示意，让卢家父母快走。"你们走你们走，我再也不要见到你们了，没有一个好东西，都不让我省心。老头子，扶我回家。晓鼙那里我再也不去了，我要和她一刀两断，我没有她这个女儿。"

卢家仪父母还能说什么呢？两口子赶紧撤退。出了公园的门，又开始互相嘀咕："她叫我们来我们就来，叫我们走我们就走。什么道理嘛，这样的家风，能教育出什么好子女！"

这边，甘晓鼙的父母顿然老了一大圈，话也说不出了，腿也哆嗦了，坐也不像坐了，站也不像站了。上气不接下气地，老头扶着老太太要走，一步三停顿的。

老太太终于咳了一声，对老头说："你说她离了就离了，骗我们干什么？"

吻别前夫

第九章

「国十条」

25

甘晓鼙的父母，从那以后，就再也没有来过甘晓鼙家里了。

甘晓鼙知道事情经过后，心里说不出的痛苦和难过。她能想象这样的场景，对她妈妈会是一个多么大的打击。最可恨的是，当事人、造孽者卢家仪，却丝毫不受影响。她和家人备受痛苦与打击，他却依然风花雪月，花天酒地。这世界到底还有没有公理了呢？

甘晓鼙对卢家仪的恨，可不是一天两天就能消除的，她也没打算放弃对他的恨。只是现在渐渐知道，这仇恨积压在内心，对自己身心都不好。所以，如果能不想起，就尽量不要想起。但如果恨意实在太大，难以抑制，她还是要发泄发泄的。

她不能直接对卢家仪说这件事，但她估计卢家仪的父母也会告诉他，她骗了她的父母，说是分居，没说离婚。卢家仪背后会怎么想她呢，嘲笑，还是奸笑，或是得意地冷笑？

一想到这些，她的心就觉得特别受不了。这个男人，朝夕相处了将近十一年，现在想起来，却全然一派恶心。气愤满怀的时候，她真想叫哥哥来，帮她揍一顿卢家仪那孙子。

她可以被他欺负，可凭什么她的父母也得受这个气？这就是她这几天怎么也想不明白的一个结。妈的卢家仪，你就不能少给我找点麻烦吗？

事实上，甘晓鼙情绪上的不稳定，已经严重影响到了她的工作。

朱华开会时，含蓄地说，大家要彼此分担，倒酸水这个栏目，几个编辑轮流做。一人一周。这意思很明显，甘晓鼙一个人确实做不了了。

无端少了两千多块钱，甘晓鼙只能拼着命将自己的版面做好。最糟糕的是，儿子咳嗽严重，已经影响到了课堂质量。老师提出，能不能让腾腾病休一段时间。

甘晓鼙傻了眼。当初搬到这里来，就是为了方便儿子上学。现在却要休学在家。那边的家也回不去了，人家一付就是两年的租金。

休学了的腾腾在家里做什么呢？父母那边不能再去求他们帮忙了，她要工作，孩子只能一个人在家待着。

这么多天，对卢家仪的积怨，终于找到了一个宣泄的理由。

"让卢家仪带孩子！"

她怕卢家仪又跟她挂电话，决定这次一定要当面谈。而且要借着这个面谈的机会，将自己这几个月里思来想去的很多的事，一一问个清楚、算个明白。婚离了，行，情义不在了，勉强凑合对谁都不好。她是知识女性，这道理她懂得。她才不会硬追着他要干什么哪。但不能这么不明不白地就结束关系吧，现在的人们，不是事事讲究"觉悟"吗？吃一亏，长一智，总没错吧。否则下次婚姻，又闹到离婚怎么办？

她怕自己等一说起话来，又犯糊涂。或是两个人又生起气来，最后吵个不亦乐乎，一拍两散。还是把条理缕清楚了比较好。

抽出纸笔，索性写下几条来：

一、离婚前他是不是已经有了新欢，所以当时，就等着捉她的话柄，然后用激将法，快刀斩乱麻，不给她以喘息之机？

二、儿子身体不好的那两年里，她心烦意乱，他出轨，这中间是否有必然的联系？到底是谁的问题？

三、他的父母对他们离婚的事是怎么看的？是否问过他详情，或是批评过他？

四、在他过快活日子的这段时间里，是否想过她这几个月里的艰难？

五、他的女朋友是做什么的？她自己有孩子吗？

六、在单位里，他现在怎么说自己的婚姻状况的？是继续隐瞒，还是别的？

七、他们分手这事，是不是再也不可能挽回了？还有没有复婚的机会呢？他这么放弃了，难道真的就一点也不觉得遗憾吗？

八、以后他打算怎么办？和那个女人结婚，他们还会要孩子吗？

九、她呢，她以后怎么办？是跟别的男人结婚呢，还是就此开始，可以和男人们上床了？如果万一，有一天他们可以复婚了，他会在意这中间她交往过别的男人吗？

十、他们以后能不能成为朋友呢？为什么一见面就恶言相向？

她咬着笔杆子，尽量让自己更客观一些，假装自己是个外人，然后将一些看起来有些过分的词语删除掉。

她打电话找他，说了半天，他才答应见她一面。而且口气相当不客气："什么事情电话里还不好说呢？非要见面？"

什么时候，她成求他恩赐见一面的女人了？想想真他妈的让人气愤，但她又能怎样？离婚了，接受现实吧，现在是你求他，不是他求你！

说好中午见面。卢家仪口气轻浮地问她："要我请你吃饭吗？"

不，就不用吃饭了。她一本正经地回答，假装不明白卢家仪的调侃。他拿她当什么呢？真想立刻抽出那张纸来，再加上一条：

"是不是离婚后，你开始觉得前妻可以随便侮辱了？"

卢家仪先到了，也就早到了两三分钟。

这基本是他们离婚后，第一次比较正式的见面，之前都是匆匆忙忙，要不就是光线有问题。来之前，甘晓翚可着劲打扮了一下，抹了口红，换了衣服，头发也整理了。但见到卢家仪的时候，她还是心里一悸。

他显得更年轻了，衣服穿得有品位了很多。最重要的还不是这个，而是气质。

这之前，卢家仪身上总是有一种大男孩的感觉，就是那种从学校里跑出来的书生气，很单纯。无论他做了什么，那种气质是一直没有改变的。可是这短短几个月，他长成男人了。眼神老练，姿态从容，而且有了霸气——对，男人和男孩，最大的区别，可不就是霸气吗？

他看她的眼神，既没有了从前的清爽，也没有了他们婚姻出现问题后的茫然。现在的他，看她的时候，有些揶揄，有些居高临下，有些爱尿不尿，他已经不拿她当回事了——是离婚让他这么改变的吗？

反过来，再看看自己。甘晓翚无法确定自己有什么样的变化，但有一点她大概知道，因为朱华曾经说过她："背怎么驼了？"

　　她这么一想，就努力挺起胸来。但来不及了，卢家仪已经抢先脱口而出："你看上去很累，怎么的，失眠？"

　　"没有，还好。"她尽量做到口气脸色都很平静。"谢谢你能来。"

　　"嗬，谢啥！"卢家仪稳稳地靠着沙发坐下。这个小茶馆中午并没有多少人，很安静。甘晓鼙背对着墙坐，尽量让自己背着光。她肯定脸色不好看，最近失眠来着。一晚上能睡四个小时就阿弥陀佛了。

　　"你有什么事情？"卢家仪问她。

　　"是有些事情，但我想先跟你说明一下，我们不要吵架好吗？"

　　"谁要吵架了。哪次不是你先吵起来的？好好好，我答应，不吵架，只要你就事论事，别扯那些没用的就行。"

　　甘晓鼙咬了咬嘴唇，心想什么是没用的。她写那十条，是不是正好就是卢家仪认为的没用的？管他呢，他觉得没用，那也是他的看法，她可不觉得没用。于是她说："没用的我自然不会说，我要说，就是有用的。"

　　"是腾腾吗？"卢家仪主动将话题限定在腾腾身上。

　　甘晓鼙顺势而为，点点头，说是的。儿子病情不见好，上学影响别人，老师提出休学一段时间。她白日要上班，孩子一个人留在家里，不大合适。

　　"你是不是带一段时间？"

　　卢家仪眼睛瞪得溜圆："拜托，甘晓鼙，我也是有工作的人。"

　　"你可以休年假。"甘晓鼙说："我是给老板打工，没有假期的。"

　　"你还不知道吗？"卢家仪说："我刚调了部门，现在请假不合适。"

　　甘晓鼙真的不知道，这消息多少有些让她吃惊。卢家仪离了婚，换了工作，还有多少事情是她不知道的。这么一想，她就觉得自己的那十条疑问，非常的及时。

　　她说："我不知道。"

　　说的时候又猜测，难道卢家仪换工作和他身后的那个姓黄的女人有关？她后来仔细问过儿子，腾腾形容说那个女人年纪不小了，家里很豪华。还养了一条大狗。卢家仪看来是傍了富婆了？真可笑，他还真会玩呢。

　　她把手里的那张纸拿了出来，说："其实是有事要问你，我想我只有弄清这些事后，才能将我们离婚的事彻底想明白。否则我……不甘心。你刚才也问我是否失眠，就是睡不好觉，很多事情都积郁在我的心里，我……"

卢家仪脸上出现了一种似笑非笑的表情，他做手势让她停下来："要算账是吧，我先声明，我不会配合的。你还有什么不甘心的，离都离了，现在我们是没有关系的两个人，我的事情，全是我自己的隐私，你无权盘问啊。"

他盛气凌人，她气得恨不得将自己手上的皮肤掐烂。她不再多说，怕自己会破口大骂，直接将那张纸推到卢家仪跟前。

卢家仪用手指拈起纸来，送到眼前看了一眼，不由又笑起来："你可真能搞怪，还整成答记者问呢。你当是'国十条'啊！"

他的讽刺，她只当没有听见。手伸出去，指指第一条，然后扬眉，等他答案。

"离婚前是不是已有了新欢？只等着捉话柄，用激将法。哈哈，这事你应该比我清楚，一直用激将法的是你不是我，好不好？而且也谈不上什么新欢，我和小黄认识很多年了，她一直对我有好感，但就是考虑到你和儿子，所以我才一直忍着。最后等于是你逼我离家，这一点甘晓鞏，你自己需要好好反省。

"至于第二条，我想你也应该明白，当然你今天能有这样的思考，说明你比当时还是理智了很多。至少不会歇斯底里，不问青红皂白，就对我开战。是的，我觉得这其中是有联系的。家庭气氛不够好嘛，我又是男人，碰到个把妖精牌诱惑，当然会控制不住的。

"我父母对我离婚的事情什么都没有说，你也知道的嘛，他们一直不怎么满意你的。啧啧，你看看，什么叫我在过快活的日子，你很艰难？这一切都是你的想当然嘛。告诉你，甘晓鞏，我也不是很快乐，你也不是很艰难。生活本来就是这个样子，只是我们都做了改变而已。

"我的女朋友做什么的？她有没有孩子，那和你有什么关系呢？你是不是也管得太多了。让我再看看，哦，还有，复婚？你真这么想？甘晓鞏，我们这才刚离婚哪，连半年的时间都没有到呢，你怎么就想到复婚了。谁好好的会这样瞎折腾呢！你不要这样想了，该做什么就做什么吧。

"当然，你谈到要跟别的男人上床，原则上，我是不同意的，因为你和我不同。你身边还带着一个小孩子，而且你是女的。这个年龄的离婚女人，很少会碰到什么男人会对你动真感情的。倒不是我对你有什么想法，我只是从男人的立场上，好心劝劝你。不要随便跟什么人上床，女人心思重，你又是一个不容易想开的女人，到时候自己把自己陷进去了，又乱发脾气，对腾腾也不好，你说是不是？"

卢家仪一大段话，算是将甘晓鼙的十个问题回答遍了。最后一问什么做不做朋友，听他说话的口气，甘晓鼙也已心知肚明。

他们没戏了，彻底没戏了。至少他卢家仪比她甘晓鼙想通得多，也想得更明白。是不是正是这个原因，卢家仪才看起来比甘晓鼙更光鲜、更滋润、更从容呢？相比之下，她显得那么落魄、那么小心眼儿、那么倒霉劲儿十足。如果说离婚能改变人的话，那么对卢家仪的改变，肯定比甘晓鼙要更快更好。

她伸出手去，缓缓将那张纸从卢家仪的手中取了过来。在桌子下面，她将纸拧成了麻花。她恨不得和着那没法流出来的眼泪，一起将这张纸塞进嘴里，咬成稀巴烂，然后咽到肚子里去。人情薄啊，世态凉啊。这么多年了，她真的太不明白现实的坚硬了。她真的就像朱华说的，因早早结婚，多年来生活在了温室里。她的心，一直还像少女一样，渴望着能被男人、被社会娇宠着。一旦感受到了刺骨的寒冷，就立刻无法相信，甚至还写出这样的问题，来问一个已经和她离了婚的男人！

在卢家仪眼里，她一定很幼稚很可笑很浅薄吧？她不够坚强，也不够强悍。既不会主动维护自己的权利，也不敢追求自己的幸福。居然还会可怜兮兮地来问卢家仪，是否可以交新的男朋友了。

甘晓鼙啊甘晓鼙，你还拿自己当花朵呢吧！还以为总有阳光照着你、雨露滋润你？你得长成一棵树了，不仅有高度，还得有宽度、有厚度。不仅要给儿子遮风挡雨，还要给自己深深扎根的力量了。

"别了司徒雷登"，别了卢家仪，听君一席话，胜读十年书。甘晓鼙还得感谢卢家仪，如果没有他这么醍醐灌顶，她哪里会突然想明白这一切呢？

这么长时间了，对自己未来的生活，她还一直没有过明确的想法呢。也许就是这份不明确，才害得她整日浑浑噩噩，胆小如鼠，东张西望，怨气难散。现在好了，她终于闹明白了，下一步她该怎么办了。得，卢家仪，等下次再见到你，一定让你好瞧。我非挎着个比你帅、比你强的男人来不可。

女人哪，可见有个前夫未必不是好事。他能逼着你走出家庭，去努力工作，还能逼着你一气之下，去找更好的男朋友！三十多岁，还不算老，只要肯下下工夫，一样可以出落成一个美女。

关于那些疑惑，甘晓攀不想再跟卢家仪说什么了。她尽量稳住情绪，装作什么事都没有的样子。她说："那么腾腾你是带不了了？"

"带不了。我明天就要出差。"卢家仪很是吃惊，他没有想到甘晓攀听了他的话后，会这么心平气和。一定是装的，就和上几次一样，狐狸牌尾巴藏不住三秒钟，他再气气她，她准会炸起。

"何况我们当初说好的，儿子归你管。你不能有事就推到我们这里对吧？钱拿了，房子拿了，儿子还要推给我，那我不是吃了哑巴亏了吗？"

甘晓攀轻声说："是我没想周全。行啊，你没时间就算了。我让他在家里自己待着吧，尽量早点下班，晚上给他补习功课。"

说着，就站了起来。还伸出手，要和卢家仪握手告别呢。瞧瞧她这正式的、婉约的、大方的样子吧。

卢家仪顿时有点失落了。他可没有想到甘晓攀会这么有涵养。前几天他父母和甘晓攀父母见面的事，他可是听说了的。今天来的时候，也做好了心理准备，会被甘晓攀追究责任。谁知道她一句都没有提。这让他真是既吃惊又惊喜，他忍不住了，主动问起来："你妈身体还好吧？"

"还好。"甘晓攀脸上看不出任何表情地说，"她要在家里休养，所以也不能照顾腾腾的。"

"要不，我来想想办法？给腾腾找个保姆什么的？"

"不用你管了。"甘晓攀不再多啰嗦，一副不吃嗟来之食的样子。

两个人在门口平和告别。这一刻，卢家仪心里并不好受。甘晓鼙一平静，他就觉得自己不占优势了，进门时的气宇轩昂，也不知道哪里去了。待甘晓鼙上了公交车，他举起了手，嘴也张开了。可是喊点什么呢，一个词也想不起来了。

这个告别的动作，让他着实有些沮丧，但也让甘晓鼙快活了一些。她突然就明白了，她得表现得比卢家仪更平静、更大度、更优雅、更从容。只有这样，这场离婚，她才算是真正的赢家。

26

心情平静了很多，几乎是从这个中午起，甘晓鼙算是真正将卢家仪放下了。

既不再那么咬牙切齿地恨他，也不再患得患失地想他。她大部分时间，可以做到对他没有什么想法了。小部分时间，若是真的有什么想法时，她开始鄙视他了。比如她这么想，他换工作了？嗬，早知道如此，当初那么惦记着那个副处干什么？

又比如，他穿的西装很挺括嘛。这小样的，比以前还会收拾了。

再比如，他现在一副英才的模样，春风得意啊。中年男人，离了婚，有了钱，正好可以大展宏图了嘛！

她必须用鄙视他的办法，才能找到自己的支点。虽然她也知道，这份鄙视，也未必合适，未必足够理性，但那又怎样，他是前夫耶，难道还需要她的诚意不成？

算了吧，生活这狗娘养的！

腾腾暂时休学了。她让他待在家里，可以上网打游戏，也可以看电视看漫画书，但唯独不许跑出去。天越来越冷了，她怕他会感冒，又加剧病情。相比打游戏上瘾，当然身体更重要是不是。

腾腾说不出对此怎么想，父母离婚后，他一直不快乐，而且也一直找不准自己的状态。和甘晓鼙一样，要么突然沮丧，要么无端兴奋。甘晓鼙看在眼里，急在心上。可是又能怎样？她的心路历程，不也是崎岖复杂，起伏跌宕？又能有什么办法，让孩子安稳下来？

她能做的，只有耐心等待。一方面尽自己最大努力，讲道理给他听。一方面还是尽自己最大努力，多赚钱，让孩子能有安全感。

然后也许，等到哪一天，她遇到了一个好男人，肯接受腾腾，愿意娶她，他们再组织一个完整的家庭吧。

现在不行，现在她只能委屈儿子，跟着她一起熬这艰难时光。

两天后，卢家仪上门了。身后还带着一个年轻人。

一进门，就对着儿子邀功请赏："儿子，爸爸给你介绍一个大哥哥。以后他来帮你辅导功课，还可以陪你玩。"

儿子望着卢家仪，又看看甘晓鼙。没有说话。甘晓鼙突然意识到，这孩子是不知道如何跟父母同时相处了。她马上热情有加，又是邀请卢家仪喝茶，又是请那个大男生吃水果。

果真是卢家仪为腾腾请的家教。每天下午来几个小时。卢家仪的意思是，上午让儿子多睡睡觉就好。又叫甘晓鼙拿纸笔来，要给儿子订一个课程表。

腾腾很高兴。甘晓鼙心里也觉得不错。卢家仪还拿出了两张健身馆的月卡出来，说是一周得有两个下午，去锻炼身体。"那里很暖和，游泳都是热水，儿子下水都可以。"

事情解决得这么好，让甘晓鼙有点没想到。同时也为自己赚钱不够多而惭愧。按理说儿子是归了她，可卢家仪一直很用心，也肯破费。所以送卢家仪走的时候，她很真诚地对卢家仪说了一声："谢谢。"

又叫儿子过来："对爸爸说声谢谢。"

待卢家仪和那个男大学生走了，腾腾多少有些好奇地看着甘晓鼙。

他好久没有见过甘晓鼙对卢家仪这么客气了，而且他敏感地觉察到，爸爸对妈妈的态度，也有些改变。他从前说起甘晓鼙来，口气里总是有些轻慢，但今天，眼光口音，都很正常。

就像他们以前没有离婚时一样。

这样一想，儿子就有些想入非非了。到了晚上，甘晓鞾给他泡热水脚时，他就撩了撩妈妈的头发，小声说："妈妈，你觉得爸爸这人怎么样？"

"还行吧。"甘晓鞾心里一哆嗦，知子莫如母，她立刻就猜到这小家伙的意思了。一定是今天看见她对卢家仪态度超好，觉得有戏。

"爸爸是个挺好的人，挺好的男人，对吧？"

"是啊。"甘晓鞾应付着回答，抬起头，看着儿子，似笑非笑。儿子有些摸不准她的意思，就有些害羞了。没话找话地说："今天来的那个大哥哥，也挺好的。"

"你喜欢就好。"甘晓鞾不想跟儿子继续讨论卢家仪，赶紧就势转移话题，"以后他带你做数学，带你玩。你也不用总是玩游戏。妈妈也担心着哪，看电脑时间长，对眼睛不好，对成长也不好，是吧？听说过吗，网瘾什么的？"

"听说过。"儿子好乖，可就是有点不屈不挠，"妈妈，要是爸爸下次再来，你还可以对他这么说谢谢吗？"

甘晓鞾点点头，脸色严肃地对儿子保证："肯定的，爸爸对腾腾付出蛮多，妈妈应该谢谢他。"

"那我就放心了。"腾腾终于笑了，搂着甘晓鞾的脖子，亲了她一口。

甘晓鞾心里柔柔的，也酸酸的。去倒洗脚水，给儿子洗袜子的时候，眼泪都流了出来。

她叹了口气，这么长时间，她的确替孩子想得少了点。小家伙要的无非是她和卢家仪能和平共处，还能有情有义。他太弱小了，经受不了暴风骤雨似的感情。想想她自己吧，不也才在这段时间里，学着让心渐渐硬起来吗？

她以后啊，得找个机会，还得跟卢家仪说一说，至少在孩子面前，他们要做得有礼有节，懂得谦让，也懂得互谅。

这么想着，甘晓鞾就觉得好像某种情愫，又得到了升华似的。不再那么蝇营狗苟，火冒三丈了。哄儿子睡着后，她的稿子也写得特别流畅。

吻别
前夫

第十章 瞄准目标

27

甘晓鞏从见了卢家仪那天起，就决定要尽快给自己找个男朋友。

一来彻底摆脱对卢家仪的痴心妄想；二来让自己也变得像卢家仪那么潇洒那么风光；三来最主要的是，她很想给卢家仪当头一棒，打灭他的嚣张气焰，而这一棒子，非得借助另一个男人才能完成。

这个男人，除了哈桐书，还能有谁呢？

那个周末，参加完HASH的活动，她就知道了，这个联谊会，确实存在好几年了。但早期的名字并不叫HASH，而是"单身俱乐部"，哈桐书是发起人。看来甘晓鞏眼神不错，那天她就觉得心中有异，果然如此。尤其是这里面的中年人，大多都是离过婚的。将单身俱乐部改为HASH联谊会，很有深意啊。

因为两个人在同一幢楼里办公，甘晓鞏越发觉得事情对自己有利。她一旦开始动了心思，就觉得这事非要弄成不可，而且立刻就心急了。第二天中午，还不到下班时间，她自己就跑到了楼下，敲开哈桐书的门，问哈桐书是否可以一起吃饭。

要说哈桐书，对甘晓鞏，可真是一点意思也没有。

他单身五六年了，越单身就越是尝到甜头。他经济状况不错，时间比较自由，又喜欢玩。也不知道怎么的，虽然书上报纸上天天嚷嚷男女比例失调严重，但这个现象，对他一点也不起作用。他只是觉得很纳闷，为什么周围有那么多女人都在渴望着爱情——联谊会里大把的女富婆就不说了，还有不少年轻小女孩，二十来岁，对他也很感兴趣呢。

所以，他才会将单身俱乐部改为HASH联谊会。他太HIGH了，太HASH了。单身者俱乐部，听上去多郁闷啊，根本就不是真实情况嘛！他的提议，也得到了其他单身者的同意。别人是不是像他那样感觉那么好，说不上，但大家至少会觉得，换个名字，也算讨个彩头吧。

哈桐书是一个喜欢四处出击的人，像他说的，喜欢交朋友，尤其是女朋友。他有大把的女粉丝，大家都说他不拘一格，特立独行，又有头脑什么的。他口才极好，在培训班上课，总是人满为患。总之，他这样一个人，是天生被人、尤其是被女人追捧的。

对这些女人，他怎么想的，很少有人知道。似乎也没有发现他利用女粉丝干点什么的迹象。总之，表面看上去，他是个绅士，而且虽然是个中年男人了，可酷爱自由，蔑视世俗，行事潇洒自如，很有名士派头。

换在以前，甘晓翚会觉得这样的男人，天马行空，特别不靠谱。但在她目前这个阶段，却觉得哈桐书的一些观点，非常对她的胃口。

比方他从不主动过问她的私事。所讲的话题，也很少涉及生活中具体的人事，仿佛不食人间烟火似的。大多是他去哪里玩了，多么峻峭奇险的山水。又或者在什么地方见到了一个类似神仙一样的老头，老头说话暗藏玄机，令人惊叹。或者是某本书很不错，看的人极少，尤其看出什么特别内涵的人就更少。再再或者，是他某时某分走在路上的奇遇，碰到的不是小孩，就是老人。总之，他的话题里，是很少能听到大家常说的比方赚钱艰难、遇人不淑、交流困难、工作费神、睡眠不好、便秘厌食，等等。

甘晓翚听他说这些时，就觉得自己似乎根本没有经历过离婚这事儿一样。天地是那么的悠闲，时光是那么的缥缈，现实的残酷，远远和她不挨边儿。

她真的有点喜欢上了哈桐书。

哈桐书却说，哎呀，正好有朋友来谈事，中午要和朋友一起吃。改天我请你吧。还有，下一周的聚会，你要参加哟。

他穿着黑色的高领毛衣，长长的腿，一点没有这个年龄的男人突出的肚子——甘晓翚已经知道了，哈桐书四十岁了，比她大了快六岁呢！她在他面前，还是有优势的，而且，她最近一直比较用心打扮，美丽说不上，漂亮肯定还是有的。

哈桐书是要在女人群里保持好形象、好风度的男人。他拒绝人的方式，不会令人难堪，对甘晓翚这样几乎还是个"雏"的少妇来说，就更听不出任何话外音了。甚至，还觉得那是另一种表达好感的方式呢。

"改天再约我。"甘晓翚喜滋滋地从哈桐书那里回到自己的办公室，心里琢磨着他会怎么约她。

反正每周，只要她肯参加活动，他们就肯定会见面的。只是最近，腾腾在家里休学后，周六就不再去卢家仪那里了，担心他会受凉。

卢家仪呢，给甘晓翚打了一次电话，告诉她那个大学生的费用他已经全部都给了后，就顺便说不能再来接腾腾了。年底了，他特别的忙。时间不由人哪——

他现在跟甘晓翚说话的口气，很像是甘晓翚曾经想在他那里找到的感觉，比方特熟的熟人，或者恍惚之间，还能像是夫妻。他还对甘晓翚抱怨呢，撒娇呢：没办法啊，男人嘛就得这样。又说，孩子还好吗，对了，上次我见你客厅灯管一闪一闪的，改天我去给你换了。还有，晚上睡觉要当心啊，最近治安不大好……

甘晓翚拿出冷静刻峭的风格，哦，是吗，好呀，挺好的，没关系，嗯，你不用客气的，忙你的吧，是啊，一切都好，谢谢，天气暖和就好了，呵呵，是呀，好的，再见。

不知道卢家仪会怎么想，听甘晓翚这么说话，他该不舒服了吧？

不过甘晓翚懒得想这些，她这一周除了工作，满脑子都是哈桐书。

她想到哈桐书那天来主动找她，又在聚会时，对人夸奖她，就觉得他对她至少是有好感的，只要她主动点，他一定会同意的。人们不都说，女追男，隔层纱吗？现在重要的是，她要弄清楚他是否有交往的女人。

她还这么想，哈桐书好歹还算是一知识分子吧，那么他对女人的内心世界，应该还是会蛮看重的。他可是夸过她才女的哟。

到了周三，哈桐书给甘晓翚来了一个电话。不，并不是约她吃饭，而是问她想不想去听一堂他的课，他可以送她一张票。甘晓翚知道时间是晚上后，内心很是激烈地斗争了一番。她不想将儿子一个人扔在家里，白天离开他，已经够愧疚的了。可是，现在是在追求爱情咧，追求幸福咧，难道就这么放手？

哈桐书送票给她，会不会是一个信号？她如果拒绝了，会不会是一个错误？她心里急成乱麻，表面却谈笑风生。"好啊，谢谢你。太好了！一会儿去你那里取吧。"

"好啊好啊，我在忙，否则就送上去给你了。"哈桐书客气得不得了，但甘晓鞷很难听出什么弦外之音。不像那个章平，随便说点什么，都含义丰富得了得。

这也是让甘晓鞷很惶惑的地方。

从小到大，她从没有主动追求过异性。但最近的状况是，她忍不住总会要这么想："是不是自己需要更主动一些呢？"

"主动！""主动！"这两个字，就像山谷回音，不绝于耳。

主动暗示自己喜欢他，主动说明她是单身，主动告之没有交往的对象，主动表达她很想跟他约会，主动说出她想请他一起吃饭，主动问他她穿什么更好看……奶奶的篡儿，这让她想一想，就两腿战战，可是，可是她是非要做不可了。

谁叫她是离婚女人了呢！

她不强悍一点，主动一点，也许什么就都得不来了。也许她只能像妈妈说的，找一个老头子过一辈子了。老头子倒是可能会对她好，可是一起走到街上去，一眼就能看出是二婚的。而且，只能叫对方老某同志了。

"老某，帮我拿一下醋。"

"老某，帮我递一下碗。"

他那么老，怎么叫昵称呢？不像以前卢家仪，恋爱时两人都二十岁出头，就跟半大孩子似的。离婚前，只要不吵架时，他还叫她傻货，她还叫他屁蛋呢。那样的称谓，是只有一起走过青春的恋人才有的乐趣。不，她才不要叫什么老某老某呢，真要到了那个地步，她哪里还能有机会，给卢家仪当头一棒呢？

于是，取票之前，她先给儿子打预防针。

　　将电话打回家去，儿子正在吃饭。姥爷来了。还带了一大碗鸡汤。

　　甘晓鼙知道父母其实还是舍不得她的，虽然妈妈气没有消，但隔三岔五地，会做了东西叫父亲送过来。父亲常常是早上十点多就来了，跟腾腾玩到吃过中饭，等那个男大学生来了之后再走。

　　甘晓鼙对儿子说："妈妈晚上有点事情，你说可以出去不？"

　　"去约会吗？"儿子倒是干脆利落，吓了甘晓鼙一大跳。

　　"不是不是，是有个讲座，我得去听听。"

　　"什么讲座？"

　　"关于工作上的。"甘晓鼙撒谎，"我也犹豫呢，放你一个人在家觉得不大好。"

　　"那就不要去了。"儿子一定是听出她在撒谎了。甘晓鼙离婚后，他对她的行踪特别感兴趣，平时家里来个男人的电话，他都非要先拿起来听听不可，还要抢她之前问："你有事吗，你是谁呀？"

　　"好的呀……"她心里说不出的滋味。

　　电话却被父亲拿到手了："去吧去吧，下午腾腾要去体育馆锻炼身体，我让他的小老师直接将他送到我和你妈妈那里去。等明天中午吃了饭再送回来。你不用操心了。"

　　甘晓鼙脸顿时大红，她想父亲一定以为她是去约会了。而且还将儿子带走，显然是要给她一个轻松的晚上。

　　赶紧狡辩："不是约会的，爸爸。不过这样也好，听你的安排。"

　　能听见儿子在边上喊话："妈妈你听完课来接我！"

　　她赶紧把电话挂掉了，心怦怦直跳。这儿子好奇怪，他怎么就对她的私生活这么敏感呢？

　　下午去哈桐书办公室取票时，哈桐书正好出去了。

　　他的助手、一个年轻瘦高挑的小伙子，把票拿给了甘晓鼙。"欢迎晚上光临。"他说着书面用语，脸上带着职业性的微笑；"哈老师是第二位主讲人，要按时到哟。"

　　下班前，朱华叫甘晓鼙陪她去见一个客户。甘晓鼙借口要看儿子，推辞了。她一边往外走，一边在想，要是她能抓住哈桐书的话，在朱华面前，不也就赚了面子了吗？想想她这段时间寄人篱下，靠她吃饭，还要时常听她的教训，心里多么憋屈啊。如果，我是说如果，如果我能很快找到一个男友，朱华就该明白我的本事了吧？在个人魅力上，至少她还不如一个离过婚的女人呢！

揣着满满的七情六欲，甘晓鼙匆匆跳上了回家的公交车。

一进家门，饭都顾不上做，立刻先洗澡洗头发，她非得可着劲打扮一下不可。等捯饬完了，一看表，已经七点半了。对着镜子左顾右盼，既不能显得太刻意，又要注意所有的细节。看上去真不错，从跟章平那天晚上看戏之后，她已经好长时间没有这么漂亮、这么艳丽过了。

这才想起来，饭还没有吃。肚子有点饿，但来不及吃了。匆匆到厨房，冲了一杯蜂蜜水喝下，又吞了两块饼干。穿好大衣，就往外走。突然又重新开门，跑进来，拿了一块木糖醇口香糖，塞到嘴里。

讲座在某大学艺术馆的表演厅里。

到了门口，看到海报，甘晓鼙才知道是哈桐书为某企业专门做的一次培训。除了他讲，还请了一个目前国内炙手可热的演讲大师。所讲内容，大致是关于传统文化和人生修养的。

甘晓鼙走进去，看见那家企业来的工作人员，都穿着很正规的深蓝色西装西裤，打着领带。会场布置也非常的朴素，她如此妖娆，还喷了香水，大红围巾，波西米亚风格的长大衣。座位又特别靠前，连自己都觉得骇突，就仿佛文房四宝中走进来一个唱大戏的。出也不是，进也不是，顿时有点傻了眼的架势。

后面的人，却不给她回头的机会，拥着她往前走。她能感觉到有人在看她，还有女孩子在掩着嘴笑。她浑身不自在，猛一抬头，正看见哈桐书坐在主席台上，目光深邃，直视前方，但好像一点也没有看到她似的。

她坐了下来，有些别扭地摇摇肩膀。表演厅里很暖和，她在琢磨脱掉大衣会不会更扎眼。她里面穿着一套背心裙，裙子是小红碎花的，可能更适合过年时穿。在随便任何一个场合也都算好看，可偏偏就是不适合在四周都是蓝色工作服的地方穿。

哎呀，可是她又能怎样。这么热，不脱现实吗？

她心里说不出什么感觉，一方面觉得自己笨，一方面也觉得哈桐书不体贴，之前为什么就不给她打个招呼呢，让她穿得跟看歌剧似的，这不是招人笑话吗？

哈桐书是主讲人之一，也是主持人。站在讲台上的哈桐书，那才叫风度翩翩哪。他穿着一件咖啡色的休闲西装，下面是仔裤，磨砂鞋。头发蓬松松地，黑框眼镜，很是时尚。他开场先开了两个玩笑，说给大家暖暖身。趁下面开始笑的时候，他不失时机地介绍另外那位演讲人出场。

然后，他把讲台让给了主讲人。非常轻松，也很低调地，就走下了台。

甘晓鼙在想，他这阵去哪里了呢？眼睛一斜，就看到他向台下的座位走来。因为她自己就在第一排，靠边。哈桐书果真坐在了她的边上。她冲他笑了笑，他呢，则没有什么特别的表情，只是坐下后，轻声说了一句："你来得很准时。"

然后就一言不发了。

台上作演讲的人，是专业的演讲家了。非常能说会道，当然也很能抓住听众的心。但这对别人有效，对甘晓鼙未必有什么作用。此时此刻，她的整个心思，全都在哈桐书身上哪。

她在想，他送她这么一张靠前排的座位，一定是希望她能听到他的讲课，给她展示出他精彩的那一面来。

她又想，这么大一个会场，他哪里也不去坐，偏偏坐在她的边上，而且当着那么多人的面，这不是在告诉大家，他和她甘晓鼙，是有些特殊关系的吗？

她还想，今天晚上，她穿得如此隆重，其实是正确的。这不正好是一种对哈桐书的热情支持吗？正因为她身份特殊，所以她才如此与众不同呀。

她再想，他身上的味儿可真是好闻啊，像洗发水，又像柠檬香皂。不知道他闻到她的味道没有。

她再再想，他这会儿真的是在听上面的演讲吗，可为什么身子会斜过来，胳膊支着扶手，做出靠向她的姿态呢？很早很早以前，二十岁出头的时候，她看过一个什么测试，说男人和女人怎样坐，表示他对你有意思，这是不是他有意思的表示呢？

她还还想，他上去作报告之前，她是否需要对他说点什么私房话，比较亲密，但又显得是在开玩笑呢？

……

总之，她想了很多很多，虽然两个人一言未发，但甘晓颦因为一直沉浸在想象当中，也就深深觉得，哈桐书其实是一直和她做着亲密的交流的。

雷鸣般的掌声，突然将她拉回了现实。

哈桐书也在鼓掌，然后凑近她，贴着她耳边说："不错吧，有收获吗？"

甘晓颦赶紧点头。哈桐书这一贴近，让她快要幸福死了。她才想起来下一场该哈桐书讲了，却不知道该说点什么，哈桐书也不给她表白的机会，刷地站起身，一个箭步，就跳上了弧形讲台。

他在上面讲话，顺便帮着前一位演讲人推销他的新书，打七折啊，要是集体购买，还可以便宜。听课的企业代表就站起来，举手示意，说代表单位订八十本。哈桐书笑着说："不如凑个一百本的整数，钱也好算嘛。"活脱脱商人嘴脸。

但甘晓颦看来，只觉得他八面玲珑，很会讲话。她四处看时，突然发现身后一排，还坐了几个熟悉的面孔。再看，原来是HASH联谊会的人，那个云谷杂粮的女老板也在其中。

他们一起对她含蓄地点头微笑，个个都很笃定的样子，好像经历过很多次这样的讲座了。甘晓颦就有些害臊，心想原来哈桐书也给了别人票的呀。她有些讪讪然，但又一想，自己坐在第一排，这待遇明显不同嘛！

再观察了一下，又发现一个新情况。前后左右很多人，都拿着纸笔在做记录，唯独她打扮得花枝招展，却连支笔都没有拿。糟糕，正在着急，哈桐书已经开始演讲了。"道可道，非常道。"别看他瘦，一张嘴，却很有气势，台下立刻安静下来。

甘晓鼙心想，咱不能这样坐以待毙，必须拿出一些诚意来。于是装模作样地，从包里摸出眉笔来，又翻出电话本，假装记录着什么。她确实有些心潮澎湃，哈桐书在讲些什么，基本是左耳朵进，右耳朵出。她又开始胡思乱想，等结束后，他可能会邀请她一起散步或是喝茶什么的，那时她跟他说些什么呢？

他和章平不同，他也是单身。而且，他是那种不市侩的人，不会像那个烂人章平，对她说出什么狠话来。他才不会单单只为了揩油呢，而且，她是不是甚至有点希望，哈桐书能对她产生一点揩油的想法呢？

一边胡思乱想着，一边手里乱画着。也不知怎么的，哈桐书的演讲，随着哗啦啦的掌声，也就结束了。

这次，他没有卖书。而只是介绍了几本他刚编好的书，大多是关于励志，还有企业管理方面的。虽然他没有明说，但甘晓鼙能听出来，他的书卖得很好很火暴，并不需要借着演讲做推销，只要去书店。

前一位演讲人会怎么想呢，甘晓鼙也看不出对方脸上有什么想法。道行城府都很深啊，她跟着大家一起鼓掌，将眉笔和小本本放进书包里。

演讲结束了，看看表，九点四十分。

那些企业的员工们，呼啦啦地往外冲，哈桐书站在讲台上，跟企业的组织者，还有前一个演讲人一起说着什么。

甘晓鼙觉得自己不能就这么走掉，哈桐书一定还有什么话要对她讲。于是她坐在座位上磨蹭着，身后联谊会的人问她走不走，她含糊其辞地说："稍等一会儿，我要个签名。"

既没有说向谁要签名，也没有说为什么要签名。云谷杂粮的女老板和另一位大姐，也就什么都没有说，一起走了。会场里的听众顿时就没有了。甘晓鼙有点手足无措，见那几个人还在说说笑笑，也就站起来，慢吞吞地向外走。

终于听到哈桐书在后面喊她了。"甘晓鼙。"他说，向她大步走过来。

谢天谢地，另外两个人不在他跟前了，他们聚在一堆书前面，可能在算钱吧。哈桐书一边穿风衣，一边和她一起向外面走，问她："觉得怎么样，还好听吗？"

甘晓鼙赶紧点头，说："受益匪浅。"

"那就好。"哈桐书说，"你是第一次来听演讲，所以我特意留了第一排的座位给你。"

原来是这样啊。但哈桐书的解释，在一相情愿的甘晓鼙心里，很快又变成了一种表白：他这是欲盖弥彰呢，他是为给我一张特殊的票而不好意思呢。

因为心里这么想着，对这个夜晚接下的节目，也就有了非分之想。她万万没有想到，当他们一起走到艺术馆外面，哈桐书会说出这样一句话来："你是怎么来的？要我开车送你吗？"

甘晓鼙顿时一个激灵，才意识到外面是天寒地冻呢。她有点口吃，张嘴就来："不，不想再坐坐吗？"

这样一来，就等于是她向哈桐书主动发起了邀请，但在她一片混乱期待的脑子里，对此依然是没有丝毫意识的。她只看到哈桐书眼睛一亮，心情很愉快，显然她说到了他的心坎上，于是他说："好啊，这样吧，我带你去个好地方。"

瞧啊，他说带她去个好地方。这个"带"字，可太让甘晓鼙心里舒服了，周围是来来往往的大学生们，不乏相拥相吻的热恋者。这样的气氛，这样的夜晚，还有这样的话语，都特别刺激到甘晓鼙。她一下子觉得自己变年轻了很多，仿佛回到了大学校园。那时她和卢家仪也是这么谈恋爱的，只不过没有汽车，她是坐在卢家仪自行车前面的横梁上。那时他也总是说，走，带你去什么什么地方玩儿。有时候两个人在自行车上，说着说着就吵起来，她伸出胳膊就打卢家仪。卢家仪扶不住车把，立刻大叫："放手你这个死女人，摔下来会破相的。"

嗨，这样快活的日子，怎么突然地就烟消云散了呢？一晃竟到了中年，她却和另一个男人，站在相同的校园里，听他说着她似曾相识的话。

哈桐书带甘晓鞏去的地方，离学校并不远，所以里面的装修，就很有点学院风格。墙壁上有油画，靠窗的座位，是有大粗绳的小秋千椅。中间有书架，放着不少文艺时尚类的杂志。还有，灯光很暗柔。

甘晓鞏跟着哈桐书向里走，见他熟门熟路的样子，心里想，不知道他带多少女人来过这里。也许还有女大学生吧。

她是拿哈桐书当了名人的，心里就为自己的平凡普通，有些自惭形秽，但又为能和他一起坐在这样的地方，感到骄傲和兴奋。于是在她脑海里跑了好几天的"主动"二字，就特别顺畅地在行动上表现了出来。她开口就说："想喝点什么呢，我来请你吧。"

哈桐书并不接她的话，只是笑笑，让她先点。又告诉她说，这里新打的果汁口感不错，很清爽，劝她要份猕猴桃味的。

甘晓鞏就要了猕猴桃，哈桐书则要了一杯苏打水。顿时让甘晓鞏觉得两个人有了层次之分，苏打水！居然在这样的地方，只喝苏打水。以后她也要记住，在某些场合，要点苏打水喝，那将会是很令人震撼的事情。

这就算坐定了，哈桐书说："今天感受怎样？"

甘晓鞏点头，心想，这是哈桐书在前戏呢。表达感情嘛，当然不能直截了当，都是成年人了，像他演讲前讲的，要暖暖身才行。

于是她说："不错不错。你讲得也很好，虽然有些地方，我并没有怎么听懂。"

"呀？说来听听，什么地方没有听懂啊？"

哈桐书问着，身体就向前倾，靠近了甘晓鞏。甘晓鞏有些害羞，但大着胆子，硬是没有躲避。一时间两个人，很有点头勾头的亲密感。

气场显得很是有趣，甘晓鞏就扑哧一声笑了起来。

哈桐书面有得意，心有戚戚，坐回了身子，伸出手来，拍拍她的手背，不再讲刚才演讲的事情。眼睛盯着甘晓鞏看，嘴角全是暧昧的笑意。

甘晓鞏心里小鹿撞似的，这么快就似有了结果，让她又喜又不敢相信。她吸了一口饮料，突然说："咱们吃点什么吧。"

"这么晚了，你不怕发胖啊。"

在甘晓顰听来，哈桐书的每一句话，都特别的体贴。她像个孩子似的撅着嘴摇头，真奇怪，女人一旦春心荡漾，怎么就返老还童了呢？

哈桐书说："别吃啦，否则你会后悔。这里有烧玉米，我给你要一串吧。"

"好。"甘晓顰点点头。

她温顺着哪！

随后，这两人，就又这么坐了一个小时。你说他们都说点什么，可能连他们自己都不知道了。反正甘晓顰是心潮澎湃，怎么都不敢相信好事会来得这么简单，这么如她所愿。在跟哈桐书聊天的同时，她脑子里也大概浮现出了这么一些念头：

"老天怜恤我，活该我要转运了。"

"我是先将他带去给父母看看呢，还是第一时间，将结果报告给卢家仪？"

"以后上班时多开心啊，去食堂吃饭，我要和他一起坐！"

"朱华对此不知道会说点什么。"

"难道是真的吗，他这么优秀，这么帅，他看起来，会不会比我还年轻啊，不行，我得减肥了。我必须赶紧变得更漂亮一点才可以。"

……

看出来了吧。甘晓顰是走桃花运了呢。

随后，哈桐书突然说，要出去一下。过了十分钟，重新进来。他将甘晓顰的包拎了起来，然后，很轻声地说："走吧，我在旁边的酒店，订好了房。"

吻别前夫

第十一章　新生

28

甘晓孽那天晚上，回到家里，已经两点多了。在楼下，是和哈桐书吻别的。她觉得身体有点怪异，一进家门，上厕所时，就发现来例假了。

真是要命，如果早几个小时，可能事情就会不同了吧。她又惊又喜，心里还有点乱乱的。她是那种典型的来例假前会觉得性欲很强的女人，因为这个，她不由想，今晚这一幕，到底是生理冲动呢，还是情有独钟呢？

但不管怎样，她和哈桐书，已经有了既成事实。都有了肌肤之亲了，说她现在是她的男友，总是可以的吧？

想想自己好几个月，都没有过性生活了，就觉得今天这一下，特别的酣畅淋漓。甘晓孽激动得无法入眠，一直在镜子前走来走去。一会看看自己面容如何，一会看看自己肚子上的肉松不松。不行不行，得赶紧减肥了，她心里发出第一千遍的呼唤。

第二天起床，心情大好，全然没有以前来例假时的沮丧。明知道已经迟到了，也不着急，硬是打扮停当，才出了门。

怕坐公交车会毁了装饰，又打出租。到了办公室，自然赢来一片赞誉。连坐在玻璃房子里的朱华，都抬起头看了她好几回。终于忍不住扔了笔，跑出来，亲自站在她旁边，问她："稿子呢，快给我。"又低下头，伏身悄声说："瞧这醉醺醺的样子，有艳遇了吧？"

艳遇？

不不不，No No No，甘晓孽可从来没有想过这个词儿，她是要找男朋友的呀！虽然朱华这横空出世的两个字，确实让她心里不由一愣，也意识到其实这是很有可能的一件事情，但她还是坚定地摇头否定，面露潮红，不由自主地就暴露了昨夜疯狂："别胡说，才刚开始呢。"

哟哟哟，好好好。朱华不问了，她已经一切都知道了。嘴巴一撇，进了自己房间。心里想，傻女人，瞧样子就知道，有你好受的。

按说朱华呢，这么多年，确实也早成为老手。她太晓得中年男女之间这种露水情缘了。前一天甘晓鞶还什么都没有呢，后一天就甜蜜蜜了？切，少来了，摆明了，就是胡闹一场。不过这样也好，至少能让甘晓鞶尽快变得聪明起来。

甘晓鞶见朱华什么也不说，就转身进了自己房间，还以为她是忌妒她，哪里能想到人家抱着看笑话的心态呢？她一边哼着歌工作，一边注意了一下报纸的小广告，立刻就看见附近一家健身馆女子减肥操打折的广告。她心里在盘算，什么时间去健身会比较好，算来算去，只有下午下班前或是中午午休时有时间。于是她决定中午不休息，下午下班时，提前四十分钟，去锻炼身体。

现在她已经是正式员工了，工作时间不会再如刚来时卡得那么严格。只要干完活儿，是可以提前走的。现在她想的就是怎么才能让自己魅力横生。

生活呀生活，生活终于开始对她网开一面了。

只是有点郁闷，十点多了，哈桐书连个电话还都没有给她打来。这个问候的电话，是他应该做的事情呀。怎么会连这点礼貌也没有呢？

她悄悄琢磨，要不要下楼，去看看他？也许他还没有来上班？

都走到电梯里了，手也按到哈桐书的那一层楼了，可是又回来了。她觉得自己应该稍微耐心一点。

但是到了中午，这份耐心就再也坚持不住了。她给哈桐书办公室打了一个电话，一听接电话的是他的助手，就特别的心虚，硬着头皮问哈总在不在。在她感觉，天下所有人，都已经知道了她和哈桐书的私情，否则助手怎么会这样说："哦，我帮你看看他在不在里面，我没有注意他进来。"

听听，帮你看看。这话很有点私密性呀。难道哈桐书已经告诉了他的助手吗？

可是哈桐书并不在办公室。甘晓鞶问："你知道他去哪里了吗？"

"会不会是出差了呀，听他说要去广州的。"

"什么时候回来呀？"

"要去也就去两天。你有他手机号吗？"

"哦，有的。算了，谢谢你哦。"

甘晓鼙多少有些惆怅,哈桐书要去广州,为什么没有告诉她呢?她要不要给他打个电话问一问呢?

经过了昨天一晚,他的体温好像还在她的身上呢,可是却没有来一个电话。如果是她主动打过去的话,第一句话,她又说什么呢。不行,这太让人难堪了。

可是她真的很想他呀,就是特别想知道他的消息,这难道有什么不对的吗?

于是,她干脆地,就给他发了一条信息。一个字也没有,就来了一个感叹号。

一会儿,哈桐书回了短信。也是一个字都没有。感叹号,外加问号。

她再发,两个感叹号。

哈桐书再回,三个感叹号,外加三个问号。

她抿着嘴对着手机偷笑。还以为过来过去的人都不知道呢。朱华就在摇头,同时心里冷笑:"太幼稚了吧。"

29

甘晓鼙当天下午,不顾来着例假,就去跳操了。

她觉得自己整个人,突然就完全变了。和以前太不同了,甚至和前一天都太不同了。换了昨天,她走进体育馆那样的场合,看见一大群中老年妇女挥胳膊舞腿的,肯定心里会有两种想法同时并存:一是这么大年纪了蹦蹦跳跳,有点为老不尊。二是她会害羞,担心自己伸展不开手和脚。

但此刻,这两种想法统统没有。换来的是一个坚定的信念:女人就要对自己狠一点!

她觉得自己真年轻,天空真蔚蓝,音乐真好听,舞步真潇洒,教练真美丽,学员真可爱。她脑子里一点乱七八糟、碍手碍脚的东西也没有,所以她整个人,表现得就特别快活奔放。才跳一会儿,就得到了教练的两次大声表扬。

她笑得灿烂着呢。这么长时间了，没有发出这么大的笑声了。从前卢家仪说过，他喜欢她，很大程度上，就是因为她的笑声，用银铃般来形容，可是一点也不过分的。

可是什么时候起，她的笑声就没有了呢？

她自己都不大习惯听见自己的笑声了，所以，当她笑过之后，她突然就有些惶惑地捂住了嘴，真的吗，那真是她发出的笑声吗？

爱情真是好东西啊。这突如其来的爱情——应该是爱情吧，肯定是的——扫去了她这几个月浑身上下的腐败颓靡的气息，她活过来！

她走出了体育馆。

虽然中午几乎没有吃什么东西，但此刻她步履轻松，心情非常快乐。她顺势走到旁边的体育用品商店里，连价都没有讲一下，就买了一套上千元的运动装，还有一个五百多元钱的运动包。

然后她回到了家里。腾腾已经回来了，正趴在沙发上看漫画书。一见她进门，就大惊小怪地喊了一嗓子："老妈你怎么了，背挺这么直干什么？"

看看吧，群众的眼睛，那可是雪亮的呀！她确实是从内到外，都突然发生了变化。但这怎么能对儿子讲呢？她神秘地冲儿子笑了一下，转身进了卫生间。先洗澡，然后再做饭！

吃饭的时候，儿子又问她："你昨天晚上怎么没来接我回家呢。我不喜欢住在姥姥、姥爷家，他们总问我你和爸爸的事情。烦死人了。"

甘晓翚还没想好对儿子怎么说呢，另一个想法突然就从脑子里冒了出来。难怪人家都说离婚家庭的孩子容易早恋，看来是有道理的。孩子也需要寻找感情安慰不是？

30

这两天的时间里，甘晓翚是完全处在亢奋状态中的。中间她给哈桐书还发过两次短信，一次是晚上，她问他在做什么，他隔了一个小时零四十四分钟时回答道："在和朋友们捏脚。"

见他回答得那么简短，而且是和朋友们在一起，她就没有好意思再继续发。

第二天中午，她又发了一条："吃饭了吗？"

隔了三个多小时后，他回了一条："吃了。有道老鸭菜很好吃，什么时候和你一起吃。"

这条短信，虽然回复的时间很长，但让甘晓鞶心里非常甜蜜。这么说，哈桐书在吃着东西时，还是想到她了嘛！

这一甜蜜，就又支撑她生动活泼了一整天。下班后跳操的效果也非常好。而且在幸福感中，她又一次买了奢侈品，不理智地扩大了一下内需。她在大家都知道的宰人商场，买了一条围巾，外形看起来非常朴素，也普通的围巾，竟花了四百多元钱！

一晃两天过去了，她想哈桐书该回来了。今天晚上，他可能会找她吧，她得把时间算好。如果要约会的话，她就不能去跳操了。而且早上出门前得打扮停当，腾腾的晚饭又该怎么办？

咦，她怎么忘记卢家仪了呢。既然孩子不愿意去姥姥家，卢家仪这个时候，帮个忙总是可以的吧？

而且不是正好，她可以将自己已经恋爱、要去约会的事情，告诉卢家仪？这不是她一直想要做的事情吗？

可见呀，她真的是幸福过头了。幸福中的人，是比较厚道的，她竟然就忘记了要报复卢家仪这事儿了。现在的她，大度着呢，雍容着呢，想得通着呢，她已经对气不气卢家仪不那么在乎了。她甚至开始想，要是卢家仪听到她约会的事，会拿腾腾撒气怎么办。或者她表现得含蓄点，找个借口敷衍掉，不告诉他她是去约会算了？

于是，这天上午在办公室，她就给卢家仪打了一个电话。

"晚上有事情？"卢家仪的回答也吞吞吐吐，难道他也要约会？"那你什么时候能回家？"

他并没有问她什么事情。这让甘晓鞶不知道怎么的，又有些不舒服了。她突然就又特别想让卢家仪知道她是要去做什么，或是做过了什么。

这让她又激动又紧张，她迫不及待要说出口了。

"不知道呢，也许可能就不回去了。"

"噢。"意味深长啊。

甘晓鼙心脏都快要跳出来了。他为什么不问她去做什么？噢什么噢，是一切都明白了，还是在偷偷摸摸地揣测呢。她只能接着问："那你能带腾腾吗？"

"行啊。"

面对卢家仪这种"滚刀肉"的态度，甘晓鼙还能怎么猖狂呢。她主动补上一句："如果我能早回，我就去接腾腾。"

"好的呀，没问题。"

瞧瞧，这是什么态度嘛。前两天还故作亲密呢，今天就这个死德行了。一副不便干预，也不参与的样子。装什么呀，分明就是在忌妒！

这么想想，甘晓鼙心情就变得很好。她开始耐心等待哈桐书的约会。

她甚至趴在桌上，上网查了今天从广州飞来的航班时间，两班，都在白天，最迟的是下午两点。时间都很正呀，如果他想约她，绰绰有余。

到了中午，还没有消息，甘晓鼙猜想应该是下午那班了。这中间她还假装憋着嗓子，打到哈桐书办公室问了的，助手很明确地告诉她，今天一定回来。

下午三点了，她一边工作一边看手机。还是没有点响动。幸好今天不用做版，她激动得连一个字都写不出来。

四点了、四点半了、五点了，还是没有响动。她的心，就像天上的乌云，一点点在蚕食着阳光。她忍不住了，直接拨了哈桐书的电话。响了呀，还是彩铃呢。做贼心虚地，她又赶紧掐掉了。

这心神不宁的一幕又一幕，朱华可全是看在眼里的。见到甘晓鼙慌忙挂电话的样子，她不由叹了口气，自言自语："乱阵脚了！"

甘晓鼙没有去跳操，一直假装在办公室加班，所有人都走了，她还坐在那里。在她想来，只要守在这幢楼里，就还有机会。日光灯大亮，外面寒风飕飕。她站到窗边看看外面，见盏盏路灯全都亮了起来，街上行人大多脚步匆匆，心里说不出的感觉。

直到七点，哈桐书才回了一条短信："在忙，没有看见电话。有事吗？"

这个时间，说出这样的话，是让人最没有办法的。显见的，吃饭时间已经过了，他不能再约她出去吃饭。没有了晚饭，之后的活动自然也就没有了。而且他说"在忙"，忙到才看到电话，最可笑的是，他问她有事吗？

这样的话，是情侣之间问的吗？

情侣之间，是最要没事找事的呀。因为没事，所以才想你，所以才打电话，可是又怕麻烦到你，所以挂掉。这么知趣，又这么痴情，你难道还不懂是不是？

甘晓颦眼泪都要出来了，她也不知道自己是怎么回事，按理说都这个年龄了，而且刚经历了婚姻的重创，可为什么还会这么痴迷，这么疯狂呢？她了解哈桐书吗？不，几乎是一点也不了解，他的过去，他的性情，他爱好什么，他脾气大不大。她能知道的关于他的所有事，都像水中月，雾中花。他就是这么做人的，或者是有意识在女人面前这么做人的。做得很虚无，很缥缈，很天上地下。他是包裹得严严实实的粽子，一个有礼貌也有情调的大粽子，可就是看不见他的心。

甘晓颦想到这些，心里一阵发酸。她确实是乱了阵脚，一个刹那，她甚至有个冲动，找到哈桐书，狠狠去骂他一顿。

她是被他吃了豆腐吗？

可是，他也可以说，她也吃了他的豆腐呀。

这个年代了，男男女女，谁还说谁占谁便宜的话呀，不过各取所需罢了。她总不能仗着自己是个女人，就胡搅蛮缠吧。

哈桐书这两天的态度，是对她一种告之吧，告诉她适可而止，而朱华那天说的话，一语中的："艳遇。"瞧吧，根本就是一场艳遇嘛。如果她懂得随缘，他们还可以有下一次，下下一次。但无论怎样，爱情是没有的，甘晓颦呢，是被艳遇整得有点兴奋了。

不过亲了几个嘴，上了一次床，她就以为是爱情了。

一直渴盼着的心，就这么冷了下来。想想这段时间，从卢家仪开始，到章平，再到哈桐书，所遭受的臭男人的气，可真是不少啊。她不仅长了见识，还就此长了智慧。哎呀呀，女人不受点男人气，就不会成熟不会勇敢，更谈不上美丽，是吧？

看看她吧，最开始被卢家仪气个半死，一句话都说不出来。到后来被章平再气了一气，就懂事多了呀。这么长时间，她不仅保持落落大方，还会适时拿章平开玩笑，摆明了告诉他，姑奶奶根本不在乎。

现在，既然都已经跟哈桐书上过床了，她就更有勇气做点以前没有做过的事了。她才不要打不过就躲呢，她凭什么让他看扁啊，还以为她会缠着他，爱着他，甚至再一次主动送上门去？

呸，没门！

甘晓鞶平复了情绪，直接将电话打了过去。这次，哈桐书接了。

甘晓鞶语气非常温柔。"以柔克刚"嘛，是不是？

"哈老师啊。"她叫他哈老师了，"你在做什么，忙吗？"

哈桐书当然说是在忙，但又接着说一句："改天我约你吧。真是不好意思。"

甘晓鞶想，她要不要相信他说的这改天约她的话。他是在稳住她，还是在敷衍她，或是真的他就在忙呢？但突然地，她就在他的电话里听见了笑声，是女人的笑声，还在说着什么哪："你要约谁呀，总这么约来约去的，累不累呀。"

声音很熟悉，低哑，是比较粗犷的女声。甘晓鞶顿时就想起了一个人，云谷杂粮的女老板！果然，她从一开始，要说从没有想过哈桐书和这女人有什么关联，是不对的，她确实想过来着。而且，她一直也有个感觉，哈桐书可不止和那个联谊会里的一个女人有暧昧关系。

现在看来，她的猜测，是真的了。

女老板的话，一定让哈桐书有些紧张，他可能跳了起来，也捂住了话筒。甘晓鞶心里很悲哀，但也陡然生出勇气来。她按着刚才自己想了半天的方法，一口气说了下去："你忙你的，我没有什么事情的。只是那天晚上，让你辛苦了。我一直觉得不好意思，应该给你一点钱才应该，你给我一个银行卡号吧，我打给你一千元钱。"

她的语气，从头到尾，可是优雅着呢。这一招儿，是她从电视剧《我是金三顺》里学来的。金三顺的姐姐，有了一夜情后，就放了一张支票给那个男人，后面还写上"服务满意"几个字。

当时她看到那个情节时，就特别刻骨铭心，拍手叫好。想不到，这一招儿会在这一天，等着她亲自试用呢！

果真，哈桐书傻眼了，他一定没有经历过这样的事情。他快速地对甘晓罂说："好好好，没问题。等我明天联系你。"

说着，就将电话挂了。

甘晓罂坐在桌子前，扑哧，笑了出来。忍不住，终于哈哈大笑。

那可真是银铃般的笑声哪。酣畅淋漓，水润润的。

笑够了，她站起身，终于觉察到肚子饿了。看看时间，已经快八点了。整理整理了衣服，又对着镜子补了补妆，她心情轻松，脚步干脆，走出了办公室。

戴着四百多元钱的围巾哪，还拎着五百多元钱的包。现在看来，贵的东西就是好。这包，这围巾，可不都亦庄亦谐的，穿什么衣服和鞋子，都好配！

坐电梯下楼，她忍不住还在偷着笑。好啊，你个甘晓罂，你终于活开了，会涮人了，不仅涮别人，也能拿自己开涮了。虽说可能失去了哈桐书，但她内心的欣喜，却无以言表。

她突然觉得自己很自在，做一个离婚女人，也没有什么不好。瞧吧，她走在路上，不是还有很多男人在看她吗？有年纪大的，有年纪相似的，还有不少年轻的男孩子哪。她哪点比别人差了，现在的她，漂亮、自信、穿着时髦，还有一份自己喜欢的工作。孩子虽然身体不好，但他的爸爸，居然肯牺牲自己的时间，为了成全她而带儿子了。好啊，离婚就是好！有个前夫，就更好啦！

怪了，以前她可从来不会注意街上男人们在看什么，现在这一切，她全都注意到了。有些男人，眼睛一直盯着她看，她大方地迎上去时，他们甚至还会发出会心的微笑。

姑奶奶是没有心情，她边走边甩搭着包，心想，要是有心情，挂个男人一点也不费事！

她是真的看出来了，只要她愿意，只要她肯放得下自己，大把的男人，都会等着哪。艳遇？哼，天下最简单的事，就是艳遇了。她是没心情做这事，她是想正正经经找男朋友结婚哪。艳遇这事儿，等哪天性饥渴了，再说吧！

她这才觉察到肚子饿了，很饿很饿，非常想吃油腻的、油炸的、有油水的东西！她去了一个蒙古店，不仅要了烤羊排，还要了一碟炸油糕。她的嘴边，起了一颗粉刺。起就起吧，她满不在乎地大口吃着。店里还有好几桌人在把酒言欢，见她一个女人狼吞虎咽的样子，都投过来诧异的眼光。管他呢，她冲店主招手："老板，来瓶二锅头！红星的！"

哎呀，她终于找到离婚女人的感觉了。

等着瞧吧，总有一天，她还会叼上烟来抽抽呢。

喝了点小酒，心情就更好了。大有天不怕地不怕的感觉，说起来，不过是缴了一个男人的械，为什么竟觉得世界大不同了呢？

甘晓蕾从来酒量就很好，但从没有在外面怎么喝过。

以前在家里时，一个人高兴起来，也会买瓶二锅头，和卢家仪喝两盅，但卢家仪从来也没有喝过她。他对她喝酒这事，一直是又怕又不解，用的是敬而远之的态度。

甘晓蕾在电话里说自己要过来，卢家仪就听出她喝酒了，本能地警惕了起来。他大致猜到她约会不顺，生怕她会借酒撒疯，冲他发脾气。他正带着儿子在自己的住处一起看《青蛙军曹》的动画片呢，连忙说："没关系，你回家去吧，我会带好腾腾的。"

"谁要你带了？"甘晓蕾果然吃了呛药，"我已经在你家楼下了，这就上去。"

"不用不用。"卢家仪连忙"客气"，他才不要甘晓蕾这么上来呢。当着孩子的面，收拾他几句，他还不会绝地反扑？到时候两个人吵起来，怎么整？"我这就给腾腾穿好，我们下楼去见你。"

敲门声却已经响了起来。腾腾一脸不屑地坐在沙发上，连动一动的意思都没有。这个小家伙，最近对父母的这种状态，颇有些不以为然。他有些瞧不起他们俩做的事，就像小孩子！他就这么跟卢家仪说的。

卢家仪打开门，甘晓翚一脸酒气地站在面前。虽说情感受伤，但整个人却展现出从未有过的容光焕发、潇洒自如。卢家仪心里一咯噔，颇有些吃惊。敢情甘晓翚也有风情万种的时候呀！

这个晚上，在甘晓翚的个人史上，的确是一个里程碑。她终于走出万里长征的第一步，活出自我来了。借着对哈桐书的一段讥诮，借着对一段迷情的看穿，她找到了很多年从没有感觉过的无所畏惧的痛快。她还怕什么呀，既然婚姻已经不再，既然男人都不可靠，她只要确定自己还有两只脚，不就可以活得顶天立地了？

女人的风情，不就得来自"不怕"吗。你见过古今中外，哪个风情万种的女人，是胆小怕事的吗？

甘晓翚直言不讳，一进门就说："我喝酒了，真他妈的痛快。"

卢家仪小声压制她："儿子在呢，你可以不用这么大声吗？"

甘晓翚瞥他一眼："怎么，要掩耳盗铃吗？他是我儿子，他妈是什么样子，他都得接受。"

见甘晓翚摆明了要撒野，卢家仪懒得理睬，立刻举手投降："随便你随便你。怎么着，就打算这么醉醺醺地带儿子一路回家？要我说，你还是自己走吧，回你自己家去，儿子我明天送回去。"

"你怕什么？"甘晓翚仗着酒劲，仍想继续过把疯狂瘾呢。哈桐书算什么呀，卢家仪还没有见过我还有这一面吧？想想自己真是傻啊，早知道能有今天这个觉悟，当初跟他离哪门子婚啊，自己找个情人不就平衡了吗？

这就是一通百通啊，她以前为什么会不快乐，会感到总是紧张呢，说穿了，不就是太追求完美，太苛责他人了吗？哪里还有什么天长地久，还有宁为玉碎不为瓦全的？大家不过是相协相助过日子而已。卢家仪比她开窍早，就成了罪人。是她明白太迟了——当然，现在就更无所谓后悔或是原谅什么的了，她可以理解卢家仪，但要接受他？不，决不！

今天，她终于想起了那么一句话，特别想对卢家仪说说。所以，她才要迫不及待地跑上楼来，才要非来接一下腾腾不可。这句话，一扫她多日来的郁闷和窒息，她就像冲出牢笼获得了新的生命，她一把抓住了卢家仪的胳膊，用尽了全部的力气，说："卢家仪，我要告诉你，我的人生，从今天起刚刚开始！"

说完，她就再也站不住了，一个劲地往下出溜。

再然后，她就什么都不知道了。

吻别前夫

第十二章 老流氓

31

甘晓蓥那一夜，醉得不省人事。卢家仪没有办法，只能将她拖到房间里的大床上，然后让儿子也在这里睡下。腾腾很不习惯，似乎在替父母害羞，终于吭哧着问出一句："爸爸你睡哪里？"

卢家仪生气，一边拿刷子刷着甘晓蓥吐脏了的衣服，一边说："我睡沙发！你能管你妈不，能管得了，我就出去睡！"

"我可管不了。"腾腾一边拉被子，一边伸长腿。他可能觉得突然和父母同处一屋檐下，自己就又可以当小孩子了吧，口气也嗲起来："她那么个大人，又是个醉鬼，我哪能管住呢。"

说完，就躺下，揉了揉四仰八叉的甘晓蓥，睡了。

卢家仪收拾完脏衣服脏马桶，忍不住又跑到卧室里，站在床边看了看甘晓蓥，就奇了怪了，这娘们儿怎么这么大胆，居然一个人就这么喝醉了？她碰到什么事了，是被人欺负了吗？还是受什么刺激了，为什么说人生才刚刚开始？

明白什么了她？

这么一想，觉得就有些说不出的滋味。忍不住给甘晓蓥掖了掖被子。

腾腾还没睡着呢，偷着眼，就瞧见了。卢家仪悄悄拉上门出去了，他挺高兴地笑了笑。

32

甘晓蓥第二天起来，自是沮丧万分。

当她聚拢了眼神、脑子、力气，渐渐看清楚自己是在哪里，也想起来她喝了酒后狂走到卢家仪这里后，她连爬起床来的勇气都没有了。

她怎么做了这么蠢的一件事呢？居然在卢家仪的住处，喝醉了、留宿了。他看见她的丑态了吧，他又该鄙视她了吧？她才刚刚找到的好感觉，又遭受了挫折。

可这一天糟糕的情况，似乎才刚刚开始。

从下床的那一刻起，就注定了她要为头天晚上的疯狂，付出一系列的代价。

腾腾已经不在床上了，也听不见外面客厅里有什么动静。甘晓鞏以前从没来过卢家仪这里，现在有机会赶紧一探究竟。装修得很简单，但极舒适。地板是木的，家具窗帘很配套。还有一套床头音响，拉开衣柜，却豁然发现两件女人的花花睡衣，她赶紧将门关起来。心里想，行啊卢家仪，跟女人做爱也学会听音乐了？也整起情调了？

腾腾果真在客厅里，正趴在书桌上写数学作业，看看表，已经九点半了。卢家仪不在家里，可能上班去了。腾腾做出一副怪神秘的样子，给她指厨房，小声说："爸爸叫你吃了早饭再走。"

甘晓鞏去厨房看，有一篮面包，新买的，还有豆奶。腾腾说："爸爸说让你热热喝。"

一口一个爸爸的，甘晓鞏就是不接他的话。板着个脸，忍不住好奇心，又拉开橱柜看里面，有挂面、干果，花生酱，还有一袋燕麦片。甘晓鞏知道，这些东西，肯定是卢家仪临时应急对付自己的食品。想想他在家里时，连自己的袜子放在哪里都常常不知道，不由咬牙切齿，得意道："你也有今天！"

正在东张西看，就听见门锁处钥匙响，哗啦门开了，进来一个女人。

个不高，大眼睛，半长发，唇红齿白的，外面穿件灰紫色的长大衣，敞着，里面是身薄呢套裙，样式很漂亮。比甘晓鞏漂亮，比甘晓鞏苗条，还比甘晓鞏显年轻！

甘晓鞏立马自卑三四分，有点张口结舌、神情呆滞。她正在想原来卢家仪的女朋友还挺漂亮啊，那女人先看见了腾腾，又看见了她，说了一句："啊，是这样啊。"

什么是这样啊。甘晓鞏看她那难看的脸色，猜也猜到她在怀疑什么。刚想辩解，又一想，凭什么辩解啊，不就是个小老婆吗？我就要让她不舒服一下！这么想着，脑子就活泛开来，身段也放松了，毕竟做卢家仪老婆很多年，真要表演起来，还不是信手拈来？她把橱柜门一关，煤气灶拧开，一边将冰箱里取出的豆奶倒进小锅里，一边拿起一块面包，冲女人说："卢家仪没对你说呀，他上班去了，我今天带腾腾在这边。"

"没说。"女人手里还提着一个纸袋呢，放也不是，走也不是的。也在调整情绪，找状态呢。

甘晓犟问她："吃早餐了吗，要一起吃点吗？"

"哦，不用了。"女人吞吞吐吐的，甘晓犟一眼看穿她内心的虚弱，不由很是高兴。换在以前，她可能会为让另一个人难过而感到愧疚，可今天却一点这样的感觉也没有。而且多少还有些兴奋莫名，很想再接再厉。她突然放大了声音，冲腾腾喊："妈妈的外套呢。"

儿子真是好样的，立刻就配合上了："爸爸给刷了刷，还挂着呢。"

豆奶热好了，甘晓犟和着面包一起端上餐桌，再次招呼女人："来，一起吃点吧。卢家仪一早出去买的，新鲜着呢。"

这热腾腾的家庭场景，让女人太尴尬了。她快速说："我还是走吧，改天我来找他。"

甘晓犟一指她手里的纸袋："那你给他的东西，不放下吗？"

她早看出来了，那是一件羊绒毛衣。估计是女人买了来，要给卢家仪一个惊喜什么的，偷偷放进他衣柜里，待卢家仪发现后，再给她一个热烈的拥抱。甘晓犟心想，卢家仪，你挺会玩浪漫的嘛，而且这一招儿，是不是什么时候我也学一学？

女人一边摇着头，一边却又好像很想放下来。她说："要不然算了，我改天拿给他。是买给他的一件毛衣。"

甘晓犟就说："他的毛衣还少啊？"

那口气，是有些酸了的。

女人走到了门口，又转身站住："你和儿子，是什么时候来这里的？"

"昨天晚上啊。"甘晓犟说。她才不要告诉她，她是怎么个情况下来的呢。

儿子见缝插针地补充道："晚上我和妈妈都睡在这里，爸爸还给妈妈拉被子呢。"

女人哗啦拉开了门，气鼓鼓地一言不发往外走，又突然将手里的钥匙扔向甘晓鼙:"钥匙给他,省得我看见不想看的!"

甘晓鼙做挥手状,又一脸贤淑地冲她进了电梯的背影喊:"有空来玩啊。"

待进了门,儿子一脸兴奋地围着她转,嘴里大声嚷嚷着:"妈妈你太酷了!我太喜欢你了!她就是爸爸的新女朋友,我一点也不喜欢她。"

甘晓鼙一边往嘴里塞面包,大口喝豆奶,一边也古里古怪地笑。又问腾腾:"你说你爸会生气不,我们把他女朋友赶走了。"

"生个屁的气哟。"儿子坚决站在甘晓鼙这一边,虽然说不到点子上,"谁叫她妖里妖气的,还跟爸爸亲嘴。我一见她就生气。"

"亲嘴?"甘晓鼙一听就愣住了,"你看见了?什么时候?"

"吃饭的时候,她要给爸爸喂饭,还要亲爸爸。真恶心!"

是挺恶心的。甘晓鼙顿时大为不快,卢家仪啊卢家仪,你竟当着孩子的面做出这样的事情来,会不会也有点太过分了呢?

她顾不上跟儿子啰嗦这些事了,还要去上班呢。吃了面包,本来想收拾好桌子,扭头一看,心里又想算了算了,他不是有女朋友吗,哼哼,让她来给他收拾好了。一起身,穿好衣服,拉住腾腾,就出了门。

待上了电梯,才想起来卢家仪的钥匙让自己给装进包里了。要不要给他放回去呢?时间紧,再说吧!

匆匆送腾腾回了家,给父亲打了电话,让他过来陪儿子。甘晓鼙赶紧着去了办公室。今天她要做版,要忙整整一天哪。

迎面碰到朱华,她看了她一眼,立刻笑道:"怎么,没换衣服,昨晚上没回家?"

甘晓鼙摆手:"不是你想的那样,喝多了,在老流氓那里混了一夜。"

"哦?"朱华满眼丰富的内容,"想死灰复燃?"

"听听你说的什么话呀,难听死了。什么是死灰复燃啊,那也得叫破镜重圆。"

甘晓鼙满腔满调地不屑一顾,朱华明白,她只是在自我解嘲。于是说："你若有此打算，得提前告诉我啊，我就不再说他的坏话了。"

"谁，老流氓？"甘晓鞷嗤之以鼻，"我跟他还会有什么打算啊，我疯了不成？他的坏话，你想说就说，说得越多就越是帮我。"

朱华哈哈笑着走了。甘晓鞷一屁股坐下来，立刻开始工作。自从认识哈桐书后，她还没有像今天这么神清气爽过哪。昨天到今天，仿佛过山车，让她从一个唯唯诺诺的小女人，变成一个敢说敢做的大女人。连朱华坐一会儿，都忍不住又跑出来，围着她转了两圈，嘴里念叨着："你是变发型了，还是化妆了，怎么觉得有点不像了呢？"

甘晓鞷凑近她，让她看："好看了还是难看了？"

"好看了。"朱华肯定地说，"好像是变好看了。"

"好看就好看，别说什么好像。"

到了十点多，甘晓鞷去楼下取客户送来的资料，在电梯里豁然遇到哈桐书。哈桐书多老练啊，立刻向她摇手："哈喽。"甘晓鞷一声不响，只是嘴角带点笑，眉毛扬了扬，是保持距离的打招呼。她背挺得笔直，神态含蓄得要命。哈桐书有些尴尬，放下手，什么也不说了。

直到楼下，两个人再也一言不发，连声再见都没有说。

甘晓鞷心里快活得直痒痒，深刻觉察到自己占了上风，而且举止得体，既没有露怯，也没有犯傻。这可是她从来没有学过的招数啊，就这么无师自通了！

拿了资料，正得意着哪，一个人却狠狠挡住了她的路。抬头一看，卢家仪。哈，这么快就来算账了吗？

果真。问她："你为什么要那么对小黄说？"

"我说什么了？"她才不要认罪呢。

"她很伤心你知道吗，而且你这样破坏我们又有什么意思？"

"破坏你们？"甘晓鞷冷笑，"那当初是谁破坏的我们？"

这世道真他妈的怪异，还有没有公理了？甘晓鞷说着说着就又来了气："还有，你一个做父亲的，懂不懂得怎么对儿子好？当着孩子的面，和你的女朋友亲嘴。你是不是也太过分了？"

就说理这一部分，卢家仪从来没有占过上风，否则就不会让甘晓翚数落那么多年了。对甘晓翚的转移话题，他顿时就傻了眼，开始强词夺理："我和我的女朋友怎么样，是我们的事情，不要你管。你必须承认，你今天做错了事情。你让她产生了误解，还告诉她我给你洗衣服、掖被子，你居心何在啊？"

"我可没有说这样的话。"甘晓翚说，"都是你儿子说的。"

"那也是你教唆的！"

两个人站在写字楼的大厅里，虽然都压低了声音，吵得又狠又快，可是来来往往的人，还是有人注意到了，有那么一两个多事的，居然站住看了起来。卢家仪不愿意继续丢人，决定抛下一两句掷地有声的话就走："一、你必须去对小黄道歉，告诉她事实真相。二、你必须把我房间的钥匙还给她。我把她的电话给你，你去跟她联系。"

甘晓翚可从来没有见过卢家仪为了她，这么跟人生气过。当年她带着儿子去广州治病，曾经因想家，电话里对他哭诉过一次，他对她说的话竟然是："你既然是孩子的母亲，就得忍啊。"

他是要她忍的，可是却舍不得让小黄忍。她到底做错什么了，不就是在他的公寓里见了一面他的女朋友吗？他要拿她当抹布吗，什么脏事丑事，她都得忍着？相反的，小黄是水晶，一点点委屈都受不得？

"我不要她的电话。"她说，"钥匙是我没注意拿出来的，过两天我会让儿子带给你。"

说着，她转身就去坐电梯。卢家仪却一把拽住了她。一时间，好几个人都站住了，看着这一幕。

甘晓翚一扭头，见哈桐书刚从大门处走进来，她大喊一声："哈桐书——"

哈桐书看到刚才还对他笑而不答的甘晓翚，又见旁边一男人正在拉扯她，到底是老江湖，心里大概明白了是怎么回事。

他走了过来，假戏真做地嚷嚷："找你好半天，怎么在这里呢？"

甘晓翚趁卢家仪一分神，已将胳膊塞进了哈桐书的胳膊里，那样子亲密着哪。她冲卢家仪说："看到吧，我是有男朋友的。告诉你的小黄，让她尽管放心。你也放心，我才不会拿你的钥匙，去骚扰你哪。"

卢家仪目瞪口呆，甘晓翚已经拽着哈桐书上了电梯。

一进电梯，甘晓翚立刻就蔫了，被人这么呛，哪里会不难过。尤其前夫找上门来收拾她，只是为了新欢。她放开了哈桐书，眼里含着泪水，忍着不让它掉下来，又变回了刚才的样子。哈桐书很是知趣，什么也不问，只是拿出纸巾，递给她。到了自己的楼层，对她说再见。甘晓翚终于礼貌地点点头，回复两个字："再见。"

出了电梯门的哈桐书，多少有些发愣，甘晓翚这一招儿出奇制胜，也让他突然动心。说是怜香惜玉也好，说是大开眼界也好，总之让他觉得，甘晓翚这个女人，不同一般。

卢家仪呢，卢家仪见到甘晓翚贴着哈桐书的那一刻起，心就彻底乱了。他可不想见到甘晓翚这么快就有了男朋友，而且还是一个年龄外表涵养各方面看起来都很不错的男人。那男人，看起来对甘晓翚也很用心，上电梯时，手还放在她的腰上呢。

他妈的，他一边往外走一边摇头。这个甘晓翚，真看不出来呀。她还指责我跟小黄亲嘴呢，那她呢，我怎么没听腾腾说过呢。

33

甘晓翚当然不想去对什么狗屁小黄道歉，她敢承认在卢家仪离婚前，没有破坏过他们的家庭吗？如果要说道歉，难道她不是比她甘晓翚更应该先道歉？

可笑可耻可悲的卢家仪，他凭什么这样来找她甘晓翚啊？他拿她当什么呢，也太不尊重人了吧。

谁知道，下午小黄居然主动打了她的电话。看来她是铁了心，非要在她这里证明什么不可了。电话肯定是卢家仪给她的，这个女人，也够不屈不挠的啊。甘晓翚才不愿意跟她去吃什么狗屁饭，也不想跟她谈什么卢家仪。她硬冲冲地说："有事电话里说不就好了吗？或者你告诉卢家仪让他来找我。”

“不是卢家仪找你，是我想找你。”女人仿佛求她，口气软得不得了。

“我没有时间，我还要看孩子。”

“那我去你家里。”

“不行，腾腾可不想见到这一幕。”

“让卢家仪带孩子行吗？我是有事要和你谈。”

“你能有什么事呢，我们俩井水不犯河水的。你就别乱猜了，我和卢家仪什么也没有，我已有了男朋友，难道他没有告诉你吗？”

“不是这个问题。”她还在纠缠，“还有钥匙。”

甘晓聱捂住电话，骂出一个脏词来。然后说：“我会给你的，拜拜。”

都是些什么破人破事啊。她愤愤然，打算先咽下这口鸟气，以后再说。

谁知道下班前，小黄居然找到办公室里来了。高跟鞋脆脆的，又打扮得格外精致，有让人一步一回头的风韵。

甘晓聱刚结束手边的工作，一抬头见她进来，不由得大吃一惊，立刻站起身，口气不恭地说：“你来干什么？你怎么找到这里来的？”

见甘晓聱紧张兮兮，小黄也表现得有些不自在。她说：“怕你没时间，我想跟你路上谈。”

“有什么好谈的，你就别费那力气了。对了，我把钥匙给你，你们俩以后都跟我没有关系。”

说着，从包里将钥匙掏出来扔给小黄。小黄刚接到手里，朱华从她的玻璃屋里走了出来，脸色也是一惊，嘴里叫着小黄的名字，还问她：“你怎么到这里来了？”

“我找她。”小黄用手指甘晓聱。朱华看看甘晓聱，欲言又止地点点头，说：“那你们谈吧，我们改天再说。”

说着，头也不回地去了洗手间。

甘晓聱好吃惊，朱华居然跟小黄认识！而且看上去，她们还比较熟悉。朱华怎么从来没有对她说过？

她的好奇心也上来了。对小黄说，走吧，你送我回家，到我家附近找个地方。

小黄开着辆奥迪，路上甘晓鞷问她："你认识朱华？"

她说："认识啊，她要做我的嫂子了！真是巧，你和她一起工作。"

甘晓鞷又问："那她知道你和卢家仪的事吗？"

小黄说："知道啊，我们一起吃过好几次饭的。"

甘晓鞷两手攥成拳头，气得恨不得痛打沙包："好你个朱华，内奸啊，居然这么长时间，对我一点口风都不露。做出此等亲者痛仇者快的事情来。我怎么你了，你要这么瞒着我！我还拿你当好友呢，你呢，你又哪里将我放在眼里了？男朋友、卢家仪，统统都不告诉我。"

甘晓鞷叫小黄去小区院门口的一家简餐餐厅里等她，她回到家，给儿子简单下了点挂面，又看了看白天的作业，再匆匆跑出来。

小黄倒是好脾气，一点也没有不耐烦地坐在椅子上等着她，面前放着一杯白开水，什么菜都没有要。见甘晓鞷进来，才说："你也没有吃吧，我们一起点点东西吃。"

甘晓鞷没心情，她一贯就不愿和生人坐在一起吃饭。不仅是生人，还有不太熟悉的，或是不太了解的人，一起吃饭都觉得别扭。她可不是自来熟的那种人。何况还是前夫的女朋友呢。吃什么？怎么吃？让她看着自己吃相不雅，然后又去翻舌头？才不要呢。

"你吃吧，我什么都不要吃。"

是，她态度是不大好，可是没法好呀。

小黄于是也表示，自己肚子其实也不饿，就要了一壶茶来喝，又要了一碟腰果花生米之类的东西。装样子。

甘晓鞷说："朱华和你哥，多长时间了？"

"两年多了吧，断断续续的。她很要强，我哥总巴结她。"

"那你哥是做什么的？"

"什么都做点。"小黄有点吃惊，"我们家是家族生意，你不知道啊？"

甘晓鞷心想，我哪知道啊。好像你家是什么大佬一样。

待聊几句，甘晓鞷才知道，小黄家竟真的是有来头，××集团，就是她家里的生意，酒店，建材，装修，房地产，什么都做。甘晓蕈忍不住好奇："那你怎么认识的卢家仪？"

"最早是因为办事去找他，于是渐渐熟了。我早他前两年离的婚。"

"我们离婚前，你们就在一起了吗？"事到如今，甘晓蕈也不是为了讨要公道，只想弄清事实。

小黄却显然有些紧张，她不愿说这个，赶紧转移话题："我是很在乎卢家仪的。"

"哈。"甘晓蕈将头扭向窗外，看看外面。谁看不出来啊，她在乎卢家仪。不过也是奇怪，换了三个月前，她可能会跳起来撕小黄的脸，可现在，她竟然能有心情跟她坐在一起，听她讲这些。

"我离过两次婚。"小黄继续说："我总觉得自己什么地方有问题，抓不住想要的感情。对卢家仪我也这样想，总觉得他爱我爱得不够热烈，又担心他只是贪慕我们家的经济状况。我不知道拿他怎么办，最近我们总是吵架，那天看见你和腾腾在他那里，我以为我们完了。"

"那你要他怎么样？他现在可不就是个穷小子吗？当初不是因为你有钱，他哪里会那么干脆利索和我离婚？你要说他完全不图你的经济，那可不现实。都什么年代什么年龄了，他这么想也是正常的。"

甘晓蕈想，我这是在替卢家仪说话呢，还是因为看不惯小黄呢？

小黄继续说："想找你聊聊，就是想说说卢家仪。我总觉得我和男人交往上有问题，不知道卢家仪喜欢什么样的女人，又喜欢女人为他做些什么？"

甘晓蕈冷笑："可我是和他离婚了的，你怎么会想到来我这里取经？"说着，又自言自语，"难怪自己也觉得脑子有问题呢。"

小黄有些尴尬，这女人行为言谈，没有一点像那种家庭出来的，相反，非常小心谨慎，甚至有些低三下四的。甘晓蕈觉得奇怪，也许这样的女人，要什么有什么，不需要像她这样，动不动就泼辣起来吧。

"可是，最了解他的人，也就是你了呀。"

甘晓蕈看着她一脸正经的表情，简直哭笑不得。扔下儿子在家，就来跟她说这个？她一把掏出手机，说："要不要我们叫卢家仪一起过来，我当着他的面说说？否则他又会来找我大闹，说我背着他乱嚼舌头？"

"不用不用。"小黄连忙摇手，"你要是不高兴，那我就不说了。"

"也没什么高兴不高兴的。"甘晓鞏说，还死撑面子："他和我现在井水不犯河水，我怎会为他不高兴？对了，你自己没有孩子吗？"

"有一个女儿，是第一任丈夫的，跟她爸爸出国了。第二次婚姻我没有要孩子。"

"那你和卢家仪准备还生孩子吗？"

"不知道，我们能不能结婚，谁也都说不上。他似乎很容易生气，我又不怎么会哄人。"

"他都为什么而生气呢？"甘晓鞏的好奇心上来了。

"主要是两类。一类是为了钱，他自尊心很强，不愿意住在我那里，非要搬出去住，也不肯在我家里的公司做事。另一类就是为了你和腾腾。"

"我和腾腾？"

"是的。他收入不多，却总是惦记着儿子。我没有说我要他的钱为我做什么，可是他那个样子，让我感受不到他的心在我的身上。你知道吗，他说起你们来，总是说，那娘俩那娘俩，一变天他就念叨，那娘俩住的地方暖气不知道好不好。"

甘晓鞏心里一热，真没想到卢家仪还是这样。她对小黄说："那我以后提醒他一下，别当着你的面这么说了？"

小黄又摇手："不是这个意思，他说这些也没有关系，给腾腾拿钱做事也没有关系。我只是觉得，他对你和儿子，还有对我，分得很清。你们无论怎样，他都是会帮的。但我呢，我的钱，我的住房，我的车子，我能提供的好工作，他总是避之三舍。我有个很不好的感觉，那就是，他还是拿你们当亲人，但对我，就没有那种感觉。"

甘晓鞏说："那你要怎样，我们离婚才三个月。人总得有点惯性的吧？"

她这么说的时候，心里是有那么一点点小小的虚荣和舒坦的，"说吧，你要我怎么办？"

"不是要你做什么，只是，我很想……很想跟你聊一聊。我这人，平时也没有一个朋友。而且，我不想失去卢家仪，再一个，即使结婚了，也不想再一次离婚。那样就太可怕了，所以，我，咳，也许我真的做错了，我不该指望你给我什么建议，对吧？"

小黄可怜巴巴地看着甘晓翚。甘晓翚想起了"倒酸水"那个专栏，于是冷酷地点了点头，说："是的，你和我，现在应该是敌人。你真的太天真了。"

她说出这句话后，感觉很解气很嚣张也很轻松。

但送走小黄，见她的车渐渐融入点点车流之后，站在寒风中的甘晓翚，又伤心了起来。那个她和另一个女人讲起的男人，毕竟已经和她没有关系了。

一段那么重要的岁月，说完了就完了。

吻別
前夫

第十三章　性幻想

34

转眼到了圣诞节。朱华主动提议甘晓颦带腾腾去她家里过节。

甘晓颦买了点小礼物，带着儿子去了朱华家。朱华自己买的房子颇为高档，地点装修都和甘晓颦目前的住处没法相比。离婚前甘晓颦还常来这里，有时发懒晚上就会住下来。离婚后却是一次也没有来过了。

朱华系着围裙，在厨房做饭。有炸鸡、沙拉、牛肉红菜汤，还说要给儿子做个大蛋糕。甘晓颦知道朱华的事情后，心里有了鬼，也不主动去问朱华，但总觉得再看她，身前身后，就似乎多了一个男人的影子似的。

这天晚上，甘晓颦虽然站在朱华身边看她忙碌，可心里却一直在琢磨那个影子呢。耳朵，眼睛，全都竖起来，在等着什么。

终于，叮咚，门铃响了，朱华看了甘晓颦一眼，说："介绍你认识一个朋友。"甘晓颦会心一笑，朱华也就不多说什么了。

男人相当漂亮，简直可以说是男人中的极品。高大英俊，气质儒雅，透着说不出的干净味儿。

这真让甘晓颦吃惊，仔细看，是和小黄很像，肯定是兄妹无疑。她心里揣测，小黄其实还大她一岁，那么她的哥哥，至少也有三十六七了吧，可谁能看得出来？

和朱华站在一起，竟高出一头。朱华将男人拉到甘晓颦跟前，向她介绍："我男朋友，黄斯明。"又说："我女朋友，晓颦。"

叫黄斯明的男人，对甘晓颦点点头，并不说什么"早听朱华说过你"，或是"原来就是卢家仪的前妻"之类的俗话，竟好像白纸一张似的，清新地对着她笑。又走到腾腾身边，送他一盒糖果，说："小朋友你好。"

"外星来的么？"如此做派，真是令人耳目一新。甘晓颦不得不问。

朱华悄声道："是国外长大的，十几岁就去加拿大，前年才回来帮他家老头做生意，人看上去，是不是有点奇怪？"

甘晓颦说："原来如此。听说是小黄的哥哥？"

朱华冲她含蓄地笑："是的。但这话题别谈开了，都不是既成事实，怕大家尴尬。"

"哼，真文明。"甘晓颦讽刺。她晓得朱华的心思，之前一直不告诉她，不就是怕尴尬吗？

黄斯明话不多，一些特别俚语的土话说起来还有些拗口。连腾腾都注意到这个叔叔有点怪，很像台湾电视剧里的叔叔。但对朱华，是极体贴的，几乎不错眼珠地观察着朱华的所思所想所需，吃过了饭，又贴心地叫朱华去客厅陪客人，卷了袖子自己洗碗。

男人就在跟前，甘晓颦想问什么，也不好意思多问。吃过饭，再闲坐了一会儿，就拉着腾腾回家了。黄斯明是跟在朱华的后面，一起与他们招手告别的，看那个样子，要留宿了。

一路上甘晓颦没有话说，腾腾也有点怅然若失的样子。

公交车上人很少，有点心情的，可能都去参加什么圣诞聚会了。母子俩从车上下来，手拉着手，沿路看灯光流溢的店铺和人群，儿子突然说："朱华阿姨，要和那个叔叔结婚了吗？"

"你怎么知道？"

"我看见叔叔从衣服口袋里掏戒指了。他自己偷偷看，以为我没有看见呢。"

甘晓颦心想，那可能是真的了。

离婚后，她一直羡慕朱华，觉得她的路才是一条正道。早早结婚，无疑自取灭亡，像朱华那样，先开辟一番事业出来，自然不怕钓不到金龟。只是令人吃惊，她竟能钓到如此优质的一个男人。

像她这样又有什么呢？孵在家里带孩子，失去了事业和工作，等人老珠黄时，又被丈夫抛弃。她的路，是计划错了的。

待知道朱华要结婚了，这份羡慕，简直就更到了顶点，甚至要忌妒了。为什么朱华能将人生规划得如此清晰，她却永远糊涂呢？

心里很是惆怅，牵着小家伙的手，更是说不出的辛酸。娘俩回到家里，没有再说多余的话，早早便睡了。

35

第二天上班，甘晓鞏并没有主动去问朱华黄斯明求婚的事，但她眯了眼，隔着玻璃门，硬是看见朱华手上戴起了戒指。她想朱华这一步算是走顺了，而她该怎么办呢？

朋友就是这样奇怪的东西，换了任何一个不相干的人，甘晓鞏最多当故事讲一讲也就算了，可越是要好的朋友，越觉得放不下来，她的幸福和不幸，都非要扛在自己肩头不可。甘晓鞏一整天心不在焉，又酸又妒又着急，好像自己的那份幸福，被朱华抢去了似的。她很想大大方方地去问朱华，是不是被求婚。可是嘴张不开，脚迈不开，和朱华迎面碰到好几次，还站在一起说了话，可就是非要做出一副对戒指视而不见的样子来。

她猜测朱华是大致明白她的想法的，那她更应该理解不是？最好的朋友才刚遭受离婚之苦，自己就要结婚了，而且是那么好的一个对象，她总不能对着她甘晓鞏尽情炫耀吧？

朱华是真懂事，什么也不多说。甘晓鞏却有些心理失衡，加上前几日小黄对她的刺激，就觉得心里特别的不安宁。她非得找到一个男朋友不可，而且这男人，非得条件比较好不可。

于是这天下午，她专门请了假，去常在他们那里做广告的、以前总被她嘲笑的婚介所做了一个登记。

登记的女同志态度蛮好，可着劲给她"包装"，貌美贤淑，通情达理有文化，做报社编辑。甘晓鞏提醒她说："有一子。"女同志摇头："先别写，等问起来，再说。你得先挑你自己特别的优点写，能不能再给我一些信息？"

甘晓鞏想，你怎么就知道我贤淑通情达理了？她看了看在册的记录，女的多，男的少，像她这个年龄的，就更多了。

婚介所自己有一网站，和很多大的婚恋网站都有链接。女同志看在她是合作报社的份上，就用公司的密码，登陆上那些网站，让她自己去钻研。

甘晓鼙不看则已，一看惊人，那里80后的女孩子，都大把大把在展示呢，她觉得自己更没戏了。

女同志却不许她这么想，对她说出离婚女人想要再婚的两个重要条件：

"第一，坚持自己的想法，这一点非常重要。很多女人，后来之所以很难再婚，重要的一条，是放弃了再婚的希望。你迈出了征婚的这一步，就一定要想办法坚持走下去，不要灰心，要每个月来做一次资料更新。这点很重要。

"第二，要相信缘分。有时候，确实有天上掉馅饼的好事，但这样的缘分，是和第一条分不开的。你看看那些配对成功的男女，大多数都是在我们这里坚持了好多年的人。有志者事竟成啊。你必须每天都将这事放在心头，随时关注，才能有好的收获。这就跟种地是一个道理的，有耕耘，才能有收获……"

甘晓鼙点头称是，向女同志保证每月甚至每个周，来报到一次。网上的资料，她每天都会抽出固定的时间去看。一有想法，就立刻给她打电话。

回到家，仔细琢磨女同志的话，觉得很有道理。尤其是坚持想法这一条，她一定要努力，努力，再努力！

这边还没有找到合适的人呢，新年最后一天傍晚就接到了哈桐书的电话。他口气之亲密，就像紧接着那天晚上约会之后，他说："和我一起吃饭吧，你看这么长时间，一直忙得没有时间约你。"

甘晓鼙当然有些吃惊，她不敢想象她那么刺激过哈桐书后，他居然还会来找她。他这是要来报复她呢，还是实在无聊要拿她充数？她在耳朵边摇着铅笔，脑子快速转动，想应该怎么回答他。找朱华是不合适了，她现在要做良家妇女了，最主要的是，她现在有了幸福感。

女人一幸福，就失去了锐气，变得婆婆妈妈，平庸简单。

朱华一定会劝阻她不要做此等无聊之事。但这天正巧她是一个人在家，腾腾跟卢家仪回他父母家去了。想到那天晚上，他们还是很和谐的，甘晓鼙终于松了口："好啊，反正闲着也是闲着。"

她才不要露出第一次去听哈桐书讲座的那个稀罕样呢，她说闲着也是闲着，就是要告诉哈桐书，她只是用这个约会来打发时间而已。

甘晓鼙的大希望，是寄托在婚介所那边的。她觉得只有在那里，才能找到一个被人忌妒或眼红的好对象。她和哈桐书的约会，是不能当真的，这就像是公主偶然出门，会会穷小子或流浪汉一样。

所以，她再也没有像那天那么疯狂地梳洗打扮，而是正正经经地、逍逍遥遥地，等到下了班，才去洗手间抹了抹口红。

下到楼下，哈桐书在她身后打喇叭，甘晓鼙嫣然一笑，上了车。

哈桐书说："你最近瘦了很多啊？"

甘晓鼙知道他这话是真的，可能还是为婚姻大事而操心吧，她短短十几天，还真的就瘦了下来。她大不咧咧地说："一瘦遮百丑嘛，对不对？"

哈桐书看看她，笑笑，说："你怎么好像变了一个人似的。"

甘晓鼙心想：还不是你给刺激的。

但她懒得说什么。她在心里嘀咕，自己这么赴约，到底算哪门子事？只是为了一解性渴？哈桐书知道她的想法没有？

甘晓鼙最近生理上的反应，确实比较严重，几乎已经到了天天晚上做春梦的地步了，梦里的男人会是身边所有见过的男人，甚至连同办公室的一个小伙子都梦见了一次。这让她也多少有点害怕，所以才想，找个渠道发泄一下，也未尝不可。

既然不是准备好好交往的对象，当然只是为了上床呀。所以甘晓鼙见到哈桐书，才会这么大而咩之的样子。哈桐书这回倒变了个人似的，一副正人君子的嘴脸，还挺体贴地问甘晓鼙暖气开得是否热。又问她想吃点什么。

甘晓鼙想，吃什么不一样呢？不都是为了最后那一下？她关心的是哈桐书会去哪个酒店，她觉得酒店一定要好，这比吃饭重要多了。可这话怎么才能对他说出来呢？

她嘴里敷衍着哈桐书，心潮跌宕。男女偷情这回事，要做到不以物喜，不以己悲，还真他妈的不容易呢。哈桐书见她拧眉专注的样子，也就不说话了，放了音乐来听。

　　下车时，甘晓肇才发现，他们到了一个市中心很热闹的餐饮一条街，是个韩国馆子。哈桐书还从车上拿下来了一瓶红酒，对她说："能吃得惯吗，你也不说喜欢吃什么，所以我就做主了。"

　　饭馆里人很多，因为时间特殊，几乎所有的饭馆都人满为患。哈桐书对服务员嘀咕了几句什么，就被领到了一个小包厢里面，哈桐书说，这店他常来，所以有特殊照顾。

　　说着，就脱大衣，又叫服务员来开酒。还走过来，要帮甘晓肇挂衣服。甘晓肇结婚太早，其实是早已不习惯被男人这样照顾了。她有些不好意思了，终于露出了一点羞怯的举止来。这立即就被哈桐书捕捉到了，他欣然表扬道："这才像我刚认识的你呀。"

　　甘晓肇听了这话，有些不快，眉头刚一蹙，哈桐书也就发现了，立刻举手做投降状，连连说："当我没说，你怎么高兴怎么来。我就是想让你高高兴兴的，没有别的任何意思。"

　　两个人上了"炕"，围着"炕桌"坐下来。哈桐书张罗着倒酒，然后跟她举杯，说："祝你新年快乐，心想事成。"

　　甘晓肇说："彼此彼此。那你说说看，你最想成的事是什么。"

　　哈桐书不说，说事情多了，哪能一件两件说得清楚。又反过来问她，最想做成的事情是什么。甘晓肇借着一大口酒，脱口而出："结婚。"

　　哈桐书看着她笑，她也不管，反而觉得能有这么一个说亲不亲、说远不远的男人，坐在旁边说说心里话，挺享受。她又咕嘟喝了一大口，冲哈桐书傻傻一笑，说："渴了。"

　　哈桐书连忙叫停："红酒不能这么喝的，借酒浇愁也不行。来，说说看，你想跟什么人结婚？"

　　甘晓肇就说："我有个好朋友，找了一个有钱人不说，而且年岁相当，相貌英俊，家世优渥。我觉得自己大学毕业后，走的路全都错了，急里急哄地结婚、生子、离婚、流离，完全是一条死路嘛。而她真是明白，先事业，后恋爱，钱也赚够了，也遇到了最合适的人。好人生，真的是需要等待的。我最近一直在反省这个问题，自己是不是太着急了。"

"既然说好人生是需要等待的，为什么还要急着结婚？"

哈桐书一句话，就彻底将死了甘晓鬐，是呀，她急什么呢？但但但，事情不是这样说的。她不是着急吗，她不是不服气吗，她不是已经不再是二十岁出头而是三十多岁了吗，所以她想结婚是正常的，她的人生，既然一开始就设计错了，现在就将错就错吧。

哈桐书见她红着脸，手舞足蹈地为自己辩解，不仅哈哈大笑起来。说她："你是根本就没有想好要怎样呢。"

说着，菜上来了。哈桐书体贴地为她包菜，抹酱，时不时翻一翻烤肉。

甘晓鬐愣愣地看着这一幕，心想，真奇怪，以前她总是跟卢家仪争吵不休，可是她知道自己是谁。现在和哈桐书处得既温和又有礼，却反而找不到自我了。

她心里乱哄哄的，有一百条理由这么说，就有另外一百条理由那么说。就像这个晚上，和哈桐书的约会一样，她不是看透他是个什么样的男人了吗，可为什么还这么亲亲热热地坐在一起？她不是一心想要结婚吗，可为什么，又要和这样一个明摆着对婚姻生活没兴趣的男人约会呢？

难道只是因为性欲吗？

原来她是这样一个女人啊，真让人想不到。

可一旦想出了理由，她立刻又高兴起来。好吧，就是为了满足一下欲望，这也没什么，她是单身女人，她有这个自由，也有这个权利。

可吃完饭，哈桐书却并不给她这个机会，又问她说，是一起去看看电影，还是坐车兜风去看夜景？

市郊沿着河边，最近刚修起一条很长的景观路，甘晓鬐还一直没有去看过呢。哈桐书干脆地说："那我们去。"

居然就真的开着车去了。哈桐书没有怎么喝酒，见甘晓鬐脸红扑扑的，就伸出手来在她的脸颊边摸了摸，问她："头晕不晕？"甘晓鬐被那一摸，弄得心如兔跳，低声嘟囔："不晕。"

其实早晕了。

哈桐书主动问她："那天，那个男人，是你的前夫？"

甘晓鞶点点头。哈桐书就说："怎么了，他还想找你？"

"不是。"甘晓鞶大致说了一下那天的情况，叹口气道，"他是为了他的新女友才找我算账的。真丢脸，只好拿你当垫背。"

哈桐书又笑了起来："我很乐意。"

两人这晚的谈话，一直非常轻松、简单。对甘晓鞶来说，也很舒畅。她多少有些奇怪，她和哈桐书的关系，怎么经过了那样一次不愉快后，还会变得这么自然。

到了景观路，他俩又下车走了一会儿，站在河边看了看灯火辉煌的市区。天气到底寒凉，哈桐书握住甘晓鞶的手，放在自己嘴边哈了哈气。甘晓鞶笑了起来，想说什么，终没有说。

再坐回车上，两人就开始了闲聊天。甘晓鞶看出来了，哈桐书这一晚谈兴特好，是非要说个痛快不可的。他问她为什么再也不去HASH了，甘晓鞶说："听说以前是离婚者之家之类的，我觉得有点闹不明白你们那些人的关系，到时候说错话，让大家难堪。"

哈桐书就笑笑，并不为那天的电话事件而强辩。只是说，都是成年人了，合则聚，不合则离。随意一点儿是最好。

甘晓鞶吁一口长气，她觉得哈桐书的话，未必没有什么不对。但她能不能做到呢，难说。

哈桐书说，他是六年前离的婚。刚离婚时，和甘晓鞶现在一样，也特别想尽快结婚，但交往的人多了，时间也长了，渐渐发现独身是一种不错的选择。也许对男人来说不错吧，女人仿佛都很着急要赶紧结婚。

甘晓鞶说，当然女人着急了。女人更怕寂寞一点嘛。

哈桐书说："不能说女人更怕寂寞，男人一样怕寂寞。你看整天吆三喝四的，大多都是男人。女人和男人本质上是没有什么区别的，区别的只是女人容易感情用事。"

甘晓鞶觉得哈桐书这段话，很像是一种什么劝诫。他是在告诉她，不要逼婚，也不要太容易动情吗？哈！甘晓鞶脱口而出，"你放心，我是不会对你怎样的。"

哈桐书也笑起来，他今晚笑得很多。他说："你这样说话，让人很开心。甘晓颦你就应该活得干脆利索点，心里怎么想就要怎么说，这样才最好。"

甘晓颦说："是啊，我也想明白了，和男人交往，最重要的是不要委屈自己。"

"对。"哈桐书说，"你知道吗，那天你和你前夫，在大厅下面拉扯，你突然叫住我，让我来帮你解围。这个动作非常让我开心，让人看到了一个内心很生动很鲜活的女子。我是一个容易注意细节，并且容易被细节打动的人，我当时就想，甘晓颦和她平时表现出的样子，其实是有不同的，她风趣，也有胆，所以，我才会想再次约你。"

"是这样啊。"甘晓颦有点吃惊。既然你说我有胆，那我就再多问一句好了，"那你约我的目的是为了什么呢？总不会是为了结婚吧？"

"结婚，那得是水到渠成的事情。我们都是吃过婚姻亏的人，应该比别人更明白婚姻的价值是什么。不是说结了婚，就一了百了的。也不是不结婚，人生就一无是处了。约会当然不是为了结婚，但是我有更想了解你的欲望呀，你不觉得这样也很好吗？"

甘晓颦说："你是讲师，你说什么都有道理，谁能说得过你呀？我说，你考虑过那种婚姻讲座吗，一定有人会听。"

哈桐书不觉得甘晓颦是讽刺，说："我在电台做主持的，要是你愿意听，每个周一的晚上，都有我的节目的。就是情感夜话之类的。"

甘晓颦无话可说。哈桐书的自我感觉永远都那么好。她问他："那你约我……我们算是什么关系呢？"

"朋友啊，也可以是男女朋友啊。这得看时间和相处的结果如何。我是有点喜欢你的，我想你也应该同意，让我说爱上你，是有点不切实际了吧？如果彼此都有好感，这样约会，不是很好吗？"

甘晓颦在琢磨他的意思，大概也许可能是明白了吧，不，还是闹不懂。

"是固定的男女朋友吗？"她非得问清楚不可。

果然，哈桐书立刻卡住了："固定不固定很重要吗？"

甘晓鞏说："那不固定，能叫男女朋友吗？"

她立刻就想到了章平，现在的男人，怎么的，已婚的离异的，都喜欢玩这样的游戏？那好啊，她也这样玩，他哈桐书不会介意？

她点点头，说："我明白你的意思了。虽然约会，但我们没有契约，彼此也没有约束。我可以继续找能与之结婚的男朋友，并且也可以和他们去约会。但如果某一天，我是说，闲着也是闲着，就可以找你约会，对不对？"

哈桐书看着她，似笑非笑。摇头，又搓手，说："那你能不能不要让我知道，你和别的男人有交往？"

中年男女的交锋，真是玄机重重。谁都不想吃亏，谁都想要对方先交出心来。甘晓鞏大概猜到了哈桐书的意思，是的，他是有点喜欢她，也想约会她，但不愿意这么快地就敲定下来男女朋友的关系，或是谈婚论嫁。他想慢悠悠地交往，就像两个中学生一样，只谈恋爱，而且是地下恋情。

甘晓鞏想，管他的呢，有一个总比一个都没有强。她不反感哈桐书，尤其是这一夜，和他的谈话，大有知己的感觉。那么继续约会就是喽，如果遇到了合适结婚的对象，再离开他。

甘晓鞏自己都吓自己一跳，这才离婚几天啊，居然已经准备脚踏两只船了。人的贼胆是从哪里来的，当然不是从天上掉下来的，非得拜前夫所赐。

事实上，那天晚上的约会，等他们散步完，聊完天，也就结束了。

哈桐书一路送甘晓鞏回了家，从后座上提了一兜水果给她。然后，在门口正儿八经地吻她告别。两人都觉得很是恬淡，也有幸福之感。可甘晓鞏还是有些不解，难道哈桐书真的只为吃顿饭？来场中学生似的约会？

还是他晚上有别的女人过夜了？

算了，别多想了。回到家的甘晓鞏，坐在客厅大大的"忍"字下面喝了一杯热水，她就倒头去睡了，奇怪的是，这夜，却一点春梦也没有做。

吻
別
前
夫

第十四章　浮萍之情

36

元旦过后，朱华似乎真的开始筹办要结婚的事了。拉着甘晓鞏陪她看婚纱，就看了好几次。甘晓鞏从朱华的口中，断断续续地知道了卢家仪和小黄的事，心里有个想法，也在渐渐明晰。

朱华说，她对卢家仪和小黄的事情一点也不看好。小黄也不是离过两次婚，而是离过三次婚。她性格有点问题，感情一不顺，就要闹自杀。而且完全不信任人，总觉得所有人都在贪图她家钱财。

"外表看很温柔呀，哪里会这样。"甘晓鞏不敢相信。

"是呀，这一家人，也是问题重重。儿子从小送到国外去读书，母亲去陪儿子的，女儿在国内，父亲又忙着顾不上，一直是和姑姑长大。她情绪很不稳定，我有时怀疑她有神经病。"

朱华说这些话时，完全的心不在焉，还在身上比画衣服，甘晓鞏却大为吃惊："你是说精神病呀，太夸张了吧？"

"一点也不，她情绪变化快着哪。反正我和斯明都是避而远之。"

"为什么以前不送她去国外读书呢？"

"她去过，待不了，非要回国。不晓得为什么，后来就读大学，也是很一般的学校，毕业后就结婚，每次婚姻都闹得不可开交。听说她要和卢家仪订合同，分手后卢家仪一分钱也拿不到。"

"她对我说，她肯为卢家仪花钱，可是卢家仪不愿意接受。"

"哼，谁愿意啊。先要订那样的合同，本来就是不尊重人，那家人！"

甘晓鞏听话里有话，忍不住八卦，问道："那你呢，你和黄斯明结婚，订什么财产的合同吗？"

"订啊。"朱华放下手里的婚纱，"我自己有好几百万元，我是要跟他分清楚的。虽然这点钱，他可能不在乎，但它是我的身家性命。以后婚姻出了问题，我至少还有这笔钱可以用。"

"那他有没有跟你订什么合同呀。"

朱华咬咬牙终于肯说实话："一样订呀。所以我说那家人，真是有毛病。但我是女人，斯明也说，虽然合同是家规，但只要我生了孩子，就一样能享受待遇。不是看在他的份儿上，我才不要和他结这个婚呢。所以，这么想想，还真是同情卢家仪，他真没有必要委屈自己。"

甘晓鞶心想，原来人人都有一本难念的经。朱华的幸福，不也含有痛苦？

那么有钱的人，都会事事防一手，进入自己家门的女婿、媳妇，都不肯相信，这世道，还有什么好相信的？何况她本身就是个穷人，真遇到风吹草动，那还得了？

甘晓鞶渐渐明晰起来的念头，是什么呢？原来她也要弄张法律文书出来。

结婚后买的房子，就是那个现在租出的大房子，房产证上写的是卢家仪的名字。虽然离婚时，他们有协议，房子给了甘晓鞶，但毕竟没有经过法律确认呀。甘晓鞶想，不行，她得找个律师，将房子正式地转到自己或儿子的名下。否则，万一哪一天，卢家仪结婚了，要公证他自己的财产时，那房子又变成了他的，怎么办呢。

她可不能这么傻。

问了朱华，朱华立刻也撺掇她赶紧去办："即便他不是跟小黄结婚，那也得办，可能更得办。老流氓还丰姿绰约的，上赶着追的女人肯定不在少。这婚说不定说结就结了，别到时候弄得你有苦难言。"

于是，再一次地，甘晓鞶主动联系卢家仪。

这是他们那次在写字楼下争吵之后的第一次见面，这中间儿子去见卢家仪，卢家仪都不肯跟她照面的。

说句老实话，甘晓鞶现在真的不愿再跟卢家仪生气了，她觉得她已经可以和卢家仪分开了。无论从精神上，还是肉体上，他都是另外一个不相干的男人了。

但卢家仪可能并不这么觉得，见面第一句，说的竟是："你和你的那个男朋友，处得怎么样啊？"

"挺好的。"甘晓鞏特有礼貌地说："谢谢关心。"

"要结婚了吗？"

见他问得有点不怀好意，甘晓鞏就说："是啊，恭喜我们吧。"

说完她就后悔了，干吗还跟他较劲啊，不是说好不在乎他了吗？又赶紧地，重新说："还交往呢，你那么操心我们结婚不结婚干吗呀？"

"现在的男人，坏着呢。怕你受骗上当，你一贯傻不啦叽的。"

哟，这话怎么说的。甘晓鞏看了卢家仪一眼。他似乎也觉得自己这话说得有点亲密了，居然脸红了一圈。甘晓鞏硬邦邦地，公事公办地说："正好，找你来说个事儿，就是向你证明一下，我其实并不傻。希望你能配合。"

说着，就将她的想法告诉了卢家仪，完了还说："我已经找律师问过了。律师也说，应该有个法律的手续，这样才更有效力。"

要说甘晓鞏这事做得没错，但她时间选错了。换了刚离婚那阵，卢家仪肯定能特主动地陪着她去将这事办了，可现在，卢家仪心烦着哪。一方面小黄逼着他结婚，一方面又跟他签订什么一分钱都不要的协议。他一个三十多岁的大男人，离一场婚，结果一分钱都没有落下，虽然找了个有钱的女朋友，但脑子有问题不说，还不让占半点便宜！

他太亏太憋屈了，为这事跟小黄说过好几次分手了。那家伙，闹得死去活来的。卢家仪好疲惫，心情万分沮丧，已经开始后悔离婚这事了。现在最听不得的，就是协议、合同之类的词。

甘晓鞏话一出口，他就火了，心里那个气啊，简直没法形容："你是不相信我还是怎么的？"

甘晓鞏哪里晓得卢家仪的心思，她只是奇怪，他怎么会一听这话，立刻就生气呢。这和不相信他有什么关系？只是补全一个离婚手续当时的漏洞罢了。

"需要一个法律上的东西，才能将我们当时财产分割的事确定下来。"

卢家仪说："房子都给你了，而且你都出租出去了，还要确定什么？"

甘晓鞏以为卢家仪没弄明白，耐心又解释一遍，说，这就是法律上的一个手续，等于在你给我的基础上，你再按个手印。

卢家仪不干。他就不按这个手印。他心里有点慌，小黄嚷着结婚，就是一个法律协议，都让他不想干了。何况离婚！这协议一签，他和甘晓翚这娘俩，真的就成茫茫人海中的陌生人了？

只要想想那套房子，想想家具怎么摆放的位置，他心里就还会有一点踏实的感觉。那也曾是一个家呀，他在里面生活了那么多年，装修时付出了那么多的精力和时间，协议一签，是不是就彻底没戏了？

他恨死签协议这样的事情了。为什么女人都会来这一套？

不签！他直通通地告诉甘晓翚："你别拿这种破事来整我，想弄个恩断义绝是不是？我哪点对不起腾腾了？到现在我还是在他身上花大把的钱，我自己都舍不得买东西。我对他，对你，都还算讲义气吧？你不舒服，儿子给我打电话，你家里水管坏了，是我去修。可你呢，为什么要做这么绝，非要请律师来做个了断，你还有点良心没有啊甘晓翚？我真是看错你了。一直觉得你贤惠，你软弱，还一直担心你会在外面受人欺负。可你看看你做的这事，你脑子是怎么想的啊你。"

甘晓翚被卢家仪的一段控诉，彻底给闹傻眼了。

"我怎么了我，值得你这么愤恨。我不就是想把事情整利索点吗，反正也不能总拖着吧？总有一天得过法律这一关的呀。"

卢家仪才不听哪："你少拿法律来吓唬我，真要说法律，那我们再打一次官司好了。你知道不知道我现在是身无分文啊，既无房子也无存款，混到这个年龄了，突然一夜回到了刚毕业。这样的感觉你替我想过没有？都说一夜夫妻百日恩，你怎么一点同情心也没有呢？"

是眼泪吗？甘晓翚好像在卢家仪的眼睛里，发现了泪光。这真要命啊，怎么会！卢家仪那么牛的人！

她不忍心了，突然觉得她可能是替卢家仪想得少了。她拉住他，放缓了语气，重新劝他坐下来。最近跟哈桐书的交往，让她觉得自己和男人打交道的本事有了一定的增长，她索性跟卢家仪也谈谈心，问问他的现状到底是怎么回事。

他不还是腾腾的爹吗？

"坐下吧坐下吧，喝点茶，那个你刚才都问我和男朋友的事了，我也可以问问你和小黄的事情不？她后来来找过我，我们一起吃了顿饭。她好像挺在乎你的，最可笑的是，居然要跟我取经呢，问我怎么才能讨好你。"

甘晓鼙的软话，让卢家仪舒服了一些。他长叹口气，说："你说说，你觉得她人咋样？"

甘晓鼙说："还行吧，看着挺漂亮的。"

"我是说你觉得她那个人怎样，可靠吗？"

甘晓鼙说："可靠不可靠，不得你自己感觉啊。我哪里知道她可靠不。只是问出了两个资料，一、你们在我们离婚前就勾搭上了。二、她家里很有钱。她也很希望你能去他家的公司里赚钱。"

卢家仪说："是啊，但我一直犹豫着呢。总觉得她对我也很好，也挺巴结着我的，可就是找不到家人的感觉。真他妈的烦人。"

"没成家呢，怎么能有家人的感觉呀？"

"问题就出在这里。"卢家仪长叹一声，"越处，我越觉得她心眼太小。想事情太偏执。你想你以前那么唠叨我，我都受不了。现在她不仅比你唠叨多了，还死拧，我觉得我不想结婚了。"

甘晓鼙想，自己多可笑啊，怎么跟卢家仪坐在这里说这样的事情呢。她说："朱华要做小黄的嫂子了，你知道吗？她也跟我说了一些你们的事情。"

"她怎么说？"

甘晓鼙才不要翻舌呢，要是朱华知道甘晓鼙对卢家仪说她不看好他们的事，还说小黄精神有问题的话，她非跟甘晓鼙翻脸不可。甘晓鼙就事论事，扯到了小黄要跟卢家仪订的那个合同上。说自己还是受此启发，才想到也该做一个法律了断的。

卢家仪哭笑不得，说："我就是因为这，才生气的。你们女人怎么总是一个德行，总觉得别人要算计你们。那男人呢，碰到这么会算的女人，不是早被算计一千遍一万遍了？"

不干，谈崩了。卢家仪一甩袖子，坚决不干。

37

甘晓犟在等婚介所这段消息中间，又跟哈桐书约会了两次。

一次是两人去看电影，哈桐书蛮认真地先买好了票，而不是去电影院后再买。甘晓犟从这点分析，觉得他平时可能很少进电影院，先买票，这也是年轻时约会女生留下来的痕迹。她问了他，果然是。哈桐书有些吃惊地看着她，说你还真有心。

听不出是夸呢还是调侃。

电影是个新进的美国片。前几年带儿子看《哈利·波特》时来过，从那以后，甘晓犟也好久没有进过电影院了。观众大多是谈恋爱，或是成群结队的小年轻。电影开始还有一段空闲时间，哈桐书两手插在裤兜里，仰头看电影海报。甘晓犟知道，他也觉得尴尬呢。她就主动不往他跟前凑，否则让年轻人看见两个中年人一起看电影，会怎么想。

真是，什么年龄，就得做什么年龄的事情。一旦错过了年龄，再做，就会给人怪异之感。看完电影出来，哈桐书主动将胳膊伸给甘晓犟，让她挽着他。又走到街边摊，要了几串烧烤，借着夜幕，两人都没有了刚才的尴尬，甘晓犟心情挺好，或者是表现得心情挺好。

他们一起散了会儿步，哈桐书突然站住，问她："接下来你有什么想法吗？"

甘晓犟以为约会又结束了，他该送她回家了吧？她有点无所谓，爱怎么怎么的吧，今天不是很有性欲，于是她就特别大度："我随你。"

哈桐书的脑子，一定在琢磨什么，终于他说："想不想去我家里看看？"

哈桐书这样的人，甘晓犟知道，他说出这样的话来，也是费了很大力气的。他才不愿意因为带某个女人去过自己家里，以后就得忍受那个女人随时会来。或者像卢家仪那样，傻里吧唧地给小黄钥匙。甘晓犟看穿他的心思，轻描淡写主动说："哦，那就参观一下吧。我还没有去过单身男人的住地呢。"

她的意思，就是参观。哈桐书是多么聪明的人哪，当然心领神会，并且觉得甘晓鞏真知趣。

哈桐书住的地方很僻静，离市区有点远。和甘晓鞏以前买的那套房子相似，只是一个东头一个西头。他自己住那么一大套房子，也显得有些奢侈了。但甘晓鞏还是能感觉得到，他是专门打扫过的，这么说看电影前，他已经有了带她回来的打算。

三房两厅，书房非常大，很气派。厨房嘛，也不错，至少调料还算齐全，说明他自己会做饭。哈桐书带着她参观了一圈后，坐在了客厅的大沙发上。他的胳膊环着她的肩膀，甘晓鞏觉得，他在家里，是比在外面轻松很多。

窗帘没有拉上，房间窗户外面，是路灯光照在灌木丛上。甘晓鞏每次约会，都会有一种既不真实，又很兴奋的感觉。直到哈桐书叫她去洗澡，指给她看洗浴用品后退了出去，她才长长地出了一口气，望着镜子里的自己，心想，我这是在哪里呢？

墙上的小柜里，有一两瓶女人用的护肤品，她打开来闻了闻，又放下了。她在想，既然之前哈桐书已经整理过房间了，难道他会没有想到她可能会看见这样的东西？

如果不是他的粗心，那么就是他的有意。他就是要她知道，他的生活里，从前，现在，或未来，都还可能会有别的女人。

甘晓鞏的心情难以言表，她才不会傻到冲出门去，问他为什么这里会有女人的东西呢。他不是一直在告诉她这个信号吗，她如果问他，那只能是自取其辱。

算了，好好享受好了。管那么多干什么！

但她洗完澡，还是很小心地将浴缸里的头发捡了出来。哈桐书拧亮了一盏很有情调的床灯，床也铺好了。他还细心地拿了一本画报出来，让甘晓鞏翻翻。然后才进了洗澡间。

甘晓鞏穿了哈桐书的大衬衣，左右张望，悄悄跳下床，又来开他的柜子看了看。没有女人的花睡衣，也没有奇装异服。听见关水的声音，她连忙跑上床，装模作样地，看起了画报。

　　那天半夜，甘晓罼突然坐起来。

　　她做了一个噩梦，被人追堵在茫茫雪山里。她又怕又冷又恐惧，惊醒后，她很快意识到自己睡在哪里。哈桐书背靠着她，被子卷得紧紧的，身子也蜷缩着，她想什么人说过，睡姿是很容易看出一个人的内心的。她就想，原来他比起她来，是个更紧张的人啊。

　　虽然心有余悸，但她是不敢强迫哈桐书起来安抚她的。他欣赏她的，不就是她的懂事，她的知趣吗？他是那种将女人的知趣，看得比痴情更重要的男人。可能是因为年龄大了吧。自己没有能力付出了，也就不想再得到更多的了。

　　半夜三更，甘晓罼愣愣地坐在床上，心里想的，却是儿子。她有点心酸，还觉得自己是在流浪街头，过着迫不得已的悲惨日子。她又想到了卢家仪，不知道他有没有过和自己此刻一样的荒凉心境呢？

　　寻欢过后，会是更大的荒凉，这次甘晓罼深刻地体会到了。

38

　　还有一次，是去泡温泉，连周末带请假，在外面住了三天。山区里大寒，但温泉池却热气腾腾。一同去的还有好几个哈桐书的朋友，都是大男人。哈桐书并没有特意介绍甘晓罼是他的女友，但他们住在一起，他们应该是心知肚明的。

　　去之前，甘晓罼的内心世界，很是挣扎了一番。她并不愿意这么没名没份地跟一个男人住在一起，尤其不愿意被哈桐书的那些朋友看做是一场浮萍之情。她敏锐地感觉到，哈桐书的这些朋友，是习惯了见到他身边有过各种不同女人的。她不满意自己的处境，很不满意，可是另一方面，她又强迫自己想明白，她和哈桐书，不是早已各自讲清楚了吗？既然关系没有确定，那么她也不是他的唯一，她得让他的朋友们也意识到，她甘晓罼也是可以游刃有余的。

带着这样的想法，她和哈桐书的表现，就变得像哥们儿，而不是情侣。除了一起睡觉，吃饭、散步甚至穿了三点式泡温泉的时候，她都不和哈桐书挨在一起，而是和其他几个男人随便挨着。她变得有点健谈，还发出特有的银铃般的笑声，余音袅袅，不绝于耳。温泉酒店的服务员都很纳闷，不知道这个女人究竟是谁的女朋友。

那几个大老爷们，对她这么开放，这么亲善，都是很满意的。他们才不想见到哈桐书身边围着一个唧唧歪歪的女人哪，吃饭喝汤都要看她的眼色。这个年龄了，他们也未必能接受得了哈桐书像小伙子似的，处处巴结着女朋友。甘晓鞏随遇而安，跟谁都有说有笑，并不拿自己当哈桐书专用品的精神，令他们非常感动。

大清早起来，甘晓鞏一个人早早就去爬山了。

等他们九十点钟坐在餐桌前时，甘晓鞏已经脸色红扑扑地冒着一头汗回来了。她跟一桌男人轻松地打招呼，眼神并不刻意停在哈桐书脸上。她甚至还会弯下腰，看看××碗里粥有什么辅料，然后拿起筷子，在另一个人的咸菜碟里夹口咸菜吃。哎，她就是要让人家闻闻她清新的汗味。

为什么会做得这么自然性感，这么讨人喜欢，甘晓鞏自己也是奇怪。无师自通啊，或是与生俱来呀，她从不知道自己会有这样的本事，虽然是跟哈桐书一起来的，但她是将哈桐书当作了一个观众。她在表演自己魅力的同时，她也知道，哈桐书一定会为她倾倒的。真的，哈桐书的确是太惊喜了。他怎么也没有想到，甘晓鞏能表现得如此自然大方。他甚至产生了忌妒，对她并不刻意纠缠他而有了些许的不满。

而这之前，他最怕的，不就是女人的纠缠吗？不仅怕女人纠缠，甚至怕任何一个女人宣布从此是他的人了。他看到固定的男女关系，就像看到了世界末日一样。

可是，甘晓鞏也太有点让人吃惊了。她虽然跟他睡在一起，却完全不拿他当回事儿。难道他不够生猛吗，难道他没有征服她的心吗？

男人也是有虚荣心的呀。

他并不知道，这是甘晓鞏做了多大的思想斗争和内心挣扎，才拿出的方案啊。

甘晓鼙显然是做对了，她立刻就尝到了甜头。而且，她突然就明白了男女之间是怎么回事情了：非得放得开，才能撒得欢。

看来当个离婚女人，没什么不好的。她想，换了以前，她就是想这么做，也不敢呀。现在好了，既然哈桐书不愿谈婚论嫁，要相对自由，那么对她何尝不也是一种解脱？

在温泉度假村的最后一夜，哈桐书决定跟甘晓鼙单独活动，不让她再去朋友们中间招摇了。他要给甘晓鼙一个惊喜，说了半天，原来是要和甘晓鼙洗鸳鸯浴。

一直住在一起，难道没有一起洗过澡吗？

事情不是这样，能洗鸳鸯浴的房间，是要特殊订的，水呢就是温泉里的水。房间和他们这几天住的普通客房不一样，是在后面的别墅区。有玻璃门的大阳台，浴池就在大阳台里，温泉水一开，冒着热气，呼啦啦的，浪漫着哪。旁边能放红酒，能放蜡烛，阳台对面当然没有人看，是山林了，即便有人看也是山野草民，看了最好，让他们馋馋。

这样的房子自然是很贵的，哈桐书说，不是不可以一开始就住这样的房子。但是跟好几个朋友一起来，我们单独这样做，不人道。另外，又不是结婚，住这么豪华，其实也没有什么必要。

他这样说着，甘晓鼙只是笑，并不说什么。她想，哈桐书肯为她这么破费，看来她这两天的表现，还是很见成效的。这段时间，她可是看过不少相关的书呢，知道男人约会，将酒和酒店的档次还肯提高，意味着你在他心目中的分量在加重。

她悄悄掰着指头算。第一次约会，他们是去了学校旁边的简易茶馆，酒店嘛，也很一般。第二次虽然没有去酒店，但去的是韩国馆子呀，还有红酒哪。第三次看电影，之后是去了哈桐书的住处。不错，蛮好，他用心收拾过了，最起码，很干净，还专门买了冰激凌。这一次，直到今天，应该是比较高规格的待遇了吧。

前两天在酒店的温泉泡，都是穿着游泳衣，而且是好多人在一起，还有老头老太太哪，基本属于座谈会形式的，但今天进了房间，哈桐书点上了蜡烛，就要求两人天体浴。

否则，到这里来泡什么温泉啊。

甘晓鼙会矫情吗，才没有呢。她乐意着哪。她比哈桐书还要快地就跳进了池子，到哈桐书下来，抱着她时，两个人突然都没话了。

能听见对面山上树木在风中摇动的呼啦声，还有就是温泉水发出的细小的汩汩声。哈桐书的手指在甘晓鼙的乳房处画着圈子，不时地，细腻地亲亲她的脖颈和背部。

甘晓鼙很是享受，她想，这样的浪漫和亲吻，结了婚是肯定不再有的。她突然意识到哈桐书其实可能根本就不是一个适合结婚的男人。如果让他结婚，对他也是一种不公。他的风趣才华热爱自由的特质，或是对女人的温情和手段，一结婚，就全得作废掉。

这是多么可惜的事啊。

是的，世界上一定有两种人，一种人适合结婚，或者是愿意结婚。一种人并不适合结婚，或根本就不愿意结婚。

哈桐书是后一种。

那么她呢，她应该是第一种人。她得结婚，她也愿意结婚，即便付出柴米油盐、三姑六婆的代价，她还是愿意结婚。因为结了婚，她才心里踏实。

她再觉得哈桐书合适，也得离开他。否则，她跟他时间越长，她就越得不到她想要的生活。她得去找和她一样的男人，那种愿意结婚的男人。

想到这些时，正好哈桐书的手，游走到了她的胳膊上，突然地，那里就冒起了鸡皮疙瘩。哈桐书看见了，自作聪明地，低下头亲了亲，说："忍不住了，是不是？"

吻别前夫

第十五章　过年

39

过了元旦，春节就快要到了。节日，对单身的人来说，无疑是一种折磨。哈桐书要回陕西父母家过年，早早就提前结束了工作。给甘晓輋买了不少东西，然后，就跟她告别了。

甘晓輋呢，肯定是带儿子回父母家的。今年她哥带着嫂子去山东的岳父岳母家了。家里就剩下了老两口。她母亲随后见过她好几次，唠叨的话无一例外，都是快点结婚，快点结婚。因为老两口大概也知道甘晓輋在跟人约会，所以他们迫不及待地，就是特别想看到她领个男人回家来。

甘晓輋心想，我倒是也想快点结婚呢，可跟谁结去呀。

春节前能忙的事还真不少，工作上的，朋友的，还有朱华的。朱华突然提她做了副总，她不再做版面了，而是开始东奔西跑见客户。连朱华都想不到，甘晓輋竟然可以那么八面玲珑，头头是道。

甘晓輋心想，这点本事，不都是离婚后学的吗？

人哪，非得在斗争中成长不可。跟卢家仪斗，跟哈桐书斗，斗呀斗的，就斗出智慧和经验来了。

一个离婚女人，泼辣必得是生活要领。经过了离婚和接踵而来的生存危机，还有什么样的人事她会害怕呢？敌进我退，敌疲我打，那还不是小菜一碟？广告部里也有个别的小年轻不服气，但放眼望去，能做到甘晓輋这样，既能写又能说的，还会谈笑风生挥洒自如的，还真没有。最重要的一点是，甘晓輋还有一个特殊才艺，她不是还很能喝吗？

正是人们说的四两五两，不在话下。又是一个女同志，又是一个年轻少妇，而且这几个月来，风情指数明显飙升，猛地一看，哪里是离婚妇女，分明是好事将近的得意者嘛！

甘晓輋一口气忙到了腊月二十九，朱华和黄斯明坐飞机去泰国了。头儿一走，大家也就都松散了下来。甘晓輋赶去超市买年货，正忙着，突然收到一条短信，是卢家仪发来的。寥寥几个字："你在哪里过年？"

甘晓罄回："去姥姥家。你呢？怎么没跟黄斯明他们去泰国？"

"年货都买了吗？"

甘晓罄说正在超市买。

没回话了，半小时不到，就有人在她后面拍肩膀。回头一看，正是卢家仪，甘晓罄大吃一惊。他可真有本事的，这么人山人海的人堆里，他居然也能找到她。是碰巧碰到的吧，甘晓罄问："你也在这儿买年货？"

说着，就往他身后找小黄。卢家仪没好声气地说："我是专门来找你的。"

甘晓罄将一罐炼乳扔进推车里，说："你找我干吗？"

"我想问问你，想不想带着儿子，去海南？"

甘晓罄瞟了卢家仪一眼："你没神经吧？谁带儿子去海南，你带去？"

"你也去。"

"我不去。"甘晓罄说，"带我去给你们一大家子洗衣服？小黄会不同意的。"

她可真幽默，说着自己就笑了出来。卢家仪有点尴尬，他可不习惯甘晓罄这么玩世不恭，也不明白她怎么还有心情拿他和小黄开玩笑。这个女人，怎么说变就变呢，现在真的一点也不在乎他了？

人挤人的，他也不想再啰唆什么了，只是重重地叹了口气。

别看甘晓罄东张西望，手脚不停，其实她也在偷偷观察卢家仪呢。

那声重重的叹息，一点没落，全落进了她的耳朵里。她肚子里全是意味深长的冷笑，可是并不接话。现在的她，再也不是几个月前的她了，现在的她，有耐心着哪。

卢家仪却什么也不说，只是推着车，跟着她转。出了商场门，他又问："你男朋友呢？怎么不一起过年啊？"

甘晓罄说："他回老家了。他只是朋友，谈不上男朋友。"

"朋友？"卢家仪笑笑，"我可在大街上看见过你们俩亲热来着。"

"那又怎样，你不是还住在小黄那里了吗？怎么，也没人一起过年了？"

"没有了。"卢家仪老实回答："我决定跟你们一起过年。"

"哦，你决定？"甘晓鼙听着可笑，懒得再多问他和小黄的事。提了塑料袋，就准备去搭公交车。卢家仪却拉住她，说："你新衣服买了没？还有儿子的？"

甘晓鼙这才想起来，给腾腾的衣服还没有买呢。卢家仪看出来，于是拉住她，非要一起走，说儿子的衣服，他来买，她来挑。

两个人，就这么着，完全一副两口子的嘴脸，就去了百货商场。到处都是人，甘晓鼙头昏脑涨的。可就这样，一口气也逛了两个多小时，除了儿子的衣服，卢家仪还给甘晓鼙买了一件风衣。

卢家仪如此高调行事，甘晓鼙心里当然会揣测。她能想到的无非是两点：

一、卢家仪和小黄吵架了，为了气小黄，毅然决定回到前妻处过年。

二、卢家仪有心软化她，勾引她，以达到房子再次归他的目的。

说小人之心也好，说防人之心也好，甘晓鼙找不到更好的理由来解释。只好什么也不多说，冷眼看卢家仪献殷勤。

即便卢家仪想吃回头草，她也不相信那是因为他爱她。不过也是因为算计一番后，觉得划不着而已。

为什么会这么冷酷？这么现实？因为这就是他妈的生活啊，甘晓鼙想。

这一天，自是平安无事。儿子腾腾因为早早去了姥姥家，到了年三十，甘晓鼙起床后，匆匆收拾了房间，将该洗的东西洗出来挂好，就提了年货和儿子的新衣服，去了父母家。

来开门的，竟然是穿了一身新、胡子刮得干干净净的卢家仪。脸上的笑容，比所有人都灿烂。连腾腾见她进来，都有些心惊胆战，生怕她见到卢家仪会发飙。甘晓鼙虽然有些意外，但看了看父母的脸，看不出有什么不快来。仿佛在说，全家都到齐了，就等你了。

年饭是母亲准备的，甘晓鼙的妈妈，今天少有的沉默，几乎一句话也不说，就在厨房忙碌着。倒是她父亲，坐在客厅里和卢家仪有一句没一句地说话，说的全是国家大事。

甘晓鬟心想，老头老太太看来是希望他们复合的。

可惜，她没有一点这样的想法。即便这辈子不结婚了，她也不会和卢家仪在一起了。她忘不了他对她的鄙视轻慢和迫不及待想离开的表情。

进厨房帮母亲时，老太太终于忍不住了，问她："这小子什么意思？不是你叫来的？"

"不是我。"甘晓鬟说："这是你家，你将他轰出去得了。"

"我可做不出。"老太太势利地说，"他拿了好多吃的喝的，而且一进门，就给我和你爸一人一个大红包呢。"

"我给你双倍成不，你让他走吧。"

"他是来找我的吗？我让他走？"老太太精着呢，才不肯做大恶人，"要赶你去赶，这是你的家事，和我有什么关系啊。"

甘晓鬟气鼓鼓的，觉得母亲不理解她。难道她还以为自己真不敢轰卢家仪走啊？难道她还以为是自己想和这小子复合怎么的？看看客厅，父亲和卢家仪讲话酸酸的样子，终于按捺不住，大步走了出来："卢家仪，你怎么不去你家过三十呀，你不回去你父母也不说你啊？"

甘晓鬟直通通的质问，不仅让她父母和腾腾大吃一惊，卢家仪也惊得跳了起来。

他可没想到甘晓鬟会主动赶他走。他想他表达出的意思，已经是很明显了。他可是带着满满的善意扑面而来的呀，他买了年货，给老人送了红包，他还给儿子买了衣服，还给甘晓鬟买了衣服。你要是不想见到我，那你昨天试衣服时，咋不轰我走呢？

这女人是疯了吧。见过不知好歹的，还真没见过这么不知好歹的。卢家仪当然生气了，离婚这几个月——不，就在离婚前，他也不是没有女人追求的。比其年轻貌美者有之，比其多金多势者有之，可他不远万里、不辞辛劳地来到甘晓鬟家过年，是为什么？

还不是念着那点旧情，念着宝贝儿子吗？是的，不错，他们曾有过幸福的恋爱时光，也有过很不幸的敌视年头，还有过突然解脱后狂喜和失落一样多的离婚岁月。这些东西，他不是一直都在慢慢咀嚼，慢慢沉淀，也在慢慢思考吗？今天，他觉得自己迈出了离婚后很重要的一步。他并不是为了和甘晓翚复合而来，他是想让自己这段时间混乱的心绪，能有点缓解。

离婚，虽然最开始是他提出来的，而且刚离后，他真的感到很是痛快。但这样的痛快持续的时间并不长，他很快就从痛快过渡到了痛苦。

痛快，痛苦，这两个词，就像一列往返列车，从痛快站出发的，就得到达痛苦站。从痛苦站出发的，再来时就到了痛快站。

现在的甘晓翚，就是痛快号列车的列车长。她已经过了痛苦那个阶段了，对卢家仪的痛苦，就感到很有些幸灾乐祸。谁叫你先甜后苦的？

虽然是卢家仪先提出的离婚，但他和甘晓翚感受的一些东西，是完全相同的。那就是他找不到原来的自己了。

和甘晓翚整天吵吵嚷嚷的时候，他是知道自己是谁的。和小黄在一起，和其他女人在一起时，虽然也有高兴的时候，可是大部分时间，他神思恍惚，并不大清楚自己是谁。

他曾问过一个也是离过婚的朋友，问他即使是男人主动想离的，是不是也会不快乐？

那个朋友很认真地说："离婚，无论对谁，都是一种痛苦的经历。"

"那么怎样才可以忘记痛苦，解脱出来呢？"

"没有解脱的办法。"朋友说，"除非你变成另一个人。"

卢家仪想，真的，人们说的摆脱痛苦，就是一种错觉。唯一的办法，可能就是让自己变成另一个自己。

他以前是个直来直往的人，从来不会为什么事情睡不着觉。可现在，他经常失眠。以前他从不会对生活上的细节而操心，现在他常觉得自己的裤子拉链没有拉，一天要看几十次。以前他高兴不高兴，都会说两句粗话，可现在，他被小黄或甘晓翚的协议气得心脏都疼，可是只有暗自哆嗦的份儿。

最主要的是，离婚后，他对升职的热情没有了。已经有人发现了他这个转变，也许不少人在偷着乐吧。

他变了，他真的变了好多。他变得容易胆小、伤感，不愿意和同事交往。这样的变化，他是不喜欢的。他需要改变，想变回从前的那个自己。所以，他才来找甘晓鞏的！

就是这么简单，她甘晓鞏，为什么不能跟他好好谈一谈呢？难道她没有改变吗？

不，他觉得她也变了。比起他来，她和以前的她，更为不同。是从外貌体型、言谈举止上的根本改变，她比以前好看了。

现在的她，和以前的她，哪个是真实的她呢？

他可太想问问她了。

甘晓鞏却不想给他这个机会。

她一把将卢家仪挂在门口衣服架子上的大衣拿了出来，递到卢家仪的手上："你回你家去吧，别说你父母不乐意，就是我们也觉得奇怪呀，这算怎么回事呢。"

一直在厨房忙的甘晓鞏母亲此时冲了出来，这可不是她愿意看到的局面。刚才做着饭，她脑子一直还想着晚上或明天给麻友们拜年时的说辞呢："女儿带着外孙来了，前女婿也来了。哎，谁知道呀，现在的年轻人，吵吵闹闹还不是家常便饭？哪里能说分开就分开呢？可能女婿是想复合吧，还给我们老两口送了红包呢。"

对了，红包，甘晓鞏不能这样赶人家走。难道还要将红包还给卢家仪不可？不要，好几千块钱哪！老太太见钱眼开，决定拼了老命也要留住卢家仪。不就是吃顿饭吗，那又怎么了？要吵回去再吵得了。

一把就将衣服从卢家仪手里抢了下来，紧紧抱在怀里不松手。对甘晓鞏说："你怎么这样呢，不替别人想，也得替腾腾想啊！他还是孩子的爸不？"

呵，甘晓鞏心里冷笑，老太太什么时候会替别人想了？真是幼稚！她拉下了脸，阴阴地说："那好，他不走我走，行了吧？"

"都给我站住！"一直没有言语的父亲，站了起来。黑着脸，严肃得不得了。别说甘晓鞏，就是甘晓鞏的母亲，可能也从没见过好脾气的老头这么厉害过。三个人都傻了眼，一起看着老头发火："都给我好好待着！大过年的，见过谁家这么闹了？这么吵吵，明年是不想过了吗？"

甘晓鼙这才想起来，小时候父母的确是讲过这话，年三十不许斗嘴，否则来年是非不断。她早忘记了这事，谁能想到父亲居然一直记着呢？她耸了耸肩膀，讪讪然地闭上了嘴。

可注定了这事却不会简单就玩儿完。卢家仪被老两口用武力的方式留了下来，而且当着儿子的面，他感到非常失面子。他觉得吃不吃这顿饭事小，但吃饭前，他一定得让甘晓鼙知道，他在想着什么。

气鼓鼓地，他重新坐在了客厅，眼睛有一搭没一搭地看电视。他开始给甘晓鼙发短信了："首先声明，我不是来跟你吵架的。所以无论你看到我发给你的短信写了什么，都请你不要跳起来攻击我。"

甘晓鼙正难受呢，不知道该做点什么。她可不想去厨房帮母亲，至少，此刻她不想。老太太一定不会放过她，她会关了门，举着铲子对她压低声音，但用异常歇斯底里的语气骂她"猪脑"或是"死样"。

甘晓鼙离婚这事，让老太太备受打击。

出嫁甘晓鼙时，老太太曾经对卢家仪说过"要是你欺负了甘晓鼙，我化作鬼都不放过你"这样可怕的话。可是事到临头时，她突然发现，自己当年的万丈豪情，居然不知道什么时候，已经失去了。

本来那次去公园里，跟亲家、亲家母谈判，她是做好了要吵架的准备的。结果措手不及，被他们占了上风。从那以后，她对甘晓鼙最后的希望，就全放在了卢家仪身上。她可不相信女儿还能找到个什么样的男人，既能年岁合适，对闺女也好，也能让她看着顺眼，并且愿意一起吃年饭！

不，她不相信女儿命会那么好，会出现这样一个男人。女人的幸福，就是贱货，你不理它时它会好好在你身边，一旦你开始想找它了，它就躲到别人怀里去了。

老太太这么一想，就觉得甘晓鼙的未来一片渺茫。加上她在麻将桌上，遇到的全是些九斤老太，聚在一起，说的无非是世风日下的种种破事——连二十八岁的离婚女人，都只能找八十二岁的老头子！

她怕呀，她怎么不怕。万一哪天，闺女领一半大老头进来叫她妈怎么办？

她想帮女儿，就得放下身段求人。她央求她的老麻友们，替甘晓罾招呼着点，要是看见有离婚的、年龄合适的、学历相当的、赚钱说得过去的、没有家庭拖累的、身高差不多的男人，就帮着介绍一下。

她开的条件过分吗？不呀，只是比照着甘晓罾的条件开列的呀。

可是无一例外，所有的老头老太太，都会撇着嘴，用同情的眼光看着她说："这样的人，可能不大好找吧。"

怎么啦？她问。她其实心里也知道答案，可不是还不死心吗？

"别说三十多岁，四十多岁的男人，都乐意找二十多岁的女孩呢。何况晓罾还带着儿子，可能不好找。要找个过日子、结婚的，非得年岁大点不可。"

甘晓罾的妈妈每天晚上，都跟老头子发火，无论大事小事国事家事，最后的结束语都是相同的一句："干脆让那个死丫头气死我算了。"

她再也不去看甘晓罾，眼不见心不烦。孙子来看她，她是欢迎的，但说不了两句话，她就要开始追问腾腾甘晓罾的昨天、今天和明天。腾腾也拿姥姥当负担，半夜做梦时还说梦话哪："我不知道，我不知道！"

老太太有点走火入魔，尤其因为求麻友帮忙后，自尊也大受打击。过年儿子媳妇不在家，她一点心情都没有。要不是卢家仪突然来到，她哪里还有那么大的精神炸丸子呢？

对着油锅，一边伸着长长的筷子，一边支棱着耳朵，听房间里的动静。经过刚才那场风波，除了电视机的声音，安静了。其实老头是见卢家仪在用手机，也就不再说话。腾腾悄悄地坐在姥爷跟前，也一言不发。

甘晓罾靠墙站在厨房的门外，两手抄在怀里。她很是无趣，决定给朋友们发发祝贺新年的短信。

刚打开手机盖，叮咚，卢家仪的短信就到了。

嚯！真有他的，待在同一个房间呢，居然发短信。她没有回话，等他的下一条。

等来的却是朱华的，寥寥几个字，让甘晓翚不由愣了一下："我想结婚，从此做家庭主妇。"

因朱华在泰国，甘晓翚是发不过去的。她也只能看看，心想，这个世界真是奇妙，进进出出的。她刚从家里跑出来折腾，朱华却又要钻进去了。

是心血来潮吧，估计和黄斯明玩得痛快，才冒出这样的念头。甘晓翚不大相信朱华真能离开职场，她那种女人，就是为了工作才降临人世的。

一定是心血来潮，甚至连祝她春节快乐的话都没有说一句。

卢家仪的第二条短信来了："我不是要来求你怎样的，也不是要跟你复合。我来这里的目的很简单，一是为孩子弥补这段时间的缺憾，希望他能为全家人一起过年而高兴；二来，我也是想将我们的关系，处理得更自然更和谐一些。"

"哗，和谐一词用到这里来了。"甘晓翚撇嘴，继续看，"我最近想了很多，觉得自己很是惶惑，心里不安定。身边女人越多，就越是觉得没法安宁下来。所以很想借着这个机会，跟你一起理一理思绪。也想问问你，离婚后有没有类似的情绪出现。"

甘晓翚越看眼睛瞪得越大，不会吧，他想跟她交流心理问题？一对离婚夫妻，竟然要谈心了？

她扭过头去，不由看了一眼卢家仪。没得神经病吧，这人！

卢家仪还在埋头按键，时而蹙眉，仿佛还在字斟句酌。甘晓翚二话不说，回了一条："只要你不是来要房子的就行，另外，我不想跟你谈心。"

可真够狠的。

她怎么就这么恶毒、这么冷酷了呢？难怪古人会说"最毒不过妇人心"呢。她自己都觉得自己过分，可是又能怎样？跟一个没心没肺、欺负过她的前夫，还有什么好说的？

看出来了吧，这个时刻，甘晓翚不愧是她妈的女儿。

再回头看卢家仪，果真傻眼了，咬牙切齿的样子，还抬起头来恨了她一眼。

甘晓翚两腿抖着，一副天不怕地不怕的样子。叮咚，又响了。竟再一次地，又是朱华："要是广告部交给你来承包，你能干得下来吗？"

甘晓鞏再次瞪大了眼，朱华是在说什么哟，是真的还是假的呀？承包广告部，可不是等闲之事，虽然赚头也大，但任务完成完不成，经济景气不景气，每年给报社的大笔经费，可是一分钱都不能少的呀。

她正在琢磨，卢家仪的第三条短信又到了："你做人太嚣张了，甘晓鞏。我以为经过这一次，你会沉淀下来，仔细想一想事情，总结总结人生呢。你怎么又回到从前飞扬跋扈的样子了？我是不是看错你了？"

甘晓鞏最见不得的就是这样说她的话。之前朱华说她，就让她备受打击。这段时间，她一直觉得自己性格已经发生了很大的改变，她不会再斤斤计较，强人所难了。难道她对卢家仪不是这样做的吗？她甚至去跟小黄吃饭，听她讲怎么讨好卢家仪。不管怎么的，她总要有原则需要遵守吧，对一个前夫，说声不字，就要被这样菲薄？

她叫卢家仪："喂，你出来一下。"

她不想跟他这么再发短信了，说半天累不累啊。她叫他跟她去阳台。老父亲和腾腾立刻投来狐疑的目光，甘晓鞏冲他们一笑："没事！"

卢家仪二话没说，就跟着她一起到了阳台。

甘晓鞏小心地将门关紧。外面有点冷，两个人都穿着毛衣，甘晓鞏就说："长话短说吧，你想要谈什么？难道我不能说出我自己的心声吗，难道拒绝了你的想法，就意味着飞扬跋扈吗？你要想明白，我对你已经没有责任，也没有听你说话的义务了。今天你能留下来，就足以证明我并不是飞扬跋扈。"

虽然她的话很严厉，但口气蛮温柔。一来她不想让隔着一道玻璃门将他们看得一清二楚的老父亲和儿子担心；二来她也想用这样的口气证明给卢家仪看，她并不是一个不讲道理、嚣张恣意的女人。

卢家仪却不肯配合她，急赤白脸地说："你凭什么拒绝我？我好歹是你家的客人吧？你不仅跋扈，连点礼貌都不懂。就算我们已经没有了夫妻关系，好歹也是旧友吧，你对任何一个旧友会这样吗？抄起大衣就要往外赶。我告诉你甘晓鞏，我来这里不是要来纠缠你的，也绝对不是因为想跟你复婚的，你就快别自作多情了，拿出点平常心来最好！"

"要我平常心？"甘晓鞏新仇旧恨，突然涌上心头，卢家仪居然教育她要有平常心了。"你有平常心吗？离婚那天连一块五的公交车钱都不给我出，你还记得你那颗伟大的平常心不？"

卢家仪一愣，他也想起来了。他被击中软肋了。那天他确实是做过了头，但当时不正是离婚进行时吗？不是憋着一股浓浓的心头火吗？再说了，有谁见过在去离婚的路上，彼此还相互帮忙的男女？

"别跟我扯那么远的事，我们就事论事，就说今天。要是你不想谈，没关系，我吃了饭，就走。我父母家是晚上团圆，你可能已经忘记了。我就是为了跟你们母子见一面，才特意上午赶到你们这里的。为什么想跟你谈谈，目的也很简单，我们俩曾是一个联合体，内心破碎的那一块，只能回到彼此这里才能找到。也许我是犯傻，瞧你红光满面的，肯定根本就不想再谈这事了。行，你只当我没说，另外记住，我不是来求你复合的。"

卢家仪一口一个不肯跟她复合，让甘晓鞏的心里又冒起了酸水。她不爱听这话，觉得卢家仪实在可恨。她利索地回应："好马不吃回头草，就是你求着跟我复合，我也不会答应的。不经过离婚，怎能见彩虹"——脱缰野马似的，这话就脱口而出——"我算是看透你了。而且，我告诉你卢家仪，今年五一之前，我一定会再婚，那个人，绝对不会比你更差。到时候我请你吃喜酒，你有本事别不来！"

卢家仪那是吃素的人吗？尽管牙根咬得要断，他还是勇敢接受挑战："好，我会送你幸福牌红包。不过，你自己要注意，别影响儿子的情绪！"

两人的谈话，已到收尾。卢家仪转身望着窗外，一副话不投机半句多的样子。甘晓鞏拉开玻璃门，进了客厅。没想到腾腾站在不远处，正看着他们呢。

走过儿子身边时，腾腾伸手拉了一下她的衣服，她看了一眼，孩子眼睛里全是满满的眼泪。

狠狠心，她没有理他。反正卢家仪在，他会哄儿子的。

房间里气氛不好，爸爸妈妈都静悄悄的。看看开饭时间，最少还有一个多小时，她什么也不想说，扭身进了小卧室。

这个小卧室，还是甘晓馨出嫁前住过的。那时她在读大学，每到周末就跑回家来，卢家仪可没少跟着她在这里厮混。那时的他们多好啊，郎才女貌，每一步都踏在准确的节拍上。心心相印，彼此珍惜。可是不知道什么时候开始，她就找不准拍子了，踏出去的步子，不是踩了脚，就是失了重。直到离婚，她干脆地，一头栽倒了。

房间收拾得很干净。太阳透过小窗玻璃照射进来，素淡的格子床单，绯红色枕巾，父亲亲手打制的小书架，厚厚的，半人高，上面放着她从小到大曾看过的书，《十万个为什么》、《东周列国故事》、《窗边的小姑娘》、《清史秘笈》、《心有千千结》、《撒哈拉沙漠》、《鹿鼎记》、《福尔摩斯探案集》……整个房间，依然弥漫着少女的气息，和她现在乱七八糟的生活竟是完全的不同。她愣愣地坐在床上，看着四周发呆，不敢相信这里的一切，都是她曾经拥有的。

什么时候起，她和过去的这一部分，竟也变得陌生起来？

她已经很久没有到父母这边来了，即使来了，也不过是坐在客厅匆匆说说话就走。她几乎没有时间，再回到自己曾经的房间里坐过了。但这一刻，她突然觉得自己好累。走了这么久，她终于找到了一个能让自己歇息的地方。

她脱掉鞋，慢慢上了床，靠着被子，她从书架上取下来一本三毛的书，看了起来。

温暖，安静，她忘记了刚才发生的一切，也忘记了过去一年里所有令她头疼的事情。

连卢家仪和儿子推门进来，叫她吃饭，她都没有觉察到。她看得那么痴迷，身体已经换了姿势，趴在床上，跷着双腿，书放在枕头上。她没有看到，身后的卢家仪，一把将儿子的嘴捂住了，悄悄对儿子摇了摇头。他看着这一幕，看着甘晓馨忘我而逍遥的读书场景，眼里充满了惊奇和疼惜。

他拉着儿子，悄悄地将门又关上了。

吻别前夫

第十六章　被当做了婚托

40

转眼，春节就过去了。

放假整整十天的时间，甘晓鼙好好休息了一场。中间接到过哈桐书的几个短信，尚令人宽慰，但远远谈不上甜蜜。他描述的无非是他在做什么有趣的事情，偶然会加上一句："以后带你来。"

甘晓鼙对这样的话，大多"鄙视"一笑，既不会惦记着，也不会当了真。她在想自己对卢家仪发的狠誓，要赶在五一把婚结了。这个被她说成会比卢家仪好很多倍的男人，肯定不会是哈桐书。

对此，她可是太知道了。

那么会是谁呢？

现在她开始明白了，只要环境合适，谁都可以成为一个吃着碗里、看着锅里的人。

年三十的团圆饭，最后吃得还算顺利。饭后卢家仪还带儿子跑到院子里，堆了一个雪人。他帮着老太太收拾了厨房，告别的时候，还频频挥手。仿佛甘晓鼙一家多么舍不得他似的。

让甘晓鼙有点难过的是，到了晚上，放鞭炮之前，儿子突然跑下楼去了。隔着窗户，甘晓鼙见他将卢家仪落下的围巾系在了雪人的脖子上。甘晓鼙眼睛湿湿的，她想，他这是拿雪人当卢家仪呢，意思是卢家仪还是跟他们在一起过年。

腾腾对卢家仪的那种感情，是甘晓鼙常常想不通的。很多孩子，当父母离婚后，即便是一种求生求被照顾的本能，也会在情感上无条件地倾向于收养他的那一方，但腾腾一直和卢家仪保持着强烈的父子亲情。甚至，还常常觉得甘晓鼙对卢家仪不够好。

也许，这只能说是他们俩有缘吧。

初三的时候,卢家仪带腾腾去爷爷奶奶家玩了一天。他又和之前的某个阶段一样了,站在楼下,不肯上来和甘晓鞶照面。甘晓鞶远远观察他,想到他那天给她发的短信,说自己心情怎么不好了什么的,她就觉得他好像看起来老了一大截。

三十多岁的男人,身材保持好点,还能像个小伙子,但卢家仪陡然有了中年之态。他两手插在羽绒服的口袋里,弄得肚子高出一大截,低着头,一点精神也没有。

他不再开小黄的车跑来跑去了。甘晓鞶猜测他们不是吹了,就是闹了矛盾。管他的呢,反正他都说了,无论身边有多少个女人——多少个女人,听听! 甘晓鞶冷笑,老流氓,他这是炫耀呢,还是诉苦呢。

过年这几天,偶然她还会想起朱华的那条让她承包广告部的短信。她有点跃跃欲试,但确实也有无尽的胆怯。如果此刻,她身边有一个可以值得信赖的男人,或者这么说吧,她还没有离婚,那她肯定会接下这个挑战的。可话又说回来了,不离婚,她哪里能有这胆子想这个事呢?

第一天上班,朱华还没有回来。甘晓鞶开始划拉需要请客的厂家的名单。新一年的广告业务,大宗的可都在这个名单里面。只等着朱华回来最后定夺。

正在忙着,电话响了,是个女人,听着并不很熟悉。对方喜气洋洋的语气,先拜年,再让她猜猜她是谁。甘晓鞶心想,你是谁我怎么知道,可对方又说:“是好事啊给你报喜来了,你快想想我是谁吧。要是想不起来,我可就挂了啊。”

甘晓鞶情急之中,忘了矜持和风度,几乎是喊叫出来:“你是顾姐?”

这顾姐,正是婚介所的那个工作人员。要说甘晓鞶耳朵尖,可能并不准确,她完全是凭电话内容判断出来的。好消息,好事情,她现在还会有什么好事情呢? 最渴望的好事情又是什么呢。除了脑子里整天琢磨的再婚这事,还有别的吗?

这个婚介所,虽是报社长期的广告客户,但资金显然非常少。甘晓鞶刚划拉的请客名里,根本没有他们。但一手还举着电话呢,她就顺便将这个顾姐的名字也写到了名单上。

对方果然告诉她，他们已经帮甘晓鞏掂量出了一个名单——看来他们也在对她划拉名单呢。一共有五个男人，希望她有空能去婚介所，和顾姐一起好好谈一谈。

甘晓鞏上次去的时候，已经知道费用。见一个要交若干钱，但他们看在彼此有生意的份儿上，答应给她一个五折的优惠。她在想，五个都见，才花的是两个半人的钱嘛！见，干吗不见。

有了这样的好消息，甘晓鞏的一天就过得很有滋味。

心里一边惦记着对方都是什么样子，做什么职业的，一边又很是患得患失，如果男人的条件真的好，为什么还等着她来挑？这小几个月里，她可看得太明晰了，男人在这个世上，活得比女人快活，只要胆子够大，敢于主动出击，什么样的女人，都很容易弄到手。

下午她早早就锁了门，对几个小编辑说要去找客户，其实立马跑到了婚介所。

那个叫顾姐的女人，一见她喜笑颜开，亲热呼呼地大叫发财。然后给她泡了一杯茶水，将她按在了沙发上坐下。正对着甘晓鞏的茶几玻璃板下压着几个红色的大字：喜结良缘。

看得她一个激灵。

顾姐拿出一个简易文件夹，缓缓打开，一副万分体谅甘晓鞏心情的表情。里面可都是些宝贝呀，她动作庄严，表情神圣，仿佛无声地在给这些资料上的男人们开着光。

闹得甘晓鞏也不由屏住呼吸，只等她正式宣布。终于这薄薄的几页纸，落在了甘晓鞏的眼里。顾姐还说呢，一般人，可不都能享受她甘晓鞏这样的待遇，看资料之前，就得先交费。但是我们不是友好单位吗？她说。而且，我们今年一年的广告，还要靠你照顾呢。

甘晓鞏当然明白这话意味着什么，也明白顾姐在全年广告费就要出台的前夜，找她来说这事的目的何在。她现在也江湖多了，立刻爽快道："好说好说。"

所有的资料，都只是一个大概。顾姐所说的，先交钱才看资料，其实依然对她有效。资料登记表上，没有照片，也没有名字。只有年龄、职业、身高、体重，还有一段自己写的个人介绍。

甘晓鞏看了一遍，发现五个人，最年轻的是三十六岁，岁数最大的四十三岁。身高最高的一米七八，最低的一米六九。体重最重的一百七十斤，最轻的只有一百一十七斤。职业分别是：中学校长、配药师、公司职员、工程师、武师。

武师？甘晓鞏不由吃了一惊，这是干什么的？

"开武馆的。"顾姐说："你可能还不知道吧，我也是通过这人才知道。很多年轻人学武术，他曾得过全国赛的大奖的，所以就开了一个武馆，教一帮孩子学武。听说赚钱得很呀。"

甘晓鞏看他写的自我介绍，果真雄赳赳气昂昂跨过鸭绿江。"三岁习武，十岁得道，内练一口气，外练筋骨皮，济危扶贫，匡扶正义。人生理念为：技道并重、德艺双修。"

甘晓鞏嘴里再悄悄替他补充一句："摸爬滚打，样样精通。"

"你说什么？"顾姐问。

"没什么。"甘晓鞏看着这张纸在琢磨，武师肯定文化不高，但身体特好。这样的男人，一定性感无比。

仿佛知道她的心思，顾姐立刻跟上一句："练武的人，身体好着呢，才四十岁出头，也不算太大。要不见一见，看看他精神不？"

甘晓鞏脸顿时红了，是自己太容易被人看穿，还是天下女人想男人的方式都差不多？是，这样的男人，床上一定好用——可是且慢，据说不少练武之人，其实是不近女色的。而且，她怎么能心有旁骛呢，光惦记着上床怎么行，她不是来找结婚对象的吗？

一个文化不高的武师，除了可以教儿子强健身体外，做丈夫就有些可笑了。

算了。她对顾姐说，看下一个吧。

下一个是配药师。据顾姐说，这年头配药师的收入可高着呢。虽然每天的工作是站药房，但对每个药房来说，都是门面。而且，因为配药师人数少，很多人都身兼好几家，可以说是一个表面不风光，但非常有油水的职业。

"男人嘛，最重要的就是职业，有份好工作有份好收入，其他的，全都好说。"

甘晓犟想，顾姐为什么会这么说呢。待低头一看，就明白原因了。原来身高一米六九，体重一百一十七斤的，正是此人。不用她闭上眼发挥想象，立刻眼前就能浮现出一个瘦小男人的模样来。

不行，她还远远没到平平淡淡才是真的地步，即便是再婚，她也要做足面子工程。不仅给自己争气、给父母争光，还有打击卢家仪，同时提升儿子自尊的作用。她必须找一个外表内涵都不逊色于卢家仪的男人！

直接地，就看那个一米七八的，什么男人职业最重要，又不是旧社会，要靠丈夫吃饭。经过了一次无良婚姻，不委屈自己的唯有赏心悦目这一条。

一米七八者，是中学校长，四十三岁。自我介绍这样写："为人忠厚宽容，性格温良。寻心地善良、贤淑的女子为伴。"

堂堂中学校长，就写出这样的文字来？一点也看不出个性。顾姐已看出甘晓犟波涛汹涌的失望来，圆场道："一看就是个朴实的人，不会花言巧语。"

甘晓犟问："是哪个中学的？"

顾姐知道这是商业秘密，自是不说，抿嘴笑笑，说："现在中学校长都肥得流油呢。"

什么叫肥得流油？她拿她甘晓犟当什么人了。她看上去是那么市侩的女人吗？真是的！

心里就有些不快，又琢磨道，这人比她大了将近八岁，会不会差得有点多了？而且四十多岁的男人，在她的脑子里，不是章平那样见异思迁的，就是哈桐书那样大玩暧昧的。他们似乎对结婚并没有太大的渴望呀。

但顾姐见她对这个人似有想法，立刻透露了一点额外的信息："这个男人，不是离婚的。老婆生病去年才死，自己工作很忙，照顾不到女儿，所以特别渴望尽快成家。"

"哦，有个女儿，多大了？"

又不说了。甘晓攀想，难怪你会说出肥得流油这样庸俗的话来。

不问了，再看下面两个。

工程师，年龄不大，三十六岁，身高体重都很合适。个人简介说爱好下棋、读书、音乐。性格随和，言语不多。甘晓攀就想，肯定是个闷骚型的男人。

公司职员则截然相反，喜旅游，好交友，还玩户外。四十一岁，甘晓攀想，此人不仅阳光，还很自我。估计是抓狂型的哈桐书。

她决定见后三个。顾姐见她掏钱，就夸她眼光不俗，很有品位。甘晓攀想，这工作很像做人力资源，非得见人下菜不可。

钱交了，可是她还不能做主。约会的事情，非得需要顾姐亲自安排不可。她去找那三个男人，帮着订好时间。她说要对客户尽心，但甘晓攀想，她其实是要去收另一份钱。

第一次见面，是在一周后。据顾姐说，因为刚过完年，男人们都还比较忙碌，有很多应酬。

说到应酬，朱华回来后看见了甘晓攀的请客名单，立刻就明白了甘晓攀在做什么。没有当面反对，但甘晓攀能看出她并不赞同她去婚介这事。因为朱华后来就旁敲侧击，说起小黄和卢家仪闹矛盾了，小黄在家里气急败坏。朱华说："女人呀，非得心平气和时，才能好好考虑感情问题，有一点不顺不平之意，都最好不要谈恋爱。"

她的眼神，非常意味深长。甘晓攀自是聪明人，立刻想到她这是在提醒她呢。

是的，她目前的心态，其实并不是很好。一方面和哈桐书维持着奇怪的关系，另一方面又急着要尽快结婚。但古人都说结婚是发昏，它就是人头脑不清的产物呀。

她懒得跟朱华讲这些。对她说的卢家仪和小黄的事，也毫不操心。她自己都暗自奇怪，怎么这么干脆地，就将一个生活多年的男人抛在脑后了？

可见是他伤害她太狠了！

第一个见的，是工程师。因为年龄相当，甘晓鞶就觉得比较放心。差太远的男人，她总觉得把握不住。

顾姐告诉她说，地点是在解放路小商品批发店的台阶上，周日上午十点。那是闹市区，这个地点和时间的选择都有些令人费解。甘晓鞶只能揣测，顾姐在那个时间，正好要去小商品批发店买东西。

她是按时去的。就见高高的台阶上，只站着顾姐一个人。手里攥着个环保袋，果然不出她的所料！

见她走过去，她立刻向她伸出胳膊招手。然后拉着她站在一起。甘晓鞶心想，好奇怪，为什么要站在这个高台阶上呢？她见顾姐满面春风，没有丝毫心理阴影的样子，就明白了，自己已是经历过创伤或不幸的女人了，很自然地，她会选择低调的安全，而不是恣意张扬。

他们站在一起半个小时，被小风吹得有些冷飕飕后，顾姐也觉得对方有些过分了。她给工程师打起了电话，"喂，你是怎么回事啊。我们已经到了半小时了。堵车？正在赶？哦，好，快点吧。"

就这样，又是半小时之后，终于顾姐对甘晓鞶指街下面正在走的一个男人："看见了吗，就是他，多文雅的样子啊，一看就是好人是不是。"

仿佛在推销大白菜："多好的成色呀。"

甘晓鞶可一点也没觉得那人一看就是好人。事实上，她现在基本已经不会再为第一眼就认定谁是好人或是坏人了。她自己难道不是好人？可谁敢说她就是一个值得放心并能托付终身的人呢？

男人表情凝重，戴着一副眼镜。穿件藏青色的长风衣，显得很是老气。他并不因为迟到而加快步子，相反脚步和表情一样，都是犹犹疑疑的。顾姐一路欢呼着跑了下去，甘晓鞶也挪动着向下走。男人抬起头，看了她一眼。

现在的甘晓翚，已经会看男人的眼光了。她明白他是欣赏她的，或者至少，第一面他并不觉得讨厌她。漂亮嘛，她自己在心里嘟囔。男人并不说什么，只是站在顾姐跟前点头。然后，顾姐又走了过来，男人跟上来。顾姐说："来，大家认识一下。这是尚林，这是甘晓翚。"

叫尚林的工程师就伸出手来要跟甘晓翚握手。甘晓翚没想到他会握手，有些突然，赶紧摘手套。顾姐就说："媒人引进门，成事在各人。那我先走了啊，你们找个地方坐坐？"

小商品批发店的下面，就有一个小茶馆。顾姐见两个人都有点傻呆呆的，主动给他们指路。尚林就问甘晓翚："可以吗？"

甘晓翚看出来了，这个男人太过内向，与人打交道会紧张。换了年轻的时候，对这样的男生，可能还会喜欢。但这个年龄了，男人还一副放不开手脚的样子，只会让她觉得难受。

她需要的是一个能保护她、给她安全感的男人。可他呢，可能还得她保护他吧！

但总不能现在就说走吧？

两个人进了茶馆，坐下，尚林又无所适从，看了半天单子，又推给她："你来点吧。"

甘晓翚干脆地说："不用了，我什么也不想喝。你要点你点。"

她在说服自己，再忍十分钟，看看能否会有转机。没想到，这话惹恼了工程师，看来他不仅内向，还很脆弱。他冷了脸，口气怪严厉地说："你是对我有意见吗？要知道，我身边并不是没有女人喜欢我，刚才也不是因为堵车，我就压根不想来。如果不是我姐姐非要让我到婚介所报名，我永远也想不到要通过这种方式征婚。"

说着，他不客气地将身体靠向椅背，一副不耐烦的样子。

甘晓翚心想，倒霉催的，大周末的，我来受这个罪干吗。她哗啦一下，已经站了起来："我对你也没太大感觉，要不今天就到这里吧。"

哈，做一个绝情的女人谁不会？

尚林一定没有想到会是这样，他气鼓鼓地，又急，黑着个脸，没有一丝主动缓和的意思。甘晓翠说声再见，就要走。他却一把拉住了她的包带。甘晓翠说："干吗呀你？"

尚林压低了声音，恶狠狠地说："你是婚托吧，是不是？我就知道你肯定是个婚托，我就知道婚介所里无好人。把骗我的钱给我还回来！否则我叫警察。"

甘晓翠愣住，又气又火，她甚至开始怀疑这尚林才是一个婚托！光天化日，不仅讹钱，还要打人怎么的？

她也拉下了脸，对尚林说："把手松开。你别闹，我给顾姐打电话。让她来跟你说。"

尚林看了看她，这才松开手。甘晓翠拨通顾姐的电话，才说了两句，说叫她过来澄清一下，顾姐就大喊："我说清楚了的呀，成事在各人的呀。互相看不上，再找我也没有用的。都是文化人，有礼有节最重要。"

甘晓翠说："来，你跟他说。"

说着，就将手机递到了尚林手里。尚林却别扭地说："我不听，我要你的解释。"

甘晓翠那个无名之火，简直要烧死自己。她再也没有耐心了，腾地站起来，说："把手机给我，我要走了。"

尚林又是那句话："你是婚托是不是？你只要承认，我就放你走。"

甘晓翠脏话脱口而出："你妈的爱怎样怎样，老娘走了。"

手机也不要了，扭头就出了门。

那个气啊，真是有口说不出。站在大街上，好半天才缓过来。想想手机还不能就这么扔给那个傻瓜，转身进了小商品批发店，去找顾姐。

还好，她还算幸运，没走几步，竟迎面碰上了。顾姐一见她阴云密布，就知道大事不好。又赶紧道歉，说不是自己不帮她，她也没有想到这个男人会这么神经病。甘晓翠没好气地说："就是，你们怎么审查的，神经病也放出来玩的呀，不怕玩出人命的呀。"

顾姐拉着她去小茶馆，说："是他姐姐找到我的，我和他姐姐还很熟呢。谁能想到是这样。"

那个尚林，竟然坐在桌边，在翻看甘晓鞶的手机，估计也是看见了手机里哈桐书的短信，见她们一进去，便摆出一副道德家的嘴脸，说："你不是婚托，也是玩弄男人的高手。"

顾姐一把将手机抢到了甘晓鞶手里，冲尚林说："你说的都是什么话哟，我跟你姐姐那么熟，我会做这样的事吗？真是昏了头了，回家去回家去。"

一场相亲，宛如笑话。最后的茶水钱，还是甘晓鞶付的，因为尚林已经一气之下，走了！

甘晓鞶经过了这么可怕的第一次后，对再次相亲，就充满了恐惧。一直拖了半个多月，顾姐终于跟她约到时间，这次见的是公司职员。

"保证没问题，肯定人见人爱，就怕你会情不自禁，难以自拔。"顾姐这么说。

甘晓鞶心想，要是这样的，那还真得提高警惕。

和上次一样，顾姐也陪着一起去了。直接约在了小茶馆里，顾姐也没有离开去买东西，用她的话说，就是她也喜欢见见这样讨喜的男人呢。

和那个尚林不同，男人握完手立刻就说："哟，小手冰凉，怎么的，不舒服吗？"

眼光里那个关切、执著，让甘晓鞶浑身上下涌动暖流。活活电到。

随后就听他天马行空，谈得不亦乐乎。哄得顾姐也哈哈大笑，都忘记了要给他们腾出时间。甘晓鞶好久没见过这么有趣的男人了，心里琢磨，他这是因为见到她特别高兴，而特意发挥呢，还是对所有女人都这样？

后来顾姐终于走了，男人一口气又和甘晓鞶贫了两个小时。转眼到了吃饭时间，他却突然接到个电话，于是满含歉意，非常痛苦地对甘晓鞶说："实在是太对不起了，公司有紧急事，非得过去一趟不可。没关系，我有你的电话，改日我约你，带上你的孩子，我们一起去吃海鲜。"

甘晓鞶好久没有听到这么温暖这么可人的许诺了，听听，带上你的孩子，他是真的将她放在了心上呢。

回去了，喜滋滋地等了好几天，却一点消息也没有。她先忍不住了，给顾姐打去电话，顾姐说："哎呀，我以为你们会约好下一次呢。他也没有给我回话。不过你放心，我一定去问问他，到底是什么意思。"

到了下午，电话来了。先骂对方不负责。甘晓犟已猜到个大概齐，但还是有些奇怪，这样的男人是怎么想呢，既然没有意，何苦又费那么大的工夫和她闲聊。难道他时间是白来的不成？

而且这么一想，就明白为什么吃饭前他要匆匆离开了。吃一堑，长一智，看来以后就知道了，男人约会时连饭都不请女的吃，意思就已经很明确了，他看不上她。

短短时间，遭受两次男人的打击，甘晓犟多少有些气馁。揽镜自照，也不晓得是不是自己出了什么问题。看来看去，都还算不错呀，至少在妇女这个梯队里，怎么都还算是优秀人才是不？

剩下最后一个，见！早见早超生！

肥得流油的中学校长，年纪比公司职员还要大两岁。但甘晓犟一想到对卢家仪发的毒誓，也就管不了那许多了。见面的那天，是个艳阳天，经过一冬的折腾，已经有了小阳春的感觉。甘晓犟脱掉了厚重的大衣，穿件轻薄的短外套就上阵了。再描一描画一画，看上去，就仿佛年轻了好几岁的样子。

中学校长想得很周到，主动对顾姐说，他开车来接她们，然后一起去踏青、野餐。他要求甘晓犟和顾姐都带上孩子，还说野餐吃的东西，他来准备。顾姐传达他的话时，这样对甘晓犟说："人家说了，征婚不征婚，都可以后说。重要的是交个朋友，而且趁着天气好，出门玩玩。"

甘晓犟听了这话，就想，校长看来是个心态不错的人。这年头，什么样的人都容易见到，最难见的就是有好心态的人了。既然对方已经说了，重点是为了交朋友和玩耍，为什么不去？

说老实话，甘晓犟经过了前两次，已经对征婚不抱多大的希望了。她甚至开始默许母亲继续在麻将桌上为她大做广告，还放了一些相片在母亲那里。

顾姐能有带儿子一起出去游玩的机会，工作生活两不误，当然也很开心。虽然中间谦虚了一下，说自己搀和不合适，但甘晓鞷却极力撺掇她一起前往。因为她想，既然要带儿子去，那么和校长单独相处，就不是很合适的事情了。必得再加点别的人，腾腾才不会起疑心。

顾姐的儿子，比腾腾只大两岁，两个男孩子，刚好能玩到一起。她们俩站在和校长说好的地方等的一会儿工夫，两个孩子就勾肩搭背，聊得很好了。

因是去户外，甘晓鞷穿了一身很漂亮的运动装，淡淡的奶黄色。她把头发放了下来，蓬蓬松松地披着，白色的旅游鞋，背了一个双肩包，里面放了儿子的衣服、相机、她的毛衣等。看上去英姿飒爽，很是年轻。

顾姐夸她漂亮，和往常一样，总是兴高采烈，信心满满。仿佛甘晓鞷从来没有经历过失败的相亲，只要她肯出动，就能马到成功。"校长要是被你迷晕了，车开到树桩上，我可不负责呀。"

说得甘晓鞷像褒姒似的。

一会儿，就瞧见一辆黑色的马六车，沿着马路边向她们缓缓开来。坐在车里的人看不清，只依稀觉得对方戴着顶棒球帽。

顾姐说："就是他了。"可是车速却并不因顾姐已经认出车主来，而稍微加快。甘晓鞷觉得，那校长是在由远及近地、就像镜头慢慢聚焦，在打量她呢。

她不由就有些紧张起来。两手插在裤兜里，头却四处转了起来。东看看西看看，一会儿又扭过脖子看看孩子们，就是不肯好好看着车。

终于，车子停在了她们身边。一个颇为壮实的男人走了出来。甘晓鞷心里一喜：这男人的外貌看上去还是很不错的。

重要的是很精神，有霸气。大方脸、落腮胡、宽肩长腿、浓眉大眼。甘晓鞷人到中年了，虽然生活中见到过的有爷们儿气质的男人并不多，但内心还是很稀罕这样的男人的。但也奇怪，在满意着对方外貌的同时，她脑子里浮现出的第一个念头竟是："中学里有那么多女老师，他肯定不能闲着吧。"

这样的内心活动，虽然有些阴暗，但并不过分。所以在脸上，甘晓鞷还是蛮阳光蛮懂事的。她也能很明显地感觉到，校长对她的第一印象，至少还是不错的。

他爽朗地跟两个女士先握了握手，然后就招呼两个小男孩："来，上车，咱们去兜风！"

两个男孩子自然很是高兴，一个猛子扎到了后座上。甘晓罄正要跟进去，就被顾姐拉住了。她说："你得坐到前面，你是主角啊。"

她难为情地推辞着，又看了一眼校长。没想到校长也正盯着她呢，哈哈大笑着说："坐前面吧，我又不会吃人。"

甘晓罄心里一咯噔，这男人的笑声，端的好听。于是她身上涌起了一股无形的力量，一门心思，想要展示出自己最美的那一面来。她说话的声音轻柔了，动作轻飘了，笑意明显了起来。她带着娃娃腔说："好的，不过请校长要开慢点啊，我老土，很少坐私家车的，更别提坐在前面了。"

校长就怜香惜玉地帮甘晓罄拉开了车门。见她坐稳后，又将安全带亲自给她系上，才一甩身，走到自己的驾驶座，气宇轩昂地上了车。

车里突然有些静。甘晓罄回过头，就见顾姐笑成了一朵花，顾姐的儿子虎视眈眈地盯着校长发动汽车。

而腾腾，脸转向了窗外。

什么表情也没有。

吻别
前夫

第十七章　许其行

41

那天玩得很开心。主要原因是两个孩子很开心。校长并没有将注意力只放在甘晓鞏身上，而是分配均匀，态度随意。腾腾从最开始的警觉和烦躁，也变得自然了。

校长叫许其行，竟是市里著名重点中学的校长。甘晓鞏渐渐相信顾姐的话，肥得流油。可是她也有些奇怪，他条件这么好，本系统里又不缺乏女老师，为什么还要到婚介所来招摇。

她不由和尚林犯了同一个毛病，心想，他不会是个婚托吧。

许其行准备得很充分，也能看出他生活能力不错，而且非常细心。所带吃食，不仅有买的烤鸡凉菜，还有自己卤的牛肉猪肝。不仅带了面包大饼，还有凉面。不仅有一次性碗筷，还有大张的塑料布和准备装垃圾的塑料袋。

他们将车开到了郊外的河边，就是甘晓鞏第一次参加 HASH 俱乐部时远足去的那个地方。那次她来时刚刚入冬，现在已经有了春天的迹象。杨柳枝条软和了，地上冒出了茸茸的绿草。天空蔚蓝，河水潺潺，她一冬天心神不宁的心绪，这一刻，似乎被自然软化了。

从上路开始，她就一直话很少。一来是为了不让腾腾想得太多——这孩子非常敏感，他对她的情绪变化，可以说是体察入微。如果她表现得太兴奋了，他一定会猜到是怎么回事的。但她毕竟是大人啊，大人自有自己独特的表现方式，不说话，就是其中一种。

最有趣的是，坐在车上，许其行也不怎么说话。偶然说一句，都压低了嗓音，那音量，分明只是说给她听的。所谈内容，无非也是路过的风景和建筑。但在淡淡的音乐声和车后孩子们的叫嚷声中，刚刚能显示出一种友好、但不过分的情愫来。

几个人到了河边，许其行就将她和顾姐放在了一边，他则带着两个小男生去扔水漂了。这个举动明显受到了孩子们的热烈欢迎，他们围在他的身边，又喊又叫。等到吃饭的时候，腾腾满头冒汗，非要给甘晓翚表演刚学会的拿手绝活儿。

顾姐偶然一句话，泄露了许其行的身份。听说这个有趣的叔叔，竟然是学校校长时，两个小家伙呆住了，好长时间缓不过来。饭也吃得小心翼翼，甘晓翚看着很可笑，许其行更是使出浑身解数，以教武功为诱饵，来讨好两个小学生。

一直玩到下午四点多，渐有凉意时，一行人才收拾东西，准备回家。甘晓翚注意到许其行非常细心地将垃圾分类装进塑料袋后，扎紧，放进了汽车后备箱里。

孩子们和顾姐，都累了。上车没多久，就歪七扭八地睡着了。

甘晓翚心里充满着很久没有过的温情，也维系着从一开始就出现的那丝怀疑，在许其行的一路关照下，自然不困。眼睛睁得大大的。

许其行说："到了夏天，我们再来。到时候两个孩子，说不定还能游泳呢。"

甘晓翚说好啊。换在以前，她一定认为这句话，肯定就是相亲成功的标志，但经历了这小半年，她认为许其行说这话，既不排除认识了她这样一个新朋友的意思，也不排除有继续交往的可能。

所以她的回答，就很镇静，也很淡然。这倒让许其行有些吃惊，他摸不透甘晓翚对他是怎么想的，于是问："你不高兴？"

甘晓翚摇摇头，做出一副很奇怪的表情，说："没有啊，为什么这么说？"

"我以为这样邀请你，你会很开心呢。"

"我是很开心的。"甘晓翚就说。

"可是你回答得很平静，哈哈，也许是我太期盼你的响应了。"

许其行说出了这样含义明显的话来，甘晓翚就觉得似乎应该反应一下了。她轻轻说："真的很高兴，你能这样说。"

许其行就伸出右手来，将她的手攥在手心里，捏了一下。

从这天以后，许其行就开始认认真真约会甘晓鼙了。

甘晓鼙知道他是死了妻子的，而且找了一些朋友帮着打听了，此人口碑极好，曾经对妻子也很好。自从准备再婚后，他追求的目标只有一条：尽快结婚。

他说他不会像别的这个年龄的单身男人一样，找女朋友只是为了"磨合"，磨合很长时间，很多人数，也不结婚。他也见过不少女人，但第一次如果没有动心的感觉，就绝对不会再约会第二次。他就是要结婚，因为平时工作太忙，在这件事情上，也不能分心很多。

至于甘晓鼙怀疑的，他为什么没有在本系统里找一个教师，他说他不大愿意再找一个同行。他希望自己的家庭生活，能和工作分得更开一些。

甘晓鼙是他见了十几个女人之后，感觉最好也最满意的那一个。话不多，漂亮，聪明，而且颇有女人味儿。虽然他们之间岁数差得多了那么几岁，但他向甘晓鼙保证，他身体非常好。

"但结婚前就不用试了。"他这么说，"或者不要刻意去证明什么。"

他可真够直率的。甘晓鼙听了个大红脸。待自己回家后，心里却说："哼，凭什么不让试？你说你身体好就好了？万一根本就有问题，到时候我怎么办？再离婚？"

甘晓鼙离婚后，性欲反而变得更强烈了。而且这事让她总有些小小的焦虑。许其行这么主动地谦虚，她就会想，他一个男人，性欲问题怎么解决呢？难道他真的不着急？

随后的日子里，甘晓鼙和许其行保持着一周约会一到两次的频率。两个人的活动基本如下，吃饭、散步、开车兜风。

有那么一两次，热烈拥抱当中，她贴在他的耳朵边请求，他却特别理智地拒绝了她。还安慰她说："等结婚了，一切就都好了。我不想给我们的关系留下遗憾。"

甘晓鼙觉得，他的话也有道理。可是另一方面，这是不是也说明了，他曾经有过遗憾的往事呢？和某女士上了床后，却没有结成婚？难道，在这个时代，还真有人会为这样的事，而遗憾吗？

一个月后，许其行开始多次提到结婚的话题了。比方说："结婚后你就搬到我这里来，我再装修一下。"

或是："以后我有时间我就烧饭，我的手艺非常好的。"

再或是："你要回家啊，等我一下，我去给你父母买点东西。"

……

一点也不拿自己当外人的感觉。甘晓翚心里暖烘烘的，尤其看见他那么高大伟岸，待她却那么细致温柔。

可是还是有些地方不对头，除了床事一直没有机会检验以外，她对许其行这么快就想结婚也不明白。

毕竟她离婚半年了，这中间见了不少离婚的男人，几乎没有一个，是想尽快结婚的。大多都是同时交往着好几个女人，然后慢慢享受单身的自由生活。再或者，干脆就像哈桐书那样，连想结婚的幌子都不肯打。只利用女人对结婚的渴望，体会被追捧的快感，就行了。

她几乎要认为那是男人的共性了。谁能想到天下居然有许其行这样的男人，真的仿佛是上帝听到了她的祈祷，送他来满足她的心愿的。

离五一已经不远了，她是否可以理直气壮地对卢家仪说，她要结婚了呢？

可为什么，心里会这么的失落和空虚？

对许其行，她不是完全不喜欢。而且可以说是欣赏的，唯一的、致命的问题，就在她找不到和他心心相通、水乳交融的感觉。难道是因为他们一直没有肌肤之亲吗？

反正这事让她不大痛快，最糟糕的还不仅仅是这个，而是虽然不痛快，可她想找个说说的人，或是能为她出出主意的人，都没有了。

42

春节过后，带着甘晓翚熟悉了一圈业务后，朱华就辞了职，开始正儿八经地筹备自己的婚礼了。而且她果真下定了决心，结婚后就回家当家庭主妇。按她的话说，就是辛苦了这么多年，该休息休息了。

甘晓蕈不解又艳羡，不解的是奋斗这么多年，怎么说扔就扔呢？朱华不是一直教育她，女人必得经济独立，才能谈得上情感或其他吗？

打拼那么多年，朱华常自比暴风雨中的海鸥，真的要收心去做金丝鸟了？

当然，甘晓蕈也会艳羡，这女人，活得头是头，脚是脚，走哪一步都有自己的主心骨。

朱华说她："有些人先甜后苦，有些人先苦后甜。风水轮流转，你也甭伤心。"

甘晓蕈说："什么先甜后苦？我又不是嫁给了什么阔佬，虽然早早结婚后来又不上班，但还不是一样天一亮就睁眼，凭劳动吃饭的？"

朱华说："也是哦。只是现在看来，你还要努力个十年八年的。我可不希望我一手弄起来的这摊事业，最后不了了之。"

甘晓蕈点点头。她已经走马上任，正式做了广告部主任。现在朱华的大玻璃房，已经放进了她的办公桌。

天气转暖后，儿子开始重新上学。她正在谈一笔大生意，到时候会有几万元的回扣。每天傍晚，还去驾校学开车。她准备带儿子搬回自己的家了。

当初是离婚太急，自己无力承担，吓得连大房子也不敢再住。小半年过去，信心渐渐恢复，感觉比离婚前还要勇敢许多。她给儿子许诺，过完年就搬回旧家，然后她要买车，以后每天开车送儿子去学校。

腾腾由衷赞叹她："妈妈，你真行。"

孩子的"势利"，颇为明显。因为敬佩甘晓蕈，对她的亲热，也上了一层楼。工作顺利，赚钱益多，甘晓蕈多少有些小小的嚣张，遇到高兴之事，不再给儿子买卤猪蹄，而是直接去饭馆。

有一天，她听见腾腾对来家里玩的同学吹嘘："我妈妈是主任，我爸爸是当官的。"

她慌得立刻喊儿子出来帮她做事，在厨房里对儿子耳提面命："不要对人这样赤裸裸地吹嘘，吹牛是自卑的表现懂不懂？你想让人看出你自卑吗？"

儿子摇摇头。泪水冒了出来。甘晓鼙将他搂在怀里，心想，腾腾也是真自卑的，或是曾有过深深的自卑的。自己身体不好，父母又离婚，离开曾经的小伙伴和有草坪的好社区，搬家到一个破破烂烂的职工家属院里……对一个小男孩来说，怎么会不是打击呢？

和她一样，他也经历了磨难呀。

好在，这一切就要过去了。虽然她的婚姻失败了，但人生，却可以说是刚刚才开始。

坐在大玻璃房里，守着双人床那么大的办公桌，她会感慨，真是鱼与熊掌不可兼得呀。

她为什么昏了头，要早早结婚呢？工作时，也从没有过长远的规划，二十四五岁就生孩子，然后脑子惦记的事儿，除了偷跑回家看儿子，就是早点下班去买菜。

她以为那样就是女人追求的全部。以为只要她的心系在家里，家就永远风平浪静。

真得感谢离婚，如果不是这一步，她哪里知道自己的天地，还能这样广阔？

马不停蹄那么多年的岁月，与其用在家庭上，不如用在社会上。说伊是好母亲，或他是好丈夫，远远没有"他是大老板"、"她是大演员"来得更实惠，令人景仰呀。

孵在家中带孩子永远只是等闲之事，可是在办公室开会到半夜，一定能令闻者动容，啊！所以，有点脑子的女人，雇人代劳最好。

或者，就像朱华这般，先在社会上闯出点名堂来，再扬言造幸福家庭。

可惜她没有生女儿出来，否则一定谆谆教诲，事业第一，待一切成功，不愁没有更好的男人。

朱华是三月中旬结的婚，婚礼办得豪华无比。而且是流水席，在本市最豪华的大酒店里，居然连办五天！每天晚上还都有各种舞会。

甘晓犟做人自觉，知道朱华对这场婚姻，寄予无限希望，自己是一离异女子，怕会不吉利，于是只送去了一个一千元的大红包，便匆匆告辞了。

朱华事后，很是领情。给甘晓犟寄来一盘婚礼的实况光碟，让她分享。

甘晓犟见婚礼上的朱华，光彩照人，温文尔雅，而且神态甜怡，一扫从前在职场时常见的阴郁、急躁、专横、泼辣。甘晓犟目瞪口呆。

再随后，朱华就专心在家准备造人了。

甘晓犟打过两次电话，都是周末，一次家里的佣人说，太太和先生去参加慈善拍卖了。还有一次佣人说太太头疼，吩咐谁来都不要打搅。

甘晓犟被这样的回答吓着了，她只在网络新闻或是港台电视剧里看过类似的情节。她不敢想象，已成为名媛的朱华，还怎么跟她讨论许其行不跟她同床的事情。

于是，她再也不给朱华打电话了。心想，除非她主动找自己。

可是朱华并不主动找她。连一两次短信都没有。

甘晓犟很失落，心里也明白，她和朱华的友谊，似乎该告一段落了。

经过了离婚，她现在还有什么不能理解的呢？天下最不可靠的，就是天长地久了。何况，女人和女人之间的友谊，一定是要收入、情感状态、社会地位相似时，才有可能持续的呀。

她偶然也能看到新闻，知道朱华参加了太太团，和一群有钱人的老婆，每天混在一起呢。现在该轮到她不屑于甘晓犟这样的职业妇女了，也许也会在某个时候，对身边新的女友感慨：无法想象自己曾经早出晚归，没黑没白地工作、工作、和工作！

头发没有时间烫，美容没有时间做，连婚都没有去结！

是的，朱华一定会这么说。大都会里被金钱权势熏陶大的女子，哪个不会见人说人话、见鬼说鬼话？

所以，甘晓犟此刻的烦恼，最不合适，也最不应该与之说的人，就是朱华了。

坐在大玻璃房子里，她有时也会想，朱华在这房子里混迹很多年，多少也该留下一些精神吧。前些年她甘晓犟身在婚姻，整日为老公儿子忙得辛苦而幸福，朱华内心的苦恼，是从不对她说的。她是早早就已参透了这一切啊。

那么现在，她会为甘晓鼙不再找她倾诉而感到高兴吧？

她大致会说："你终于明白事儿了。"

或者说，每个人都得离开身边的那些人，才能成长起来。

43

还有哈桐书。

哈桐书是初十回来的，回来第一天，就给她打电话，一半算报到，一半算通告。说自己这几天会很忙，有很多饭局要赶，有很多朋友要见，待忙完再约她。

甘晓鼙态度温柔，但底气十足，她一点也没有流露出丝毫不快来，因为她对哈桐书的需求，并不很迫切。一来事业有所进展，二来要忙着约会相亲。

倒是哈桐书，觉得她这么干脆利索有些奇怪，开玩笑说："怎么啦，这么短短几天，不会是把我忘记了吧？"

甘晓鼙顺势说："是呀，我在找结婚的对象呢。"

她一直发愁怎么对哈桐书说自己想结婚的话，因为哈桐书明确地告诉过她好几次，至少他这几年不会考虑结婚。甘晓鼙总觉得他们在交往，她就有义务告诉他真相。可另一方面又觉得，哈桐书并没有特别拿她当回事，最多也就是信手拈来吧。她死乞白赖地去告诉他这一切，是不是也太自作多情了？

于是，也就不再多理会哈桐书，一边忙工作，一边忙相亲。竟也不亦乐乎。

转眼到了二月中旬，甘晓鼙这中间没有一次主动联系过哈桐书。

身为江湖老手，哈桐书就大概猜到她有了新状况，于是也变得特别安静，而且对她说话，小心谨慎，只谈社会八卦，不谈风月感情。比方周末，哈桐书给她打电话,再不是主动约会,而是问她,有没有看新闻,出了什么什么事情,你对此有如何看法?

甘晓鞏心想,原来哈桐书也有害羞的一面哦,原来他也怕被人拒绝哦。

她明白哈桐书是等着她主动提出,想跟他约会,或是亲密什么的。可是她咬着牙,就是不说。

她不说,哈桐书只能继续装忙。终于有一天,给她发了短信,说要去山西出差一个月,给煤老板们做培训。这么长时间的离别,他既不约她见面,也不打电话。甘晓鞏心里酸溜溜的,也有些不舍。

说起来两人办公的地方也不远,相差就几层楼。甘晓鞏这么冷冷的,也有一个私心,就是希望哈桐书耐不住,会跑楼上来看她。她没有告诉他自己已做了主任的事,她希望他能亲眼看见这一切。

可是这个男人,简直是厕所里的石头。

还是甘晓鞏忍不住了,主动给哈桐书打一个电话,说那我给你送个行吧,请你吃饭。

哈桐书说好啊。

甘晓鞏就问:"你在办公室吗?"

哈桐书说在的。

甘晓鞏说:"那你下班前上来找我吧,我有点事处理完,我们一起走。"

哈桐书迟疑了一下,说好。

甘晓鞏心想,他迟疑什么呢,他是不想跟她套近乎,还是怎么的?

不管怎样,哈桐书下班前十分钟,终于主动来到了甘晓鞏的广告部。

甘晓鞏刻意集合全体人员开会,所以哈桐书进来的时候,就看到了一个全新的甘晓鞏。利落,泼辣,职业风范十足。他不仅有些发呆,当眼睛跟甘晓鞏碰到一起时,还不由心虚地躲了一下。

这一躲闪的眼神,让甘晓鞏心里非常舒服。她轻松地对大家说,散会。然后站起身来,做手势邀请哈桐书进她的玻璃房去。

哈桐书两手插在兜里,做出比平日更为"在野"的样子来,调侃她:"哟,难怪你最近很是生硬,原来升官了呀。"

甘晓罃心想，他这是不服气呢。顺便一泄她冷淡他的郁闷之气。当然，也不排除大部分男人，对女人尤其是走得很近的女人升职都会有的忌妒心理。仿佛她们抢走了他的好运似的。

甘晓罃就谦虚地说："好啦，我是混饭吃。和你自己做自己老板不同。"

哈桐书心里不大舒服，对甘晓罃的故作谦虚也觉得不痛快。他敏感地觉察到甘晓罃在敷衍他。但又看到甘晓罃升了职，指不定什么时候还有可能会求到她身上，于是就忍住不快，同意跟甘晓罃吃饭。

甘晓罃并不傻，虽然她可能不清楚哈桐书的内心活动，但她能感觉到他情绪不稳。两个人节前还是亲亲密密的一对人儿，过了一个年，竟弄得各自心怀鬼胎，居心叵测。

这就是中年人的情感，哪里还能像年轻人那么流畅自如。

甘晓罃将哈桐书带到旁边的那家西餐厅里，就是她离婚当天跟朱华一起吃饭的地方。她现在渐渐也成了那里的常客，尤其是中午，和客户吃饭常常约在那里。所以她走进去时，就很像朱华当年的神态，她也对服务员说出三个字："老地方。"

那张安静点的桌子，就成了她现在的第二办公室。

坐下后，她帮哈桐书点菜。然后告诉哈桐书，这里比较安静，可以多说一会儿话。

毕竟她是女人，她不想和任何一个男人剑拔弩张。她偶尔也要露出温情来，即便对一个分手在即的男友。

果然，哈桐书听她说想跟他多说一会儿话，眉头立刻舒展了，多日来被伤的自尊，也得到了挽救。他恢复了自信，开始对甘晓罃讲回老家的一些见闻。

甘晓罃安安静静地听着，几乎一言不发。怎么说呢，她心事重重，既有工作压力，升迁喜悦，也有相亲不顺。心里积压了太多想一步到位的渴望，弄得她心神不宁，思想常常抛锚。别看她不说话，仿佛在听哈桐书说东道西，其实脑子里乱哄哄的，他的话能进去十分之一就不错了。

哈桐书终于发现了她心不在焉，他伸出手，捏住了她的手指。关切地问："你是怎么了，这次回来我觉得你好像变了一个人似的。"

甘晓鼙摇摇头，说："没有呀。"

就在刚才哈桐书闲侃的那么一会儿，她终于做出了一个决定。自己在婚介所登记了的事，还是要告诉哈桐书。否则突然有一天，她宣布结婚了，他还不活活气死？

这中间，反正他出差在外，只要她不追着他，他们的关系自然而然也就结束了。

一旦想通畅了，甘晓鼙的眉眼也就舒展了。

她主动对哈桐书说："你知道吗，我离婚那天，就在这张桌上，被朱华教训了一场。怎么说呢，我觉得我的后半生，是从这张桌上开始的。"

"哦？这么有纪念意义？那你带我来这里，不是也要教训我吧？"

甘晓鼙笑笑，开始对哈桐书讲述那天的经历。对卢家仪不肯替她交那一块五的车票钱，哈桐书表示非常不可理解。但甘晓鼙说："我当时也很不理解，甚至好长一段时间，都觉得他小人无比。但不知道怎么的，现在渐渐能体会到他当时的心情，那完全是一种冲动，没有经过大脑的。当时他太渴望摆脱我了。"

"他结婚了吗？"

这基本是哈桐书第一次主动问起她的前夫，甘晓鼙说，没有。我们俩正在比赛呢，看谁能结在谁前头。

哈桐书一听甘晓鼙这样说，立刻就沉默了。他那种生怕引火烧身的嘴脸，让甘晓鼙又气又可笑。她一直想说的话，顺势就出来了。

"过年时，我们俩又吵了一架，我对他发誓说，我一定会在五一再婚，一定会找一个比他更好更优质的男人。"

哈桐书皱了皱眉，说："你不是开玩笑吧？"

甘晓鼙说："没开玩笑。"

哈桐书说："可是，婚姻大事，岂非儿戏。现在都几月了，五一就结婚，你上街去抢啊？"

甘晓鞏从他的话里没有发现任何跟她有未来的迹象，甚至连口头安慰都没有。她就直接说了："我去婚介所做了登记，资料也上了网。其实渴望结婚的男人，也不少呢。"

哈桐书多少有些吃惊："婚介所？上网交友？你胆真大！就不怕被骗了？"

甘晓鞏说："骗我什么呢？我要钱没钱，要貌有点，年龄一大把。我又不是傻瓜，起码的判断力应该还是有的吧。"

哈桐书点点头："这倒是，你是比很多女人脑子够用。但女人不是一恋爱就昏头吗，就怕你会被什么人花言巧语迷傻了。"

甘晓鞏放下刀叉，很认真地问哈桐书："你对我最后再说一次，我们俩有没有可能？"

哈桐书就说："我早告诉过你，什么样的可能都是会有的。但五一结婚，这个可能确实没有。"

甘晓鞏就说："那好。那你就不要再管我的事了。我们之间，可能也就只能走到这一步了。"

她口气严肃，态度坚决。她自己都想不到自己竟能说出这样的话来。真的呀，绝情的女人谁不会做呢。

吻别

前夫

第十八章　登记

44

转眼就到了四月底。

天气彻底热了起来。北方就是这样，春天和夏天的交替，常常是一夜之间的事情。甘晓翚在月初终于兑现了对儿子的承诺，母子俩搬回了家，退房客时虽然遇到了一些麻烦，但甘晓翚主动帮他们联系了另外的房子，而且在钱上让了一点，也就过去了。

她拿上了驾照，虽然学车时，因为紧张，被师傅骂过无数次。师傅是个粗人，说话有点流氓。对她紧抱方向盘的姿势，非常不满，就说："这又不是男人，你抱这么紧干什么？"

换了以前，甘晓翚一定会大怒，觉得对方下流卑鄙，亵渎了她的耳朵。如没有胆子大怒，至少也会红了脸，羞羞答答的心里不乐意。但现在她听到这么一句流氓话，竟哈哈大笑，觉得很是开怀。师傅见她做人活络，尚有开发潜力，再教起来，就不遗余力，考试之前，还口授了几条秘籍。

拿到驾照的第三天，她就兴冲冲地去买了辆车。七万元多点。下班时，去停车场取车时，不少人围过来观瞧。每个人对新车都能评头论足好几条。她从出口出时，正好和章平平行，章平压喇叭，面带微笑，示意让她走在前头。

甘晓翚战战兢兢上了路，因是新手，没人追究她过慢的速度。在红绿灯处，熄火三次。终于满头大汗地，开回了家。

儿子一直站在院子里，等待这个激动人心的时刻。见她开得实在慢，不由一路狂跑，扑上来要她带他再去兜风。甘晓翚手软脚软，但装作顶天立地，爽朗地说："先吃点饭再说！"

第二天一早送儿子上学，然后自己去上班。心中涌出无限豪情，再一次地，她觉得自己仿佛又换了另一个人似的。

和着春天的味道，她像枯树发芽，生命强大了许多许多。

看着儿子头抬得高高的，一路跑进校门，她笑了，那是从心里发出的笑意，这已经是好多年都没有的事了。

人不会总倒霉，总会有好事情的是不是？

到了周末，再和许其行一起出去玩，就是她开车了。儿子理直气壮地要坐在她的旁边。

对突然冒出的这个男人，腾腾打心眼里是抗拒的。从第一次郊游之后，他就没有给过许其行好脸。虽然甘晓鞷从没有对他说过，自己要和许其行重组家庭，但腾腾已经敏锐地意识到，这个男人想要代替他的爸爸。

卢家仪在他心目中是不可动摇的。这也成了甘晓鞷和儿子之间的最大阻碍。

平时约会，甘晓鞷从不告诉腾腾，只是偶然，会说几句这样的话："许伯伯给你买了玩具。"或是，"许伯伯邀请你去玩"什么的。

腾腾一概充耳不闻，或是一口拒绝。

这天出门，甘晓鞷好不容易找了一个借口，说自己开车生涩，找许伯伯可以帮忙。但儿子因为是坐自己家的车，就非要坐副驾驶不可。见了许其行，也板着脸，一声也不叫。对甘晓鞷这个借口，他当时就进行了反驳，周围那么多会开车的人，不说朱华阿姨可以帮你，就是隔壁周周的妈妈也可以呀。为什么要找个男人呢？

腾腾说男人这两个字的时候，斜眼看着甘晓鞷，一副洞察人心的表情。

甘晓鞷知道不能再瞒他，就说："因为他是我的男朋友呀。"

腾腾听到甘晓鞷说出实情，终于气得人仰马翻，脚一跺，头一埋，就要撒野。他顶着甘晓鞷的肚子，直把她顶到靠墙，然后一个劲哭，什么也不说。

但孩子就是孩子，他又能怎样？第二天，再不情愿，还是跟着甘晓鞷出了门。

甘晓鞷驾车，许其行坐在后面。开始还能装作不管不问，只扭头看风景。但多次见她笨手笨脚，不该熄火不该停车不该转弯不该闯红灯等等之后，终于不耐烦了。伸长脖子，不停越过肩膀做指导老师。甘晓鋆又怕又急，终于撞翻了一棵老树。

两人跳下车，谁也不先看车怎样，树怎样，孩子有没有碰到头，而是叉着腰，大吵一架。甘晓鋆忍无可忍，许其行耐心殆尽，都觉得对方不可理喻，脾气又臭。以后怎么可能一起生活？算了，你走你的独木桥，我走我的阳关道。

甘晓鋆不许许其行再上车来，许其行伸腿对她的新车轮胎踢了一脚，腾腾终于找到发泄的机会，立刻扑过去推搡许其行："你为啥要踢我家的车！你滚，不许你坐我妈妈的车！"

儿子这么一喊，甘晓鋆才意识到自己失去理智了。但她气头上，也不想让步，一把将儿子拎到车上，气鼓鼓地上了车，绝尘而去。

荒郊野岭的，把许其行扔下了。走好远，她从后视镜里看他，还傻愣愣地站在那里。

第二天是周日，一早上起来洗衣服拖地。本来是和许其行约好，再出一趟车的，但现在肯定不大合适了。她一边干活儿，一边惭愧，觉得自己有点过分了。昨天将他扔在那么一个前不着村、后不着店的地方，也不知道他老人家最后是怎么回去的。

是不是等自己会开车了，见到新手也会没有耐心呢？

她一边做事，一边心里嘀咕。好几次走到电话机旁，想给他打电话，却总是下不了手。腾腾看着电视，也有点哼哼唧唧的，说了好几次了："妈妈，今天天气多好啊。"

他也想出去玩，可能想起昨天那一幕，也有些心虚吧。

九点刚过，门铃却响了。腾腾把门拉开，正是许其行站在外面。手里还拎着塑料袋，进门就好像根本没有发生昨天的事情一样，先揪了揪腾腾的耳朵，又在他屁股上拍了一巴掌。腾腾脸上没有表情，甩身进了自己房间。

许其行说："我买了麻花和豆腐脑，就在你们小区外面，新开的一家。排队的人好多。"

甘晓鬟当然也不好意思继续矜持，赶紧放下拖把，洗了手跑出来。把麻花和豆腐脑儿装进碗里。捧场地说："正好正好，还没吃早餐呢。"

又喊腾腾出来吃。腾腾完全没有声响，她进去，他就说许其行："脸皮还真厚。"

甘晓鬟长叹一声，不知道该怎么办。只好问他："一会儿我们出去开车，你是跟妈妈呢，还是去找爸爸？"

腾腾大声说："我想叫爸爸跟我们一起坐车。"

坐在外面的许其行，肯定是听到这话了。甘晓鬟头一次，觉得儿子有些讨厌。她气鼓鼓地对腾腾说："行，那你在家待着。我出去了。你想怎么办你自己办吧，反正你本事大！谁都得让着你！"

出得门来，许其行却站在门边，冲她挤挤眼睛，小声说："我走了。别跟孩子使气，今天也别开车了，改日再说。"

许其行这么大度，真让她高兴又难为情。她送他出了门，悄悄问他："昨天怎么回来的？"许其行说："这点事还能难倒我？"甘晓鬟就由衷地说出一句"对不起"。

送走了许其行，她也不主动找儿子，而是接着收拾房间。腾腾听外面总没动静，耐不住疑虑，跑了出来。见许其行不在了，就问甘晓鬟："那个人呢？"

甘晓鬟说："哪个人？"

儿子坐在桌边，吃起麻花来。说："带麻花的人。"

甘晓鬟一墩拖布，说腾腾："许伯伯给你带麻花、带豆腐脑儿，平时给你买玩具，你叫他时，就不能礼貌点？"

腾腾不接甘晓鬟这话，直接问："那今天还带我出去玩不？"

甘晓鬟看得出来，儿子心烦得要命。她又何尝不是如此呢？如果不是想到腾腾第一次到卢家仪那里去，午夜还闹着要回到她这里，她真是打他一顿的心都有了。再想想从那以后卢家仪为此专门租一套房子，让腾腾眼不见心不烦，才觉得他是用了心的。

孩子的问题，还非得跟卢家仪谈谈不可，都说解铃还须系铃人，让腾腾接受许其行，得要卢家仪出来做工作。

甘晓翚和许其行，还是停留在谈情说爱的份儿上。两个多月了，他们约会好几次，依然没有肌肤之亲。甘晓翚心里一直不爽，但又说不出个究竟来。没有性关系，许其行这个人，对于她，始终像团雾。尽管他从很多方面看，都做得尽善尽美，可是她依然有抓不住的感觉。

她知道这其中的原因是什么，她不再是十七八岁的年龄了，那时和卢家仪拉拉手，就能刻骨铭心很多天。现在她人到中年了，对性的理解和渴望，都已经和从前大为不同。现在的她，不到枕边非好汉。

妈的，她会想，是自己没有魅力吗，是他身体有问题吗，还是他有别的发泄渠道？

她觉得老许就像潮湿的烟，只冒烟，不着火。

这么几个疑问，一直存在她的心里。眼看五一将至，许其行已经送了她一枚戒指。去做登记的日子，许其行让她来定。

她终于要去通知卢家仪了。这让她又高兴又惶恐。离婚后，折腾得这么辛苦，这么不屈不挠，不就是为了这一天吗，不就是为了说出这一切后，看看他难堪的表情吗？

卢家仪又有什么好牛的呢？不是追求他的女人很多吗，不是还有富婆主动投怀送抱吗，可为什么他还是落在了她的后面呢？

能这么理直气壮、这么快地实现自己的誓言，让甘晓翚豪气冲天、自豪不已。除了担心许其行的生理问题，其他都不在话下。但她也想，如果能气气卢家仪，就算许其行身体有问题，也值！

45

但卢家仪显然做好了充足的思想准备，要不就是儿子给他打过预防针。当他在电话里听到甘晓翚要跟他谈一谈"自己婚后"的事情时，他丝毫不动声色，懒洋洋地说："好呀，你决定时间地点，我奉陪。"

奉陪！一副事不关己、高高挂起的口气。这让甘晓翚好失落。她以为他至少口气会有酸意，或是瞠目结舌，半晌说不出话来。

结果竟是无比顺从，也无比随意，竟主动让她定时间定地点。要知道，卢家仪在时间地点上，一贯是要自己做主的。

甘晓鼙和许其行已经说好，三十号那天去登记结婚。阴历阳历，都是双数。前好几天，她已经买了一身很喜庆的衣服，准备去登记时穿上。到了二十九号，和卢家仪见面的这一天，鬼使神差地，到了出门前，她忍不住将这身衣服换上了。在镜子里照了半天，觉得美不胜收。心想，既然要气气卢家仪，那就得全方位地气气他，她得指着这身衣服，告诉他，她就准备穿着它去结婚登记呢。

儿子不明所以，知道她是要去见爸爸，又见她捯饬得很是漂亮，不由大喜，左看右看，夸奖她："妈妈，你一定会让爸爸倾倒的。"

甘晓鼙看他一眼，这小家伙，怎么会说出倾倒这样的词来了。她大笑，不由捧起腾腾的脸，吧唧亲了一口。

儿子同意自己乖乖待在家里，到九点就准时上床。甘晓鼙说："用不了九点，妈妈就回来了。"

儿子说："你别急着回来，你穿这么漂亮，应该和爸爸去看电影。"

甘晓鼙见他这么天真可爱，心里涌出无限的爱怜和哀伤。觉得自己是在出卖儿子，他哪里能想到她是要去跟卢家仪谈什么哟。

心里裹着一大堆油盐酱醋，就这么出了门。还在后视镜里看自己呢，真漂亮，不是盖的！卢家仪肯定会后悔的吧？

他们约的地方，离他们以前的家并不远。最近这条街新出现不少娱乐的地方，短短半年，还引进了一个大型超市，日用百货，蔬菜肉类，应有尽有。甘晓鼙经过了这一段日子，早已学会感恩。以前可能会抱怨，为什么配套设施这么迟才齐全，现在却会想，老天惠顾她，连生活资料都这么照顾她！

有了超市，周围的人似乎也多了起来。旁边的空地上，正在盖一片很大的住宿新区。公交车线也多开了一条。说是郊区，但眼看就要归入闹市了。

按理说甘晓鼙走路过去，也就十来分钟，但她太想让卢家仪震惊了，所以坚决开了车。

快到那个茶艺馆时，她就看见了卢家仪，正埋着头，大步向前。她将车缓缓开过去，又摇下车窗，离他很近地按了一下喇叭。

卢家仪看了一眼，这才发现是她。见她面带得意之色，又够潇洒，就点了点头，大声说："你先去停车，我就来。"

甘晓鸥得意啊，心想，真是天助我也。没买车前，她一直觉得这么慢慢地开着，和马路上走路的人说话，是一件非常潇洒的事儿，她终于有机会能露这么一手，而且还是对卢家仪。太有面子了！

可惜，停车的时候很不顺，车位太挤，她停了三四遍，还是停歪了。最后是看车的服务小弟跑过来，亲自给她停了一遍。这一切，也全都落在了卢家仪的眼里。他竟不先进去，而是站在边上一声不吭地看着这一幕。

甘晓鸥就有些悻悻然，和卢家仪一起往里走时，一边自我解嘲道："手艺还待提高。"

卢家仪夸奖她："很好很不错，你学东西还是蛮聪明。"

甘晓鸥看他一眼，没发现暗含讽刺的意味。她不由想，他为什么这么平静？难道已经决定接受惨败的现实了吗？

两人找一个僻静的地方坐下来。

甘晓鸥一直以来，都对坐茶馆或是咖啡厅的中年男女很有意见，"一看就是偷情的。"现在知道，自己看问题太片面，还有一类是离婚夫妻。

她一边往里走，一边就能感觉到旁人怪异的眼光，一定也是拿他们当了偷吃的。

卢家仪主动说，别喝茶了，否则晚上睡不着。你要杯果汁吧，新鲜的。

甘晓鸥说好。卢家仪又正式夸奖她："看来真是要做新娘了，很漂亮。"

甘晓鸥一心想先下手为强，听他这么说，反而有些不好意思了。她问卢家仪："你怎么今天会这么不吝地夸奖我呢？没有什么阴谋吧？"

卢家仪向后靠，手里转着火柴盒，笑笑说："你总是这么小人之心，我什么时候对你有过阴谋了？每次都是你不依不饶，将我逼上梁山，完了倒打一耙，给我安个罪人的头衔。"

甘晓鞏说："这样说话才是你嘛，我就想听听你的醋意。"

说完，她就哈哈大笑。卢家仪也笑。因为她这话说得到位，也很可爱。在卢家仪面前，她还从没有这么自在过呢，每句话说出来，既贴切，又不生硬。明显是状态良好、心身放松、信心十足的结果。她敏感地意识到，自己占了上风。卢家仪也没有平时那么咄咄逼人，让她紧张或讨厌了。

卢家仪说："你知道我会吃醋的，还要主动提。明显是想伤害我嘛。"

甘晓鞏就说："就想伤害你，怎么啦？"

这话，已有些撒娇了。事情怎么会突然这样？好奇怪，难道是自我感觉太好的结果，让她情不自禁想发发骚？

连卢家仪也有所察觉，眼睛死死看着她，嘴角带着笑意。甘晓鞏干咳一声，让自己收了心，喝一口果汁，说："你为什么不问问我什么时候登记结婚？"

卢家仪就说："有什么好问的，你不是说'五一'之前吗，也就几天了。"

甘晓鞏说："想让你帮我劝劝腾腾，他不接受老许。"

卢家仪说："好的，我会尽量劝他。"

卢家仪话不多，态度又格外的温和，甘晓鞏就有点独孤求败的寂寞。她问卢家仪打算怎么劝说腾腾。

卢家仪呷了一口茶，说："我会对他好好讲的，让他接受命运牌现实。你放心好了，我不会坏你的事。"

"接受命运？"甘晓鞏听这话好别扭，"这么一点大孩子，恐怕很难接受命运的安排吧。哎，我说，你今天这么安静，是不是接受了命运的安排呀？"

卢家仪就点点头说："我早接受了。"

"心如死灰了？"

"这是两码事，你不懂别装懂好不好？"

"那你什么时候结婚？"

"我可不像你，动不动弄出个倒计时来。结婚这事，越想就越得慎重。"

"小黄呢？你不和她好了吗，她那么有钱，你放弃不可惜吗？"

卢家仪做出一副清高的表情："甘晓鞏，你觉得我有那么俗气吗？我又不是出身寒门，见到个有钱人就非死死抓住不可。虽没有大富大贵，但从小也不缺吃喝穿用，我怎么会委屈自己，非要和她结婚呢？还订什么苛刻牌协议。"

甘晓鞏点点头，这点真是卢家仪的优点。如果要讲市侩的话，她甘晓鞏肯定比卢家仪过分。她是很看重对方的条件的，但这也不能全怪她，谁叫她有个小市民的妈呢，不是吗？

"那你怎么和腾腾说？"甘晓鞏又扯回了这个话题，"我结婚的事，都不敢跟他说。要不你去跟他说？"

卢家仪想了想，说："也行。那你能告诉我，他为什么看不上老许吗？"

"还不是因为你，他没法接受别的男人进家门吧。"

卢家仪说："你那个老许，跟他玩吗？是做什么工作的？"

甘晓鞏就翻出手机里的相片，给卢家仪看了一张。这张是她刻意留下来的，相比老许真人，相片照得比较年轻。深蓝色的长袖衬衣，牛仔裤。嘴边一圈胡须。甘晓鞏虚荣地将老许的年龄隐瞒了三岁，然后借用了顾姐当初的话："中学校长，肥得流油。"

说完，就又后悔了。太庸俗太庸俗，可是控制不住嘴巴，就这么冒了出来。

卢家仪点点头，说："不错呀，很魁梧很担当的样子嘛。"又有点酸地说，"比我强是吧，各方面？"

甘晓鞏不是一直在等待着这个时候吗，可是卢家仪说出来了，她却又迟疑起来。他说的各方面是什么意思？难道他看出来他们其实是没有性生活过吗？或者，难道，他以为他和老许当着孩子的面亲热过了？

甘晓鞏会做这么糊涂的事吗？当然不会！她得说明白，而且说清楚。她立刻就说："人脾气挺好的，也体贴人。但其他方面，我就不晓得了。我们从没有当着腾腾的面做过什么，连握手都没有。事实上"——甘晓翚事后想过无数次，为什么当时她会脱口而出这么一句话，天哪，用卢家仪的口头禅说，一定是荷尔蒙牌月亮惹的祸——"我们到现在，还没有在一起过呢。"

不愧是卢家仪，他立刻就听懂了："为什么？他有问题，还是你不肯？"

甘晓翚就有些神色黯然："不知道，他说结婚后再说。你说，这正常吗？"

这么久的疑问，终于找到了一个可以说的人。

甘晓翚大松一口气，虽然也有些尴尬，谁能想到，听她隐私的这个人，竟然会是前夫。

"不正常。"卢家仪干脆地说。

"肯定不正常？"甘晓翚不死心。

"不正常。"卢家仪说，"否则他那么好的条件，怎么需要婚介所征婚？"

甘晓翚心一沉，幸福感被什么东西打了一闷棍似的，半晌说不出话来。卢家仪说："当然也不排除世上什么人都有，再说看上去是阳刚牌男人，也许就是脱离了低级趣味吧，和我们这些俗人不一样。"

甘晓翚眼泪都冒了出来，可怜兮兮地问卢家仪："那你说，我咋办？"

卢家仪终于露出了他的狰狞面目："你又不是处女，还要我教你呀。"

妈的。甘晓翚恼火，冲着卢家仪就是一拳头："我是不是处女，要你说？"

看出来了吧，其实这俩人，今晚是有点打情骂俏的。甘晓翚自觉比较美丽，卢家仪也很乐得捧场。虽是前夫前妻，但说的话题，却很刺激。甘晓翚一心要气卢家仪，卢家仪表面祥和，其实心有不甘。两人就仿佛打太极，都在暗中运气。

这一拳头打出去，气氛就有些尴尬。甘晓翚发觉自己有些轻浮了，立刻心虚地想，好几个月没有性生活了，轻浮是不是和这个有关？

卢家仪不想让她难堪，主动换了话题。

说起前几日去学校见儿子的班主任了。老师说儿子最近情绪还可以，主动牌交往有所增强。但学习成绩一直不大好，不知道是不是和前段时间停课有关系。

又说，反正天气也暖和了，周末都在他这里，不如他带他去上个什么进步牌补习班好了。他住的那个地方旁边就有个补习学校，外语听说还有老外上课的呢。

甘晓翚点点头，说回去跟腾腾商量商量。她也有些惭愧，自己从没有想过要去学校和儿子的老师做什么交流，这些工作一直是卢家仪在做。难怪儿子那么放不下他。

这样想着，就把年三十那天，儿子给雪人戴他的围巾和帽子的事说了。听得卢家仪眼圈泛红，揉揉鼻头，好半天没有说话。

甘晓翚从没有见过卢家仪像今天这么懂事，这么让她满意过。可是真可惜，竟是在她再婚的前夜。卢家仪仿佛知道她在想什么，就说："那么要恭喜你，也祝福你，希望你能拥有幸福牌婚姻。"

然后看看表，快十一点了，就主动起身，说："走吧，我送你回去。"

两人结账，起身。甘晓翚走到外面，说："要不我送你吧，没有公交车了。"

卢家仪坚决不同意。不许她送。说她刚开车，晚上不能走那么远的路。他可以打出租车回去。在小区门口不就经常有闲聊牌出租车停在那里等生意吗？

于是，甘晓翚就让卢家仪上了她的车，要将他拉回小区的门口。可是到了小区门口，荷尔蒙牌月亮又惹了祸，甘晓翚主动说："你要不要上来看看儿子？"

卢家仪当然说好呀好呀好呀的。这是一个多么棒的提议啊。

事后甘晓翚反思过很多次自己当时为什么要这么说，除了轻浮外，难道没有别的因素吗？比如希望卢家仪为她再次陶醉，或是希望通过这样的办法，出出当初在卢家仪那里失去的鸟气？

但这终将会是个谜藏在她的下半生了。

因为出鸟气，显然不是全部。她最后所能作的解释，就是她的性欲，或是性观念，和以前有很大不同了。

她睡了离婚后从没有过的一夜舒心觉，这一夜的放松和宽展，是她早已久违了的，就仿佛回到了母体一样。而且，她还找到了性高潮。这也是她许多年都没有的了。生完腾腾后，可能有过那么一两次，以后就再也没有过了。

卢家仪比她睡得还要沉。最奇怪的是，他们睡在以前的大床上。

儿子腾腾仿佛早已想到会是这样的结局，自己竟去了小半年没有单独睡过的小房间。

快天亮时，甘晓鼙推醒了卢家仪："快起来，赶紧回去吧。别让儿子醒来看见你。"

卢家仪一个激灵，赶紧坐了起来。他终于想起了全部，立刻露出了惭愧尴尬的表情。甘晓鼙心怦怦直跳，先走了出去。在厨房给他热了杯牛奶，等卢家仪出来时，她又递给他两块好吃牌饼干。

卢家仪狼吞虎咽。吃完，终于说句："好吧，祝你幸福。"

脸上表情，虽有些尴尬，但两人心里都无比清楚，今天是个特殊的日子。卢家仪不敢看甘晓鼙，甘晓鼙也假装什么都没有发生。可卢家仪拉开门，就要出门时，甘晓鼙还是叫了他一声。

多少地，他有些紧张和期待地站住了，可甘晓鼙，只是对他说："我想了很久，现在才知道，其实以前很多事情，我是不该那样做的。"

卢家仪当然知道甘晓鼙说的是什么，而这些，何尝又不是他也想过的呢。不仅拿婚姻当儿戏，甚至拿离婚当儿戏。瞎折腾的后果，是要付出代价的。

他见甘晓鼙并没有表示不去登记的意思，也只能强压住心里的波澜，说出相同的话来："其实很多事情，我也不该那样做的。"

甘晓鼙点点头。

卢家仪就说："那，我走了。"

甘晓翬还是点点头。两人都有些不知所措，刚从一张床上爬下来，就这样分手，会不会也太干巴巴了？

两个人的头，就有点主动凑的意思，几次试探后，仓促地吻别。

卢家仪下楼了，听脚步，跑得很快。

虽然事情发生了某种改变，但甘晓翬想，自己已是成年人，绝对不能做事不靠谱。和卢家仪的这一夜，只是一次意外的跑调，它不能算做生活的主旋律，甚至连副歌都不能算。

她是成熟女人了，就是人们说的熟女了。熟女是什么，就是进退自如了。

毕竟卢家仪也没有对她再说什么话呀，而且他分明再次祝福了她。他自己也知道自己是插曲了吧。

甘晓翬回房间仔细收拾。又去叫儿子起床。儿子一睁眼，说的话吓她一大跳："爸爸呢，他怎么不来叫我？"

"你做梦啊。"甘晓翬说："哪里有什么爸爸？"

"我半夜尿尿，看见你们在一起的。爸爸还打呼噜呢。"

甘晓翬大惊，她怎么会睡得这样熟，竟一点也没有发觉儿子竟来看过他们？"你肯定是做梦，你听过梦游吧，很多人都会梦游，就跟真的似的。"

儿子一副懒得跟她再说的表情，嘟嚷着："我去问爸爸。你可真没劲。"

甘晓翬心里悄悄骂自己："是，你是真没劲。"

母子俩紧紧凑凑地收拾停当，就下了楼。坐到车上，她才发现，自己竟没穿那套新衣服。昨晚脱下来，急忙中都揉皱了。

46

头天已和许其行约好，十点在街道办事处的大院外面集合。但经过了头天晚上的不可思议，甘晓翬就觉得非要弄清一些事不可。

她给自己打气，念叨着"勇敢，加油"这样的字眼儿。一见到许其行，她生怕自己说两句话后，会没有再问他的勇气。于是开门见山、直截了当："你你你身体没有问题吧，我们要不要做个体检什么的，再登记？"

许其行可没想到，这么浪漫的事，会这么开始。他说："你怎么了？我不是给你说过吗？其实我没毛病，真的。就是有点道德洁癖，也许在这个社会有点怪异了，可是我就是无法忍受婚前不检点的男女。所以你看我也很明确，就是奔着结婚的目的来的。"

甘晓鞏想，道德洁癖，这还是她第一次听说。她心里顿时就有些异样，觉得仿佛被许其行看穿了，她可没有洁癖，不仅没有，而且还一点也不想有。整天琢磨的，就是怎么把许其行弄上床呢。

她心里乱七八糟，怎么想怎么觉得不对头。大太阳下的，许其行说："走吧，别瞎琢磨了，要不从这里出来，我就证明给你看？"

他的话，是调侃的，带着明显缓和气氛的意思。甘晓鞏却不领情，她心里说不出来的难受，脱口而出："咱们不能为结婚而结婚，不行，这事还得停一停。"

见许其行要生气了，她赶紧解释："一来，我儿子还没有想通，他坚决无法接受。二来，我是离过一次婚的女人了，再婚应该再慎重一些，你说对不对？"

许其行眼露狐疑，说："你不是有了什么别的想法吧？"

甘晓鞏说："当然没有，只是我觉得应该更谨慎一些，至少应该各方面处理妥当后，再说结婚的事。"

许其行不高兴，很不高兴，赤裸裸地就将这份儿不高兴露在了脸上。他态度变得冷淡起来，口气也冰冷起来。说："那好吧，随你。"

说完就要开路，连跟甘晓鞏再见都不说。

甘晓鞏追上他说："和你没关系，真的，你听我说，和谁也没有关系。真的，我也不知道怎么了，我突然觉得，我有点不想结婚。"

许其行大为吃惊。看着她。"不想结婚？你没毛病吧，天下还有不想结婚的离婚女人？你就不怕以后会没人要了？"

甘晓鞏点点头，说："也怕。但现在，更怕结婚。我不想变回从前的自己了，我在想，以前我在婚姻里时，其实并不快乐。"

许其行说："你怎么了，是怕做家务吗？"

甘晓犟摇头又点头，又摇头："不是，我真的说不上来。我只是想到结婚，就有些紧张。很奇怪，我最近才感觉到自己刚学会了谈恋爱，刚学会了和男人打交道。我很怕我一结婚，这些本领又全都没有了。"

许其行终于明白她的意思了，生气了："什么什么谈恋爱的感觉啊，是不是就是希望被男人一直这么捧着？只想被人牵挂着，却不想受束缚？"

许其行的话，应该说是一针见血的。但也不是甘晓犟所想的全部。除了有点水性杨花外，其实她也不知道自己到底想干什么。她只好傻不愣愣地站在原地，看着许其行呼啦一下，就走到了马路对面。

她为什么会这样做呢？

首先应该明确一点，绝对不是因为卢家仪，绝对不是。

她心乱如麻，盼望了那么久的再婚，终于到跟前时，她竟然退却了。谁能说得清她这是怎么了？

是不满意许其行吗，有一点，但应该不是全部。是难忘卢家仪吗，有一点，但应该也不是全部。那么到底是为什么？

真实的原因，就是和任何一个男人都没有关系。只是经过了昨夜，积攒了大半年的恼怒、雪耻、脆弱、渴望，突然变轻了，甚至化为乌有了。

她成了无法承受之轻。你说，一个身心俱轻的女人，还要婚姻干什么？

光是谈谈恋爱多好啊，高兴了见见面，多晚回家都没有关系。从前她那么痛恨哈桐书这样做，可临到她头上时，她发现这样做原来是有道理的。

原来女人和女人的生命轨迹是不同的。有些人等待，试错，纠错，回家，结婚，像朱华。有些则结婚，回家，纠错，试错，等待，像她。人生无所谓必然的对错，该走的过程，都非得走一遍不可。

内心五味杂陈地，她回到了办公室。

下午下班前，她收到了一封同城快递。竟是卢家仪寄来的，他把房子过户到了她的名下，信封里装的，是一套正规的法律函件。

他留言说，甘晓鼙，这是我送你的新婚牌礼物。

甘晓鼙悄悄发出声："哦耶。"